妈妈宝宝护理大全

THE COMPLETE BOOK OF MOTHER AND BABY CARE

邱文伟 主编

甘肃文化出版社

Foreword

>>> >>>

妈妈宝宝·护理大全

前言

　　一个孩子是一个家庭的希望，做好优生、优育、优教工作，是家庭的最大期望和最大利益所在。在生儿育女这一甜蜜而辛苦的旅程中，每一个家庭、每一对父母都付出了无限的爱和耐心。然而，从新生命的孕育、诞生到逐年成长，又是一个复杂的过程，年轻的爸爸妈妈常常对遇到的很多问题束手无策，不知如何对待。

　　自从确定怀孕的那天起，妈妈和妈妈肚子里日渐变化、生长的胎宝宝就成为全家人重点关照的对象，妈妈的护理工作也就自然而然地提上了日程。如何保证孕妈妈和胎宝宝的健康乃至安全、顺利地生一个健康的小宝宝呢？"十月怀胎，一朝分娩"，宝宝诞生以后，又该如何照料他（她）茁壮成长，成为一个健康聪明、人见人爱、资质优异的好孩子呢？

　　这本精心编写的《妈妈宝宝护理大全》就是一位妈妈和孩子的"全职家庭护理医生"。本书全面、详细地讲述了生儿育女过程中妈妈和孩子的护理知识，其中包括了女性孕前、孕中、产后的调适与护理，婴幼

儿的日常护理、营养护理、常见疾病的防治与护理，内容科学翔实，所提供的母子护理指导具体、实用，非常适合计划要孩子和正在培育孩子的家庭参考使用；此外，还专辟一章特别讲述了宝宝的安全事项与家庭急救知识，为父母提供了一套在宝宝发生紧急情况时可以立即采取的切实有效的救护方案。婴幼儿的早期教育和智力开发一直是父母普遍关注的问题，且越来越受到重视。《妈妈宝宝护理大全》的第9章至第10章按照胎儿及婴幼儿的生长规律和大脑发育的实际，分阶段专门针对年轻父母在对胎儿及婴幼儿实施胎教、早教和智力开发过程中遇到的困惑和问题作了解答，具有很强的指导意义，相信对父母会有很大的帮助。

　　本书的特点是条理清晰，语言简洁，针对性强，可以现查现用。相信能使您全家受益，能使您成为优秀的父母，也能使您的孩子成为优秀的孩子。

妈妈宝宝护理大全

目录

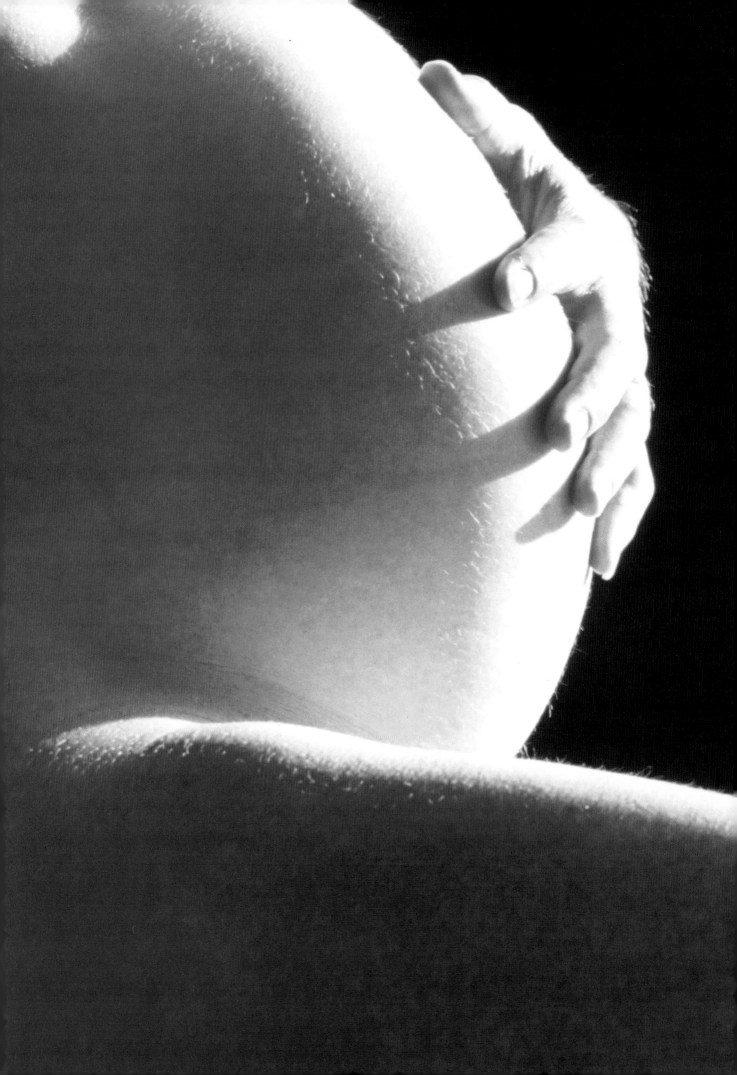

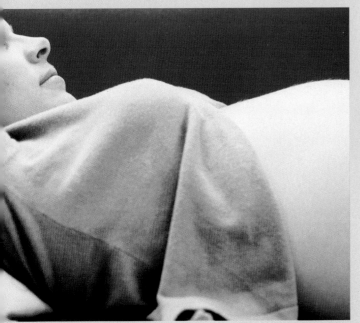

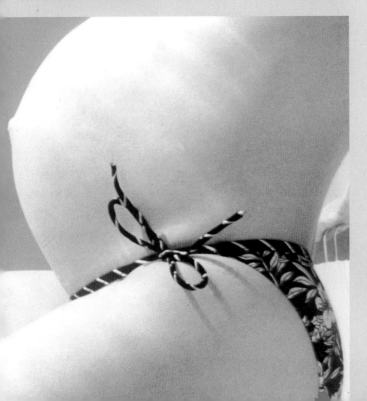

第 1 章
孕前调护与优生

　　准备生育下一代的新婚夫妇，孕前生理准备尤为重要。首先，对孕前检查所发现的有关疾病和不够理想的生理功能问题，要进行治疗、调养和功能性锻炼。其次，夫妇应坚持进行健身运动和有益于提高精神品质的艺术活动，保持精子和卵子处于最佳性状，为新生命在形成过程中获得优良遗传基因创造环境。再次，孕前男女双方的衣着以宽松舒适为宜；应禁忌强烈刺激性的食物，尤其应禁酒、戒烟；居住环境应尽量避免噪声污染，尽量躲避有害生育的放射线源的危害；行为方面应避免过分剧烈的运动方式。怀孕以后，要继续做有利于优生的事情，为孕生一个聪明健壮的宝宝不断尽心尽力。

优生的条件

优生优育是每个家庭的希望和责任。父母都希望自己的孩子长大以后成为体格健壮、智力发达、品德良好的人，这就要求父母本身有一个健康的身体，同时要修养有素。

最佳生育年龄

"男大当婚，女大当嫁"。中国婚姻法第五条规定："结婚年龄，男不得早于22周岁，女不得早于20周岁"。女性在26~27岁是生育的最佳时期。此时，妇女全身发育已经完全成熟，骨盆和肌肉弹性较好，卵细胞质量最高，妊娠并发症少，分娩也顺利，此时，女性具备最良好的生育能力，最有精力养育子女，最有利于母婴健康，最符合优生优育的"基本原则"。而且，此时妇女已具有丰富的生活经验，更能胜任养育孩子的重任。万一在这一最佳的生育时期发生重大疾病或其它不利于生育的事件，可适当推迟生育年龄，安排在28、29岁，也是符合优生优育要求的。至于年龄再大一些，对母体、下一代都不利，不值得提倡。对于当代的中国妇女来说，一生大多只生一个孩子，安排在优生的年龄段生育，的确是非常重要的。

季节与优生

选择最佳受孕时间有利于优生。研究证明：一年四季中12、1、2、3月

往往比6、7、8月怀孕发生畸形、弱智的婴儿比例要高。因为，12、1、2、3月正是寒冷的冬季和初春，传染性疾病多，如流感、呼吸道疾病、腮腺炎、风疹等最易使胎儿畸形；此季节相对瓜果蔬菜少，易使人缺乏维生素、微量元素等营养，对孕后胎儿各器官形成影响很大。如初冬受孕，孩子出生正值炎热夏天，妈妈自己讨苦吃，孩子也不好过。而在6、7、8月受孕，到孩子出生则严冬已过，正好是春暖花开、气候宜人季节，有利于孩子的生长，而

且从母体带来的免疫力尚未消除，新生儿能抵御外界细菌和病毒的传染。中国的中、北部地区6、7、8月正是炎热的夏季，孕妇难免胃口不好，但是，经过一冬的营养储备、休养，男女双方的体质均较好；而且，此时的胎儿营养需求不多，母体的营养供应不足也不妨事，当胎儿进一步发育需要营养时，则是金秋季节，瓜果蔬菜源源上市，能充分满足孕妇的营养供应需要。

最佳受孕时机

在优化的受孕环境和优化的心境下受孕是最佳的受孕时机。优化的受孕环境是指男女双方的健康情况处于最优状态，周围不存在有伤害精、卵或受精卵的不利因素；优化心境则要求在性结合时双方的心情和性欲都必须处于最高水平。在性实验室里发现双方都达到性高潮时射精，精子的活力旺盛，精液中的营养物质及激素充足，有利于精子及早抵达输卵管。而女性处于性高潮时，体内激素分泌旺盛，卵子生命力强，宫颈由于性兴奋而分泌多量的碱性分泌液，这些碱性液体可中和阴道的酸性浓度以降低对精子的杀伤力。而且，女性高潮时出现阴道及子宫的收缩和宫腔内的负压现象，有帮助精液或精子向前推进的作用，使精子爬行的时间及路程大大缩短。性高潮是男女婚后的渴求，它的出现是需要在环境和心境的优化及协调情况下才能达到。性高潮是提高婚姻生活质量必不可少的重要条件，夫妻双方在情欲极度高峰时受孕，是实现优生的良好条件。

杜绝近亲结婚是优生的保证

为达到优生目的，有些男女是不能婚配的。这里指的是两类人群：近亲血缘的男女或带有同型致病基因的异性。婚姻法规定直系血亲和三代以内的旁系血亲禁止结婚，从生物学的角度考虑，血缘关系是越远越好。近亲结婚后代的遗传病发病率远较非近亲结婚者高得多，有人统计，在数千种遗传病中，有36%是由亲、表、堂婚姻造成的。其原因是精卵子的染色体不正常，多为遗传所致。近亲结婚，含有异常染色体的精子和卵子结合会生下患有先天愚型的后代，他们各自的精子或卵子可能承接着同一祖宗所遗传下来的相同的致病"基因"，在受精卵中配成一对，两个致病基因配成一对时就形成了遗传病。据统计近亲结婚出生的弱智儿童比非近亲结婚高300倍。如果不是同一祖先，即使有一方带有致病的"基因"，也会被对方的健康"基因"所抵消，不表现为疾病。

生物节律与优生

　　生物节律优生法是运用人的体力、智力和情绪3种人体生物节律的周期运行理论，通过测算夫妇俩的生物钟运行状况，选择最佳时机怀孕生育，从而达到生育优良子女的目的。当人的各种生物钟处于运行高潮期时，人的精力最旺盛，办事效率高，智力超过平常；相反，当人的各种生物钟运行到低潮期时，精力下降，情绪低落，办事效率低，工作易出现差错。如果在夫妇俩的生物钟运行高潮期时怀孕、生育，就能生出素质高的子女。人们经常发现有的高智商高素质夫妇生了低能儿，有的普通百姓家却养出高等学府的高才生，这种现象主要同夫妇俩怀孕日的生物钟运行状况有关。因而，选择生物钟运行到最佳时机怀孕生育，是提高新生儿素质、实现优生的一项重要的新措施。

受孕时间 10 忌

　　恶劣外界条件会伤害精子或卵子，这时勉强受孕，所形成的胎儿可能出现不测。为避免产生低智或者畸形儿应做到10忌：①忌情绪过度波动和精神受到创伤后（大喜、大悲、意外事故等）受孕；②忌烟酒过度、戒烟戒酒不足6个月受孕；③忌生殖器官（包括诊断性刮宫、人工流产、取放宫内节育器等）手术后不足6个月受孕；④忌产后恢复时间不足6个月受孕；⑤忌脱离有毒有害物质（例如农药、铅、汞、镉、麻醉剂等）时间不足3个月受孕；⑥忌照射X射线、放射线治疗、服用病毒性感冒或者慢性疾病用药后不足3个月受孕；⑦忌口服或者埋植避孕药停药时间不足3个月受孕；⑧忌长途出差、疲劳而归不足2周时间受孕；⑨忌奇热、暴风雨时受孕。因为雷电可以产生极强的射线，致使生殖细胞的染色体发生畸变；⑩忌月圆之夜性交受孕。

环境辐射与优生

　　现代社会，人类除面临大气、水源、噪音污染外，也不可避免地受到各种电器电磁辐射的无形伤害，科学家称其为第4种污染源。如手机、BP机、电脑、DVD、微波炉等家用电器及即将问世的信息电器视频游戏机等；电视机顶盒、X射线发生器、激光束也会产生电磁辐射。电磁辐射对妇女、儿童的影响较大，尤其是孕妇，会导致新生儿畸形、白血病增多等。曾有报道两位孕妇长期使用电脑，结果双双产下畸胎，她们既无家族病史，孕期又没感染病毒及使用药物，怀疑与电脑屏幕电磁辐射有关。美国科学家利托韦斯发现手机释放的微波足以令发育中的鸡胚致畸。最新研究报告指出，怀孕早期的妇女每周使用电脑20小时以上，其流产率增加80%，同时也增加畸形胎儿的出生率。因此，妇女怀孕早期还是尽可能远离手机与电脑为好。

　　优质的生活和身体以及夫妻愉悦的心情为最佳受孕提供了良好的条件。准备孕育孩子的夫妇要尽可能营造和把握好最佳受孕时机。

胎教与优生

胎教是优生的一个重要内容。胎教不单要在生命形成后进行，生命形成以前也需进行。这包括婚前接受优生优育的教育和指导，孕期生理、心理卫生营养以及胎教的训练。近年来，胎教在国内外逐渐受到重视，许多研究结果表明，受过胎教的婴儿智商高于未受过胎教的婴儿。胎教是临床优生学和环境优生学相结合的具体工作，目的是促进体能与智能优秀个体的出生。

孕妈妈心态与优生

夫妻感情融洽、家庭气氛和谐的情况下，受精卵就会"安然舒适"地在子宫内发育成长，生下的孩子就更健康、聪慧。母亲愉快乐观的情绪，会使血液中增加有利于健康发育的化学物质，所怀胎儿发育正常，分娩时也较顺利。反之，紧张、恐惧、焦虑、忧郁、悲伤的情绪，会使血液中有害于神经系统和其它组织器官的物质剧增，并可通过胎盘影响胎儿发育，甚至导致胎儿畸形、早产、未成熟等。当孕妇情绪过度紧张时，交感神经兴奋就会占优势，肾上腺皮质激素分泌增加，阻碍胎儿上颌的发育而造成腭裂的可能。由于孕妇食欲不振而导致血液中营养成分不足，常会出现早产或胎儿体质下降。临产时孕妇受精神刺激而极度不安时有可能发生滞产或产后大出血。

性格与优生

人的性格早在胎儿期已经基本形成。因此，在怀孕期注重胎儿性格方面的培养就显得非常必要。胎儿性格的形成离不开生活环境的影响。母亲的子宫是胎儿的第一个环境，小生命在这个环境里的感受将直接影响到胎儿性格的形成和发展。孕妇在一个温馨和谐、慈爱的家庭环境中生活，她的内心笼罩在美满幸福的气氛中，小小的胎儿在妈妈的子宫里同样也被这温馨祥和所融化，胎儿长大成人以后，绝大部分是乐观、豁达、外向型的人。相反，孕妇如果在矛盾重重、顶嘴吵架不和谐的家庭环境下生活，或者小宝宝在准妈妈的心里总是不受欢迎的人，那么，孩子在长大成人以后，则表现为内向、孤僻，心胸狭小。可见，对胎儿的性格的形成必须加强认识，想要塑造、孕育一个性格完美的孩子，准妈妈的生活环境和心理环境是相当重要的。

父母行为与优生

孕妇的行为信息通过传递可以影响到胎儿。中国古人在这方面早有论述。古人认为，胎儿在母体内会接受母亲言行的感化，因此要求妇女在怀胎时应该清心养性、品行端正，给胎儿以良好的影响。相传中国古代周文王的母亲在怀文王时由于做到了目不视恶色、耳不听淫声、口不出拙言、坐立端正、以身胎教，因此文王生而贤明，深得人心。中国明代一位医生也认为"妊娠以后则需行坐端正，性情和悦；常处静室中多听美言，令人诵读诗书，陈说礼乐；耳不闻非言、目不观恶事，如此则生男女福寿敦厚、忠孝贤明。"可见早在古代时人们就已经懂得了母亲的良好行为对后代的影响。

孕妇的体质与优生

在中国传统医学中，早就建立了很好的孕前养生观。以中医的观点来看，孕前调理分为"身"、"心"两方面。中医强调五脏六腑要协调、阴阳平衡，不可过与不及，气血须充足。孕前调理对健康状况良好者可在预定怀孕前3～4个月开始；若自觉健康状况不理想者则有半年至1年的调理期较

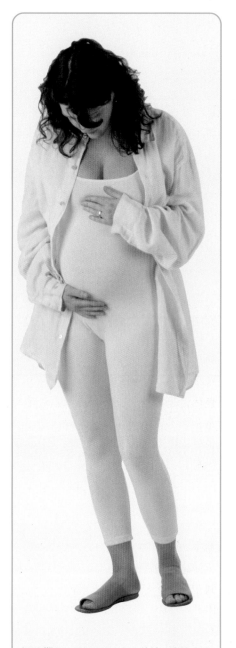

怀胎期间，孕妈妈要清心养性，给胎宝宝良好的影响。

为理想。孕妇应该做到以下几点：①摄取营养良好的饮食。不吃刺激性食物（包含茶、咖啡、酒）；食物种类要多、杂、粗、原味、多变化，奇怪或少见的及大量加工的食物不可多吃，更不可暴饮暴食。②生活规律化，起床、睡觉、运动、工作，最好做到规律而内容丰富。这样的生活会增加受孕机率，养出脾气好、风度从容的孩子。③充足的睡眠。④愉快的心情。⑤多吃鱼虾、山药，有补肾、调理先天精气的作用。

遗传与优生

■ 先天和后天的各种因素都可以影响人口的质量,遗传性疾病是影响人口质量的首要因素。遗传性疾病是指由于遗传物质出现异常而引起的疾病。它不仅威胁着千万人的健康,也将贻害子孙后代。预防和发现遗传病,阻断遗传病的延续,是优生学研究的主要课题。

人体细胞与遗传物质染色体

人体是各种器官组成统一的相互协调的整体,而细胞则是生命的基本单位。人体细胞内有46条(23对)染色体,其中44条男女都一样,被称为常染色体;其余2条男女不一样的染色体被称为性染色体。一般来说,性染色体决定人的性别。男性的性染色体为XY,女性的性染色体为XX。唯独在生殖细胞精子和卵子内只有23条染色体,当精子和卵子相结合成一个新生命——受精卵时,又成了46条染色体。所以就子女的46条染色体而言,其中23条来自父亲,23条来自母亲。因此,来自父母双方的特性共同控制着胎儿的特征及健康情况。基因是染色体携带的遗传的基本单位,是贮藏遗传信息的地方。染色体和基因是遗传的决定性物质,在遗传中起着十分重要的作用。

遗传性疾病

遗传疾病是指由于遗传物质改变(如基因的突变或染色体畸变)而造成的疾病。基因掌握着遗传的"大权",它们可以从结构上、形态上、数量上改变。在人的23对染色体上约有5万对基因,经常由于某种原因出现异己分子,这是很自然的。我们每个人都有可能程度不同的带有几个或几种的遗传病基因,并不表现出异常症状,只是因为在受孕时父母其中一方的某个基因有异常,又被另一方正常的而取代,也就是被正常的基因所掩盖。例如,父亲的某个基因是异常的,而母亲与之相对应的基因则是正常的,这样结合后所生的孩子绝大多数是表现正常的。

遗传与智商的关系

智商与遗传的关系,常规下高智商父母的子女智商往往也比较高,显示比较聪明,反之亦然。在临床上据统计观察,父母智力有缺陷的孩子有可能表现智力发育不全或精神缺陷约占半数以上。遗传固然重要,但后天因素,如社会环境的影响和后天的努力对于智商的作用也是不可低估的。

父母血型与优生

每个人的血型在妈妈的肚子里就确定了,当然这也是父母基因遗传的结果,而且是终身不变的。人类有两种血型体系,即ABO与Rh两系。其中ABO系又分为A、B、AB与O四种血型。血型的形成决定于细胞膜上的抗原类型。Rh系包括两种类型,即Rh阳性和Rh阴性。这是根据红细胞膜上有无Rh抗原来分的。有Rh抗原即为Rh阳性。相反,没有Rh抗原的就是Rh阴性。Rh系产生溶血的道理与ABO系一样的。这种血型在中国分布比较少,中国人多见于ABO类型。

父母子女血型联系表

父血型	母血型	子女可能血型	子女不可能血型
A	A	A、O	B、AB
A	O	A、O	B、AB
A	B	A、B、AB、O	——
A	AB	A、B、AB	O
B	B	B、O	A、AB
B	AB	A、B、AB	O
AB	O	A、B	AB、O
AB	AB	A、B、AB	O
O	O	O	A、B、AB
B	O	B、O	A、AB

第 2 章
妊娠期的养护

　　妊娠期是女性的一个特殊时期，其生理情况与平时大不一样。为了适应妊娠期的生理变化，准妈妈多了解妊娠知识，合理安排日常生活，对保证母亲安全和婴儿健康是很有利的。同时，为减轻妊娠期病痛，健康、顺利完成妊娠，孕妇也需要积极到医院做相关检查。

怀孕期间的检查

要孕育一个资质优异的宝宝，孕妇必须定期进行检查。包括检测体重、血压、尿糖、尿蛋白、子宫底高度、腹围大小等。这些检查虽然简单，但却非常重要。孕期检查的时间应从确定妊娠开始，最迟不超过妊娠 3 个月。

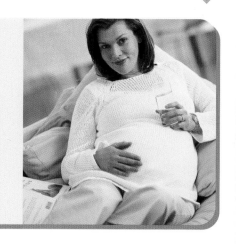

怀孕征兆

平时月经周期有规律的健康育龄妇女，在没有采取有效的避孕措施的情况下，有过性生活，月经没有按时来，月经期过 10 日或 10 日以上就很有可能是怀孕了。若停经达 8 周，妊娠的可能性更大。约半数妇女在妊娠早期，会出现头昏、乏力、嗜睡、食欲不振、喜吃酸性食物、厌油腻、恶心、晨起呕吐等反应，还有尿频、便秘、乳房不适等，这些现象医学上称之为早孕反应。另外，可根据基础体温判断是否怀孕，排卵后体温会升高 0.3～0.5℃，直至月经前 1～2 天或月经第 1 天。如果基础体温上升，月经到期未来，基础体温持续不降达 16 天之久，则受孕可能性较大。如持续 3 个月，基本可以肯定是怀孕了，但也需要排除其他可使体温升高的因素。

早孕检查

及早发现是否受孕，极为重要。因为怀孕初期正是胎儿所有器官开始形成的时候，加上胎儿还相当脆弱，最容易受到内外如病毒、细菌感染、药物刺激、X 射线、B 超的超声波、尼古丁、酒精、化学药品等的侵害。如未能及早发现怀孕，胎儿就得不到及时有效的保护而容易引发各种畸变。若感觉有怀孕迹象，应该及早到产科医师那里接受检查。受孕的信息越早知道越好，最好是在停经后一两天内到医院做早孕检查。当然，自己也可以做检测。自己检测的方法很简单，可到市场上购买早孕妊娠试纸或者试剂，按照其使用说明进行操作，如果表现为阳性则证明已经怀孕。从这时起就应采取措施，细心保护小生命了。

用妊娠试纸诊断是否怀孕

凡月经正常的女性，当出现月经来潮日晚了几天而发生妊娠时，使用妊娠诊断试纸来验证几乎全是呈阳性。不过，在使用这种试纸时其灵敏度一定要高，试纸要新，使用方法须正确得当，并且，使用前提是月经正常。药店内出售这种试纸大部分是一次用量，不可重新再做，因此在使用前一定要仔细阅读使用说明书。另外，有时在妊娠的极早期也会出现显示阴性的现象。这种方法对妊娠的早期发现是很有帮助的，但要了解妊娠状况是否正常还应到妇产医院做专项检查。

产前检查要从怀孕早期开始

产前检查应从怀孕早期开始，而且首次检查应详细全面，这是非常重要的。有以下 5 点重要性：①医生需要了解孕妇是否有不适合继续妊娠的情况，如严重的心脏病、肝脏疾病、肾脏疾病、血液病、糖尿病、急性感染性疾病、接触毒物或放射线等，若有此类情况，在怀孕早期行人工流产术终止妊娠，对身体损害较小。②有助于确定妊娠是否正常及妊娠周数。特别是月经周期不规律者，怀孕早期子宫的大小及 B 超检查对推算预产期有重要的参考价值。③可以了解生殖器官有无异常，如炎症、肿瘤、子宫阴道畸形等。一旦到怀孕中、晚期，由于子宫增大，占据盆腔，会使肿瘤和畸形的诊断变得非常困难。④怀孕早期的血压和体重能代表非孕时的水平，可作为孕妇的基础值，对某些妊娠晚期并发症的监测、诊断有重要的参考价值。⑤尽早地接受孕期保健指导，能减少妊娠并发症的发生。

怎样定期进行产前检查

一般妊娠过程历时 38～40 周，在这段时间里，胎儿逐渐长大并成熟，同

确认怀孕后需做哪些检查

确认怀孕后，在第 1 次或第 2 次就诊时，医生根据孕妇具体情况做如下检查，包括：血常规、乙型肝炎抗体测定、尿常规和涂片、甲胎蛋白测定、梅毒检查、超声波检查、宫颈涂片检查、Rh 因子检查、风疹抗体滴定度、血型和乳房 X 线片（如你超过 35 岁并且以前没检查过，许多医生妊娠期不要求做这项检查）。将检查结果告诉医生，医生会提供帮助，如风疹抗体阴性，表明孕妇对这种病没有抵抗力，妊娠期要避免接触这种病人，下次妊娠前先接种疫苗。

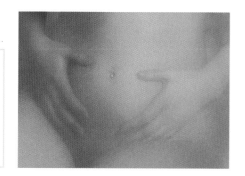

用测孕棒诊断是否怀孕。

时孕妇的身体也会发生一系列变化，而且妊娠过程中还可能出现各种各样的并发症，如先兆早产、妊娠高血压综合征、前置胎盘、胎儿发育迟缓、胎位异常等。因此，只有定期连续的检查，才能随时了解胎儿在宫内的生长发育情况以及孕妇的身体状况，以便尽早发现异常，及时治疗和纠正。所以，孕妇一定按医生的要求定期进行产前检查。一般情况下，怀孕12周内检查1次，以后每4周检查1次，怀孕28周后每2周检查1次，怀孕36周后每周检查1次至住院待产。整个妊娠期大约需检查13次左右。若为高危妊娠，则应根据医生的建议相应增加检查次数。

为什么要进行风疹检查

母体在怀孕12周之内的妊娠早期，如果患有风疹，很有可能产下先天性异常儿，其比例是非常高的，应特别引起注意。如果曾经患过，有了免疫力的母亲一般不会再患第2次风疹。不过也有再度感染风疹的危险性。因此，孕妇应尽可能在妊娠前进行风疹抗体检查，如果是阴性，应注射风疹疫苗，使妊娠后有此免疫力。如果在妊娠后进行风疹检查，结果是阴性的话，那是不能注射风疹疫苗的，只能加强预防感染的措施，这一点应特别注意。如果已得了风疹，出现38℃左右的体温，并在身体上出现疹子，一般3~4天后便自然消失，多数成人患者的症状比较重些。

检查血型

妊娠时，由于某种原因母亲有可能要进行必要的输血，必须事先检查血型。特别应知道母体与胎儿之间是否有母子血型不合情况。一般血型不合有两种情况：①Rh血型不合。由于母体是Rh型阴性，在腹内的胎儿是Rh阳性。如果在分娩时致使胎盘绒毛损伤破裂或者其他的情况下，Rh凝集原通过胎盘进入母体，就会刺激母体产生抗Rh凝集素，一旦这种免疫性抗体经胎盘进入胎儿体内，会导致严重的溶血现象，发生新生儿溶血，甚至流产或死胎等。所以，了解Rh型血型是否符合是非常重要的。②ABO血型不合。胎儿血型是由双亲血型所组合的，可能会发生母亲与胎儿之间的血型不合。但是和Rh血型不同，这种不合不一定会发生什么障碍。这主要根据母亲的健康情况和营养状态所决定，即使发生障碍，要比Rh血型不合所发生的障碍轻得多。

为什么要测量骨盆

分娩时胎儿通过的通道称为"产道"。其中子宫颈和阴道、外阴部，由于是肌层组成的柔软部分，所以分娩时有相应的伸缩性，但是骨盆是硬骨头，没有伸缩性。由此可见，骨盆的大小对分娩有很大影响。测量骨盆可以估计骨盆腔的大小，预测分娩时足月胎儿能否顺利通过。一般来说，高大的女子，骨盆也大，胎儿也较大；瘦小的女子，骨盆也小，胎儿也较小。但也不能一概而论，也会有个别特殊的情况。骨盆是产道的重要部分，常称为"硬产道"。分娩的快慢、是否顺利，都与骨盆的形状和大小有密切关系。骨盆形态虽正常，但径线短，也可能发生难产现象；相反，骨盆虽异常，但径线长，分娩也不一定有困难。所以在分娩前对骨盆进行详细检查是很重要的。一般在第1次产前检查时医生就会测量骨盆的各径线，在孕妇记录卡上记录以便查考。

为什么要进行弓形体检查

弓形体病又叫住血原虫病，属于原虫病的一种。在妊娠过程中如果感染，母体虽然不出现什么症状，可是对胎儿却有影响，会引起胎儿发育障碍、视力和听力障碍等。感染的原因主要是由于孕妇没有注意卫生。猪肉要完全煮熟才可吃。一定不能接触猫狗的排泄物。因此，妊娠期应进行血液毒性抗体检查。如果是阳性，但是是在妊娠前感染的，现已成为慢性患者，对胎儿则无影响，如果是在妊娠过程中感染的，那就有问题了。

肝功能与 HP 抗原的检查

肝功能与 HP 抗原检查已作为妊娠常规检查，一旦发现母体患病毒性肝炎就应及时隔离、积极治疗。如果母体带有 B 型病毒性肝炎，那将会通过胎盘传染给胎儿。有的人即使带有这种病毒，但本人并不出现任何症状，只是长期的病毒携带者，这些人到处散播病毒，当孕妇抵抗力降低时，就易患此病。因此妊娠早期做此检查是非常必要的，以便及时治疗，并考虑是否可以继续妊娠，以保证母子平安。

检查血压

原先血压正常的准妈妈，可能在妊娠中期以后发生合并症，最常见的就是妊娠性高血压。只要做产前检查，高血压是很容易被诊断的。血压表示为两个值——收缩压及舒张压，正常的孕妇，收缩压介于110～140毫米汞柱之间，舒张压则介于60～90毫米汞柱之间。因此，如果收缩压大于140毫米汞柱、舒张压大于90毫米汞柱，这说明孕妇血压升高了！到底妊娠性高血压会有什么危险呢？通常它们会在怀孕20周以后才会出现。起先仅仅是血压的上升而已。但是随着周数增加，血压逐渐上升，同时，也会开始出现蛋白尿。如果尿中流失的蛋白质太多，超过食物中的摄取量，孕妇便会出现血中蛋白不足的症状，最明显的就是全身水肿。由于供应胎儿氧分的子宫血流量明显减少，使胎儿发育会迟缓，羊水也会减少。这种合并妊娠性高血压、蛋白尿及全身水肿的情况，以往称作"妊娠毒血症"，现在则称作"先兆子痫"。如果血压过高，血管收缩太厉害，会造成大脑缺氧、功能失调，引起大抽搐的癫痫现象，就称作"子痫症"。一般而言，妊娠性高血压出现愈早，愈会导致严重合并症。而其发生先兆子痫的概率也愈大。同时，胎儿发育也会明显迟缓，有时甚至胎死宫内。产前检查时测量血压，可以及时发现高血压以及"先兆子痫"，对孕妇帮助很大。

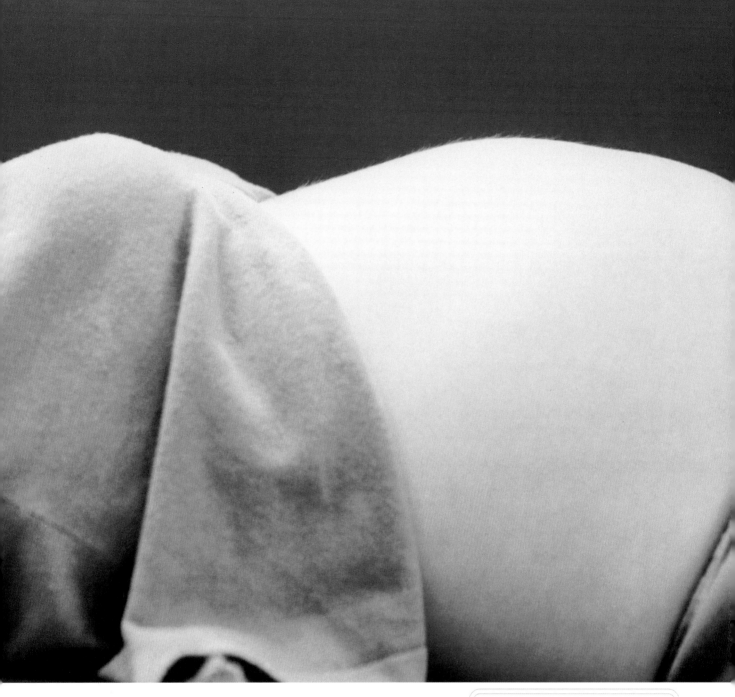

怎样判断子宫的大小

判断子宫的大小有以下几种方法：①妇科检查：通过双合诊检查了解子宫的大小，对了解是否妊娠及妊娠是否符合停经月份等有重要意义，一般适用于怀孕早期的检查。②测量宫高及腹围：随着妊娠月份的增加，子宫逐渐增大，怀孕12周以后子宫增大超出盆腔，在腹部可以摸到子宫的轮廓。子宫的大小对估计妊娠月份及胎儿的大小有一定的参考价值，一般根据宫高和腹围来判断子宫的大小。宫高是指耻骨联合上缘至子宫底最高点的距离，代表子宫长径，腹围（平脐水平）代表子宫横径及前后径，综合起来能较准确地估计子宫的大小，通常适用于怀孕中期以后。③B超检查：B超检查得到的结果较手法检查更为可靠，但需借助B超检查仪，应用起来不太方便，所以不作为常规检查采用。另外，对于怀孕中期以后的子宫，B超测量有一定的困难。所以，了解子宫的大小要根据怀孕时间、医院的设施等选择适当的方法。

几项特殊检查

准妈妈在怀孕期间一般检查15次，并且还需要一些"特殊检查"项目：包

孕妇的健康是胎儿健康生长的保证。除了必要的孕期检查、调理、治疗外，孕妇的心理健康对胎儿的生长也起着非常重要的作用。育儿专家告诉孕妇，清心、养性、静心养胎就是这个道理。

括16～18周的"母血筛检唐氏综合征"；15～20周"羊膜穿刺检查"；24～28周的"50克葡萄糖耐量试验"，即"妊娠糖尿病筛检"；还有20～24周可做脐静脉穿刺术。不过，"筛检"当然是建议所有孕妇都要做。此外，20～24周还可以做腹部的超声波检查，看看胎儿有无重大的先天异常。这些是准妈妈们要了解到的特殊检查。

胎动

胎动是指胎儿在子宫内的活动，是胎儿发育状况良好的表现。早在怀孕9～10周时，B超下就可以观察到胎儿肢体的运动，但由于运动的强度和幅度很小，不足以引起孕妇的感觉。随着胎儿的生长发育，其动作强度和幅度逐渐增大，到一定程度时即可以引起孕妇的感觉。一般情况下初孕妇女在怀孕18～20周左右可以感觉到胎动，个别孕妇会晚一些。但到22周时若仍未感觉到胎动者，就应到医院检查。

测算预产期

人类的怀孕期是平均满40周（共280天），所以怀孕满40周的那一天就是预产期。因为1个月约4个星期，所以人们常说："怀胎10月。"可是1个月不都是28天，大月有31天，小月有30天，2月才28天或29天，所以仔细算起来，妊娠280天其实是"怀胎9个月零7天"。所以，月经规则的人，预产期以最后1次月经的月份加9或减3，日期加7即可得知。例如最后一次月经为1月1日，则预产期就在10月8日；若最后一次月经为10月10日，则预产期即为第2年7月17日。

受孕通常发生在排卵期，即下次月经前的第14天，从上次月经的第1天开始数280天便可推算出分娩日期。可参照下表推算。

推算分娩日期

一月	1 2 3 4 5 6 7 8 9 10 11 12 13 14 15 16 17 18 19 20 21 22 23 24 25 26 27 28 29 30 31
十月/十一月	8 9 10 11 12 13 14 15 16 17 18 19 20 21 22 23 24 25 26 27 28 29 30 31 1 2 3 4 5 6 7
二月	1 2 3 4 5 6 7 8 9 10 11 12 13 14 15 16 17 18 19 20 21 22 23 24 25 26 27 28
十一月/十二月	8 9 10 11 12 13 14 15 16 17 18 19 20 21 22 23 24 25 26 27 28 29 30 1 2 3 4 5
三月	1 2 3 4 5 6 7 8 9 10 11 12 13 14 15 16 17 18 19 20 21 22 23 24 25 26 27 28 29 30 31
十二月/一月	6 7 8 9 10 11 12 13 14 15 16 17 18 19 20 21 22 23 24 25 26 27 28 29 30 31 1 2 3 4 5
四月	1 2 3 4 5 6 7 8 9 10 11 12 13 14 15 16 17 18 19 20 21 22 23 24 25 26 27 28 29 30
一月/二月	6 7 8 9 10 11 12 13 14 15 16 17 18 19 20 21 22 23 24 25 26 27 28 29 30 31 1 2 3 4
五月	1 2 3 4 5 6 7 8 9 10 11 12 13 14 15 16 17 18 19 20 21 22 23 24 25 26 27 28 29 30 31
二月/三月	5 6 7 8 9 10 11 12 13 14 15 16 17 18 19 20 21 22 23 24 25 26 27 1 2 3 4 5 6 7
六月	1 2 3 4 5 6 7 8 9 10 11 12 13 14 15 16 17 18 19 20 21 22 23 24 25 26 27 28 29 30
三月/四月	8 9 10 11 12 13 14 15 16 17 18 19 20 21 22 23 24 25 26 27 28 29 30 31 1 2 3 4 5 6 7
七月	1 2 3 4 5 6 7 8 9 10 11 12 13 14 15 16 17 18 19 20 21 22 23 24 25 26 27 28 29 30 31
四月/五月	7 8 9 10 11 12 13 14 15 16 17 18 19 20 21 22 23 24 25 26 27 28 29 30 1 2 3 4 5 6 7
八月	1 2 3 4 5 6 7 8 9 10 11 12 13 14 15 16 17 18 19 20 21 22 23 24 25 26 27 28 29 30 31
五月/六月	8 9 10 11 12 13 14 15 16 17 18 19 20 21 22 23 24 25 26 27 28 29 30 31 1 2 3 4 5 6 7
九月	1 2 3 4 5 6 7 8 9 10 11 12 13 14 15 16 17 18 19 20 21 22 23 24 25 26 27 28 29 30
六月/七月	8 9 10 11 12 13 14 15 16 17 18 19 20 21 22 23 24 25 26 27 28 29 30 1 2 3 4 5 6 7
十月	1 2 3 4 5 6 7 8 9 10 11 12 13 14 15 16 17 18 19 20 21 22 23 24 25 26 27 28 29 30 31
七月/八月	8 9 10 11 12 13 14 15 16 17 18 19 20 21 22 23 24 25 26 27 28 29 30 31 1 2 3 4 5 6 7
十一月	1 2 3 4 5 6 7 8 9 10 11 12 13 14 15 16 17 18 19 20 21 22 23 24 25 26 27 28 29 30
八月/九月	8 9 10 11 12 13 14 15 16 17 18 19 20 21 22 23 24 25 26 27 28 29 30 31 1 2 3 4 5 6 7
十二月	1 2 3 4 5 6 7 8 9 10 11 12 13 14 15 16 17 18 19 20 21 22 23 24 25 26 27 28 29 30 31
九月/十月	7 8 9 10 11 12 13 14 15 16 17 18 19 20 21 22 23 24 25 26 27 28 29 30 31 1 2 3 4 5 6 7

如何由胎动推算预产期

感觉胎儿在体内（子宫）活动，称为"自觉胎动"。初次感觉胎动，一般是在怀孕18～20周之间，在妊娠历上则为第5个月（20周），因而再加4个月又20天，即为预产期。不过，曾生产过的孕妇往往会提前感觉胎动，大概在17～18周左右就会发生，因此加22周（即5个月又4天）才是预产期。自觉胎动时期往往因人而异，所以这种算法并不精确。

基础体温曲线法

若依基础体温曲线计算预产期，由排卵日到分娩约266～270天。排卵日一般也可视为受精日，因此，此法的准确性极高。基础体温的曲线中，低温期的最后一天即为排卵日，再加上38周（266天），或于此日的月份加9、日数减7就是预产期。平时若能持续不断地测量体温，则此方法可以最快得知是否怀孕。只要高温状态持续16天以上，即可能为怀孕迹象，若持续18天有90%的可能性，19天有95%，20天以上，则可以确定是怀孕了。不过，为了避免流产或避孕而服用黄体素，也会使体温升高，此时就不可单凭基础体温曲线来判断是否怀孕了。预产期的计算方法很多，如果最后一次月经日期不确定，很容易推算错，不妨配合其他的方法。

什么时候该做超声波检查

相信有许多准妈妈会问："我什么时候要做超声波检查？"一般而言，医生在以下情况会考虑做超声波检查：①当有流产的可能性时。②孕前月经不规则或是妊娠周数不明确时。③有不正常出血，怀疑有前置胎盘或胎盘早剥时。④怀疑胎儿过大时。⑤怀疑胎儿发育迟缓时。⑥行绒毛吸取术、羊膜穿刺术及胎儿脐静脉穿刺术时。⑦怀疑为多胞胎时。⑧怀疑是胎位不正（横位或臀位）时。⑨怀疑羊水过多或过少时。⑩妊娠过期，评估胎儿状况时。怀疑是葡萄胎时。葡萄胎也称水泡状胎块。一种病理产科现象，表现为绒毛的异常生长（胚胎多死亡或消失）。由多数内含胶样物质的小囊所组成。形似葡萄串，故称葡萄胎。葡萄胎常用吸宫术治疗。在少数病例水泡侵入子宫肌层而引起出血，严重者可行手术切除子宫，极少数病例可发展成绒毛膜癌。妊娠合并盆腔肿瘤时。希望筛检有无胎儿先天性异常时。有早产迹象时。当然，若要评估胎儿生长快慢、羊水多寡及胎盘功能是否健全，以及胎儿的先天性结构异常，应该经由精密的超声波检查，才够做到客观和准确。

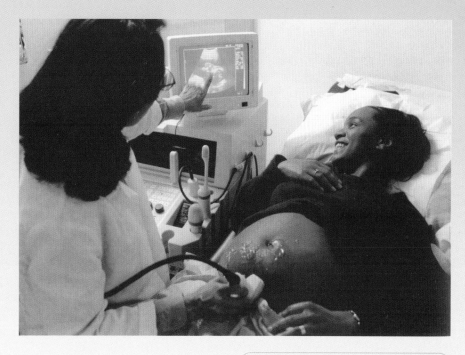

怀孕一共要照多少次超声波

定期做产检，除了要关心产妇身体健康情况外，还有一个重要目的，就是关心胎儿的健康，若到达此目的，就必须借助现代超声波技术了。除了6～22周之间第1次照超声波确定怀孕周数外，16～18周之间照第2次，可以看出胎儿的大体构造，如头、胸腹腔、四肢、脊椎的发育情形。这段时间正好是母血筛检唐氏综合征的周数，同时做超声波确定胎儿大小，可以提高筛检的准确度。22～26周之间照第3次，除了可以看出胎儿的大体构造，也可了解胎儿发育及有无细微异常，包括兔唇、先天性心脏病、肾脏泌尿系统、大小脑等。此时还可以观察羊水、胎盘、发育速度及胎儿的外观和脏器。32～38周之间照第4次超声波，可以观察羊水量、胎盘功能及胎儿发育速度。由于胎儿成长是阶段性的，故有必要分段检验。其中第2次扫描（16～18周）要视孕妇的情况来决定有无必要。

什么是"绒毛吸取术"

胎盘是由许多的小绒毛构造组成。绒毛吸取术，就是利用长约30厘米，内径约1.5毫米的金属管，从子宫颈口伸入子宫里面，抽取一小块胎盘组织出来的小手术。抽出来的组织，放在培养液中观察，形状就像绒毛。一般抽取40毫克左右。这项检查必须在超声

波仪器的引导下进行。如果胎盘位置比较靠近孕妇的前方，也可以从腹部穿刺，穿过子宫肌肉到达胎盘，抽取组织。胎盘中的绒毛细胞，是自胚胎细胞分化而来。故抽取绒毛细胞做染色体以及基因的检查，可得知胎儿有没有染色体异常或是其他的遗传疾病。染色体检查，也可以看出胎儿的性别，这对一些与性别有关的遗传疾病，可提供参考。不过有一些父母纯粹利用这项检查来看胎儿是男是女，是不允许的。

"绒毛吸取术"的优点

绒毛吸取术最大的优点，就是可以尽早知道诊断的结果。通常做完检查的2周以内，就可以知道答案。所以如果是在10周左右做检查，12周左右就可以知道结果。一般而言，人工流产手术最好是在14周以内进行，否则会对母体不好。所以，如果胎儿有重大的遗传疾病，能够在短时间内诊断，及早做流产手术，母体危险性可以减到最低，合乎优生保健的目标。

什么是"羊膜穿刺术"

它是以约0.6毫米内径的长针，在超声波引导下，穿过孕妇腹部，经过子宫壁，到达羊膜腔，然后抽取20毫升的羊水。培养羊水中的胎儿细胞，可

"绒毛吸取术"以其可尽早知道诊断结果而受到孕妇们的欢迎。做此项小手术时必须同时做超声波检查，因为超声波仪器可引导绒毛吸取术正常、顺利进行。

以分析细胞的染色体，以及许多酶的活性，由此可以用来查染色体异常（如唐氏综合征）、基因异常，或是先天性代谢异常。通常实施的周数是15～20周，最晚不要超过22周。15周以前羊水量较少，穿刺的流产率比较高。22周以后做检查，脱落细胞少，不易成功。

哪些准妈妈可以考虑做羊膜穿刺术

满34岁以上的准妈妈可考虑做羊膜穿刺术。不过由于目前已有母血筛检唐氏综合征的方法，故也可以考虑先抽母血，如果危险几率大（大于1/270），再抽羊水。如果准妈妈年龄较大，例如大于38岁以上，由于母血筛检的准确度仅达70%，还是考虑抽羊水比较保险。以下其他情况，也可以考虑抽羊水：曾生过唐氏综合征胎儿者、近亲有唐氏综合征者、曾生过异常胎儿者、超声波检查有异常者、母血筛检显示高危险者、父母一方染色体异常、父母一方接触明显致畸因素以及一些特定基因异常携带者。

羊膜穿刺术的危险

羊膜穿刺术最主要的危险性，就是破水。如果破水了，会引起流产。这种情况发生率大约是3‰左右，即使是技术经验再好，也无法完全避免。有的孕妇会担心穿刺会插到胎儿。由于是在超声波引导之下操作，所以不会伤到胎儿，当然也不会造成胎儿异常。

胎儿在宫内的姿势

怀孕8~9周左右，胚胎初具人形，9~10周时，B超下可以观察到胎儿的运动。在怀孕28周以前，由于羊水较多，胎体较小，胎儿在子宫内的活动范围大，因此胎儿在子宫内的位置和

姿势经常发生改变。到妊娠晚期，特别是怀孕32周以后，由于胎儿发育迅速，羊水相对减少，胎儿与子宫壁贴近，胎儿的位置和姿势相对恒定，胎头俯屈，颏部贴近胸壁，脊柱略前弯，四肢屈曲交叉于胸前，其体积及体表面积均明显缩小，整个胎体成为椭圆形，以适应妊娠晚期椭圆形宫腔的形状。在医学上将最先进入骨盆的胎儿部分称为胎先露。不同的胎先露取决于胎儿在宫内的不同位置，即通常所说的胎位。胎位简单地可分为3种，即头先露、臀先露和肩先露，每种胎先露与母体骨盆之间的关系，对分娩经过影响极大，故在妊娠后期直至临产

前，应尽早确定胎儿在子宫的位置，以便及时将异常胎位纠正为正常胎位。

胎儿在宫腔内的姿势会经常改变吗

胎儿在宫腔内的姿势一般是头向前俯屈，下颏贴近胸壁（即低头姿态），脊柱后弯，四肢屈曲交叉在胸腹前面，整个胎体弯曲呈椭圆形，多数情况头朝下。胎儿在宫腔内的活动具有一定的自由度，姿势会经常改变。妊娠28周前，由于羊水较多，胎体小，胎儿在宫腔内的活动空间相对较大，胎位经常会改变姿势。这一时间段的胎位对足月分娩无关紧要，可以不加干预。随着胎儿生长，胎头增大，多数胎儿能自行转成正常的头位（即头朝下的胎位）。妊娠28周以后，特别是32周后，羊水逐渐减少，胎儿的活动空间受到限制，这一时间段的胎位一般越来越不易发生变化。如此时产前检查发现胎位不正，应在医生指导下加以纠正，一般通过纠正可转成正常的头位，但矫正不必勉强。

如何发现"唐氏综合征"

唐氏综合征是最常见的染色体异常疾病，约五六百个新生儿就有一个；他们的染色体之中，多了一条染色体（第21号染色体）。唐氏综合征病童常会有中度到重度的智力障碍，及近半数患者会合并有先天性心脏病。五官发育也会异常，两手出现"断掌"。部分唐氏综合征的胎儿可以在超声波检查中发现异常，包括生长迟缓、肠道阻塞、后颈部皮下级组织增厚、先天性心脏病及四肢短小等，但是仍然有半数以上的唐氏综合征胎儿，在超声波检查之下仍然不能被发现。如果要确定胎儿是否为唐氏综合征，最准确的方式，就是做"羊膜穿刺术"或"脐静脉穿刺术"，以便进行细胞的染色体分析。可是这项检查有风险（有3‰的流产率），而且花费昂贵，不可能每个孕妇都能做这项检查。过去也只有在高危险群的孕妇，医生才会建议做。最近已

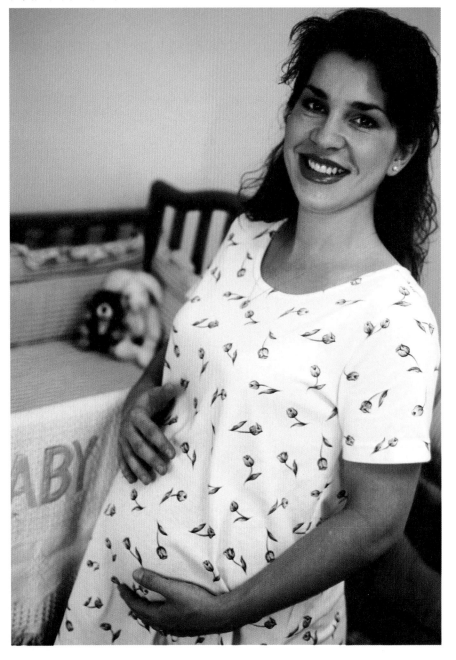

经有抽取母血做生化检验的唐氏综合征筛检出现。在抽取母血之后会根据检验值，计算出怀有唐氏综合征胎儿的危险几率，有问题的个案，才建议进一步做穿刺术，检查羊水或血细胞染色体，以确定是否为唐氏综合征胎儿。

母血筛检唐氏综合征

由于近几年来，医学家们陆续发现有唐氏综合征胎儿的妈妈在怀孕过程中，她们血液中"甲胎蛋白"的浓度会比相同周数的其他妈妈的血液中的含量值低很多，而"乙型人体绒毛促性腺激素"则会高很多。所以发展出一套公式，可以根据胎儿周数（最好是用超声波算出的周数）、母亲年龄、体重，以及抽取母血测验上述两种生化物质的血中浓度，算出怀有唐氏综合征的胎儿的危险几率。如果几率大于1/270，例如1/200、1/100等，表示胎儿是唐氏综合征的机会很大，属高危险群，通常医生会建议孕妇再做羊膜穿刺术以确定是否为唐氏综合征。目前，抽血的周数主要是15～20周之间，不过以后可能会提早到20周左右。这项筛检是抽取母血，故对胎儿不会有影响。

什么是遗传筛查

遗传筛查是预防遗传性疾病发生的重要步骤，其目的是将带有致病遗传物质的遗传携带者检出。遗传携带者主要包括两类：①隐性遗传病杂合体：人群中隐性遗传病的发病率并不高，但杂合体比例却高得惊人。例如，苯丙酮尿症纯合体在人群中为1/10000，而杂合体（携带者）为1/50，是纯合体的200倍。对发病率极低的遗传病，通常不做杂合体的群体筛查，只对患者亲属及其对象进行筛查。②染色体平衡易位：由于染色体平衡易位多无遗传物质的丢失，因此染色体平衡易位者并不表现症状，但其生育染色体异常患儿的概率超过50%，甚至达到100%，生育死亡儿的机会也很大。

准妈妈为自己拥有健康的身体而高兴，腹中宝宝的健康成长也让她到无比欣慰。

遗传筛查的方法

目前常用的遗传筛查方法有如下几种：①羊膜腔穿刺行羊水检查：一般在怀孕16～20周进行，羊水细胞培养10～18天后行染色体核型分析，也可做代谢性疾病分析。②绒毛活检：怀孕早期行绒毛活检、滋养细胞培养及染色体核型分析。③羊膜腔胎儿造影：通常用于诊断胎儿体表畸形和消化道畸形，如胎儿小耳症、单眼症、小头症、胎儿水肿等。④胎儿镜检查：可在直视下观察胎儿及胎盘，并可采集羊水、抽取胎儿血液及进行胎儿皮肤活检等。⑤B超检查：怀孕16周以后各主要脏器能清晰显现，可观察胎儿体表及脏器有无畸形。⑥经皮脐静脉穿刺取胎儿血液检查：怀孕18～20周进行，可诊断胎儿贫血、代谢性疾病等。⑦胎儿心动图检查：可了解胎儿的心脏结构有无异常，对先天性心脏病的早期诊断有帮助。

孕期日常生活调适

怀孕是女性一生中的重大关卡，代表着生命进入了一个新阶段，在期待与喜悦的同时，孕期所产生的身体不适与忐忑不安也相伴相随。由于荷尔蒙改变，孕妈妈在生理上会出现特有的症状；新生命的到来，心理上也可能引发不同于以往的情绪反应。为减少孕期的不适与不安，做好孕期的身心照护，提高孕期生活质量，准妈妈需要了解一些妊娠知识。

早孕反应

早孕反应的原因至今并无定论，只知道是由多种因素造成的。①受到内分泌的影响。怀孕后，人绒毛促性腺激素会急速上升，这种激素在血中的浓度愈高，反应就会愈严重。在正常情况下，人绒毛促性腺激素在10周后会开始下降，因此，症状也会随着改善。由于这个原因，怀双胞胎及葡萄胎的孕妇，人绒毛促性腺激素通常较高，早孕反应自然也较严重。②营养因素。怀孕期间新陈代谢率增加，需要较多营养，故容易因维生素不足，而加重症状。若情况严重，可以补充一些维生素（如维生素B_6），以缓解症状。③与情绪、压力有关。通常承受生活压力较大，家庭成员关系紧张，反应也较厉害。④和代谢有关。糖类代谢速率改变，对高血糖或低血糖较敏感，所以过饱或饥饿过久就会想吐。⑤中枢神经对呕吐控制的机制改变。孕妇在怀孕期间会对某些特殊气味，以及油炸、辛辣等食物较敏感。

如何控制早孕反应症状

其实，早孕反应的症状会自行减轻消失，并不需要特别的药物治疗，只需在饮食习惯上稍做调整即可。饮食

糖醋荷包蛋能健胃止吐，迅速改善脾胃虚弱、呕吐不止等害喜反应。食用时最好将蛋和汤一同食用，效果更好。

调整方案：①少量多餐。少量是怕吃太多造成不适；多餐是避免久饥。事实上，饥饿过久再进食，也会造成呕吐。②随身携带小零食。零食最好是以糖类为主，如小饼干；如此可帮助一些准妈妈因工作错过正餐时，可以马上吃些东西解饥。③建议在早晨吃较清淡的早餐，如面包。平时则避免辛辣、特殊气味、油炸及脂肪类的食物。④进餐时，食物的水分不要太多，想喝水，则最好在两餐之间摄取，因为水分太多也会引起胃胀、呕吐。除了孕妇本身要注意外，在平日的生活细节上，家人也应给予较多的精神支持，以度过这段"非常时期"。晨吐厉害的人，不妨在睡前吃些小点心，以维持夜间及清早的血糖。此外，尽量不要在嘈杂或空气不好的环境中进食，以免气味不好，影响食欲。虽然有些准妈妈在早期因食欲不佳，会有体重减轻的现象，但不至于影响胎儿的发育，更不会造成永久性的伤害，若有需要，可以补充维生素 B_6，但不要随意使用止吐剂，当然更不可以吃成药。如果呕吐实在太剧烈，达到虚脱程度，则必须借助止吐药物治疗，但是，最好由妇产科医生来开处方。

妊娠反应的饮食疗法

大多数孕妇在妊娠早期有轻重不同的妊娠反应，当反应较重时，可适当选用以下食疗方法：①糯米粥，随意服用；②熟豆75克，晒干研细，每次10克，米汤送服；③甘蔗绞汁，加生姜末少许，做茶饮。有治疗孕妇口干、心烦、呕吐的作用；④橄榄捣烂，水煎，可治疗妊娠早期食欲减退、心烦、呕吐等症状；⑤生姜10克，橘皮10克，加红糖煮水当茶饮，可缓解孕吐。

腹部胀痛是否是流产先兆

流产的比率大约是 10%～15%，其中约有70%发生在怀孕的第2个月至第4个月之间。还有，孕妇的年龄越大，就越容易发生流产。流产的征兆是下腹部疼痛及阴道少量出血。流血

的情况不同，所出现的症状也就不同：①先兆流产：有出血及下腹部疼痛的症状出现，子宫口仍然是闭锁的状态，这种程度的流产，只要通过治疗，如果确认胎儿存活，90%以上的妊娠都可以继续下去。②难免流产：先兆流产继续恶化，胎盘已经剥离，宫口扩张，大量出血，下腹部剧烈疼痛。此种流产已无法避免。③完全流产：子宫口打开，腹部发生阵痛，胎儿和附属物完全排出体外，此类流产经常发生在怀孕的早期。④过期流产：完全没有任何症状出现的流产，此时，胎儿早已经死亡，未排出子宫腔。孕妇往往在做超声波等检查时，才知道自己已经流产。⑤化学性流产：孕妇流产时，并不知道自己已经怀孕，还以为流出物只是一般的经血。

注意饮食，预防流产

怀孕到第8周，流产的危险性非常高。25%的流产在怀孕8周前发生，75%的流产在怀孕16周前发生。因此，孕妇应提前预防，尤其是在饮食上要特别注意以下几点：①忌食有堕胎作用的水产品，许多水产品有活血的作用，吃后对早期妊娠会造成不良影响。如螃蟹、甲鱼、海带等。螃蟹其性偏寒凉，有活血祛淤之功效，尤其是蟹爪，有明显的堕胎作用；海带有软坚散结的功效；甲鱼则具有较强的通血络、散瘀块的作用，也有堕胎之弊。②忌食滑利食品。寒性滑利之品如黑木耳、山楂、荸荠、米仁、马齿苋等物，对怀孕早期有一定的影响；药理上米仁对子宫肌有兴奋作用，能促使子宫收缩，因而有诱发流产的可能。③忌食热性食物。因热性食物能使人体内热加重，有碍机体聚血养胎，这类食物如羊肉、狗肉、鹿肉、公鸡肉、麻雀、海马、香菜、荔枝、桂圆、杏子、杏仁等。④忌食冷饮。怀孕早期，孕妇食欲不佳，吃了过多的刺激肠胃的冷饮，从而导致下泄，对胎儿的生长发育很不利。

阿胶可养血止血，润肺安胎。饮用阿胶粥对胎动不安或滑胎的孕妇有预防和调养作用。

孕妇主要营养素的食品来源

均衡充足的营养，可以促进胎儿的大脑发育，是积极开展胎教的物质基础。适应母子需求、合理而均衡的膳食应当包括：蛋白质、脂肪、碳水化合物、矿物质、维生素和水。含蛋白质的食物主要包括：肉类、奶类、蛋类、鱼类。适当地增加热能的摄入量，热能主要源于脂肪和碳水化合物。矿物质与维生素的供给来源是奶类、豆类、海产品、肉类、动物肝脏、芝麻、木耳、花生、核桃等。维生素食品包括：玉米胚芽、瘦猪肉、猪肝、鸡蛋、蔬菜、水果类。总的要求是：要多吃营养丰富的食物，要多吃较易消化的食物，要多安排清淡、可口、不油腻的菜肴，以激起孕妇的食欲。为了防止呕吐，可以在早晨起床后，先喝一杯白开水，再吃一些易消化的食物，稍躺一会儿再起床。

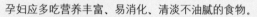

孕妇应多吃营养丰富、易消化、清淡不油腻的食物。

及时补充维生素

维生素分成两大类，一类只溶于油类属于脂溶性维生素，如维生素A、D、E、K；另一种是水溶性的，其中有维生素B族和维生素C等。维生素C是细胞之间的粘连物，它不仅可以修补伤口，还可激活白细胞，使之吞噬细菌增加抗病能力。维生素C在铁的运送、吸收中，也起着重要的作用。维生素C缺乏时，微细血壁粘着力差，粘膜、牙龈及消化道等容易出血，身体抵抗力下降，容易感染。水果、蔬菜和五谷中都含有维生素，但蔬菜和五谷中的维生素，在去皮、精磨和烹饪时常常受到破坏。水果洗净或削皮后可以生吃，有益于维生素的保存、吸收和利用。因此，孕妇除一日三餐外，还应适当增加一些水果以满足自身及胎儿对维生素的需要。

孕妇不宜多食酸性食物

孕期第2个月常会出现恶心、呕吐等妊娠反应。中国民间历来常用酸性食物来缓解孕期呕吐，甚至有用酸性药物止吐的方法。这种方法并不可取，有研究指出，酸性食物和药物是导致畸胎的两大元凶。长时间的酸性体质不仅容易使母亲患某些疾病，更重要的是影响胎儿正常、健康的生长发育，甚至可以导致胎儿的畸形。

孕妇饮食4大误区

孕妇在长达1年的强化营养过程中，或多或少会走入一些营养误区。如：①价钱越高，营养越好。其实不然。例如，鲜牛奶的功效未必就比昂贵的钙剂补钙效果差。营养品的选择更应考虑自己是否需要。②以零食、保健品代替正常进餐。这样对身体很不利，因为营养品大都是强化某种营养素或改善某一种功能的产品，单纯使用还不如普通膳食的营养均衡。③水果代替蔬菜。这样做会减少蔬菜中不溶性食物纤维的摄入量，并诱发便秘。实际上，蔬菜不仅经济实惠，而且同肉类一起食用有助于达到平衡膳食。④有营养的东西，摄入越多越好。过多摄入会使脂肪过多囤积，导致肥胖和冠心病的发生。体重过重还限制了体育锻炼，从而导致抗病能力下降，可能造成分娩困难。过多的维生素 A 和维生素 D，还能引起中毒导致胎儿出现畸形。所以，孕期控制体重增加和合理饮食都是有讲究的，孕妇要根据健康饮食的要求安排好一日三餐。

肉类是孕妇主要营养素的重要来源之一，包含着孕妇所必需的维生素。

孕期饮食禁忌

怀孕期间的饮食并非越多越好，越贵越好，一些饮食禁忌应引起重视。①不宜多用补品。很多孕妇将人参、桂圆等补品当饭吃。过量食用补品，容易出现兴奋激动、失眠、血压升高等不良反应，严重者还会出现神经、内分泌系统功能失调而影响胎儿生长。因此，应根据个人需要适量选用补品。②不宜多喝咖啡或含咖啡因的饮料。咖啡因会促使心率加快、血压升高，并会破坏维生素 B_1，而导致维生素缺乏，甚至可能致畸。③忌喝烈性酒。母亲孕期喝酒可能造成婴儿畸形或者智力低下等严重后果。特别是在胎儿大脑发育最关键的头 3 个月，应绝对禁酒。④不宜长期吃素。孕妇需要摄取比平常更多的营养素，包括蛋白质、脂肪、维生素等，如果只是吃素，将直接影响营养素的吸收和摄入量。⑤不宜多吃冷食。孕妇胃肠道对冷的刺激非常敏感，太多的冷食可能使胃肠道血管突然收缩，胃液分泌减少，消化功能降低，从而引起食欲不振、消化不良、甚至剧烈腹痛。

碘、钙、叶酸补充要适度

准妈妈在孕期补充微量元素要适度，不能过多。有 3 点需引起注意：①碘无需刻意补充。碘摄入过量会导致甲状腺功能减退和自身免疫性甲状腺炎。中国的食用盐中已经强制加入碘，只要正常饮食，便能保证提供足够量的碘，一般无需额外补充。②正常饮食情况下无需补钙。准妈妈的合理平衡膳食基本满足每日所需的钙。每日饮牛奶 2 杯（400～500 毫升）基本可满足需求。孕妇在孕中期每日需钙 1000 毫克，孕晚期每日需钙 1200 毫克。如果盲目补钙导致过量，会抑制铁、锌等的吸收，还会出现宝宝出生后没有囟门，或囟门闭合过早。因此，钙摄取量要恰到好处。③叶酸并非越多越好。叶酸是有效预防新生儿神经管畸形的水溶性维生素。但是过量摄入叶酸会导致某些神经损害。孕妇对叶酸的日摄入量上限为 1000 微克，每天摄入 800 微克的叶酸对预防神经管畸形和其他出生缺陷非常有效。

准妈妈该如何吃才不会过胖

根据美国妊娠及哺乳学会的估计，如果以"千卡"作为热量单位，孕妇平均每天需要比平日多 200 千卡左右。一般而言，妊娠前期（1～20 周）所需热量较少，故每天仅需增加 150 千卡左右；到了后期（21～40 周），每天就需要增加 350 千卡左右。所以，在平常每日摄取热量为 1800 千卡者，怀孕时一天就需摄取 1950～2150 千卡。当然，这只是通常情况，对于工作量大的准妈妈，所需热量还要增加更多。各位准妈妈可能有疑问，母亲吸取的营养是如何利用的呢？主要是：①母体本身基本代谢及日常工作所需的热量，约一天 1800 千卡。②供母亲增加造血功能、子宫扩大及乳房胀大所需的热量，约一天 100 千卡。③供胎儿生长热量，约一天 150 千卡。④母亲体内脂肪堆积，为每天剩余出来的热量。一般而言，一碗米饭约含热量 160 千卡左右，所以从纯热量观点而言，怀孕前期要比未怀孕前，每天多吃一碗饭，而后期则多吃两碗饭就可以了。

水果不能当饭吃

水果含有一定量的碳水化合物、丰富的无机盐和维生素。多吃水果，可以减轻妊娠反应，促进食欲，对胎儿的健康成长有好处。然而，有些"准妈妈"为了生一个健康、漂亮、皮肤白净的宝宝，几乎把水果当饭吃，有的甚至一天吃下 2、3 千克，这种饮食是极不科学的。营养学家推荐的营养方案是"一杯牛奶、两个鸡蛋、三两肉类、400 克主食、500 克蔬菜水果，外加适量豆制品"。一般来说，孕妇每天摄取 500 克水果已经足够。水果除了提供维生素、膳食纤维外，其他营养成分并不多，反而含糖量不少，多吃容易造成热量积聚，导致肥胖等疾病。近年来，孕妇因暴食水果引发妊娠糖尿病的例子屡见不鲜。

准妈妈的睡眠

孕妇在怀孕 6 个月以后睡眠是很重要的。准妈妈的睡眠可以促进胎儿的生长。母亲若能安然入睡，脑下垂体能制造生长激素，这种激素是胎儿成长不可缺少的。生长激素可以消除孕妇身心的疲劳，并储存第 2 天的精力。孕妇必须有比平常更充足的睡眠时间和睡眠深度，以利于刺激脑下垂体分泌更多的生长激素。古人云，"善睡的孩子长得大"，在妊娠中善睡的孕妇可以帮助胎儿生长，聪明的准妈妈应该摸索出能使自己睡好的方法。

最佳的睡眠姿势

妊娠晚期孕妇每天中午最好有 2 小时的午睡时间，但不要睡得太久，以免影响晚上的睡眠。有研究表明，地球磁场对孕妇的睡眠有一定影响，孕妇取头西脚东的睡眠方向比其他方向睡得更香、更甜，婴儿的致畸率相对较小。妊娠 5 个月后，子宫日益增大，盆腔左侧有乙状结肠，使增大的子宫不同程度地右旋。增大的子宫压迫腹主动脉，使子宫动脉压力降低影响子宫及胎儿的供血，还增加下腔动、静脉的压力，导致会阴静脉曲张和下肢浮肿。左侧卧位时可减轻腹主动脉压

力，可改善孕妇心、肺、肝、肾的血流量，保证胎盘的血流通畅，给胎儿供血。所以，孕晚期准妈妈以左侧卧位的姿势睡眠为好。根据不同的妊娠时期，根据个人平时的习惯，睡眠姿势可有不同。孕妇在早孕时，由于子宫增大不显，体位对胎儿的影响不大，故对睡眠姿势也无特殊要求。

孕妈妈忌睡席梦思床

席梦思床因其弹性好以及良好的睡卧、柔软、舒适感等特点而成为当今家庭常用卧具，但对孕妇则不宜，其原因如下：①易致脊柱的位置失常。孕妇脊柱的腰部前曲加大，睡席梦思床或其他高级弹性沙发床后，会对腰椎产生严重影响。仰卧位时，其脊柱呈弧形，使已经前曲的腰椎小关节摩擦增加；侧卧位时，脊柱也向侧面弯曲。如此的长期影响，使脊柱的位置失常，压迫神经，增加腰肌的负担，既不能消除疲劳，又不利于生理功能的发挥，还可引起经常性腰痛。②不利于翻身。正常人睡眠时的体位是经常变动的，一夜可达约 20 次左右。学者认为，辗转翻身有助于大脑皮质的抑制扩散，提高睡眠效果。然而，席梦思床太软，孕妇

深陷其中，不容易翻身。③孕妇取仰卧位睡眠时，增加了子宫对腹主动脉及下腔静脉的压迫作用，易于导致子宫供血减少，对胎儿不利。在取右侧卧位睡眠时，前述压迫虽然缓解，但会压迫右输尿管，易患肾盂肾炎。在取左侧卧位睡眠时，前述压迫虽然可以缓解或避免，但会造成心脏受压，胃内容物排入肠道受阻，同样不利于孕妇健康。因此，为了孕妇和胎儿的健康，孕期不宜睡席梦思床。孕妇卧具应以棕绷床或在硬板床上铺 5～10 厘米厚的棉垫为宜，并要注意枕头应松软且高低适宜。枕头是睡眠的必要用具，它影响着人每一天的睡眠质量，孕妇处在特殊的时期，因此更应注意枕头的选用。

适合孕妇的几种运动

适合孕妇的运动有以下几种：①散步。在天气适宜时，在亲友陪同下到空气清新的公园、郊外田间小道上或树林里散步，每周 3～5 次。散步的时间多少和距离长短以不觉劳累为宜。②游泳。游泳是比较适合孕妇的运动之一。它安全、舒适，活动量适中，能锻炼腹部、腰部和腿部力量，增加肺活量，提高身体的协调性。同陆上运动相比，游泳还具有减轻腰部压力的优点。但要注意游泳池水的卫生。③做广播操。每日可在散步之后或工休时做几节。怀孕头 3 个月内，不要做跳跃运动。而且每节操可少做几个节拍，动作幅度小一些，节奏慢一些。怀孕 4 个月之后，可做全套，但弯腰和跳跃要少做甚至不做。到了怀孕后期，要减少弯腰和跳跃，但可以增加脚腕、手腕、脖子等活动。④每天坚持做孕妇体操。做操之前排尽大小便能减轻腰腿疼痛，松驰腰部和骨盆的肌肉。做操时动作要轻，要柔和，运动量以不感到疲劳为宜。

孕妇体操

怀孕期适当运动对保持身体健康、顺利度过孕期以及顺利分娩都是很重

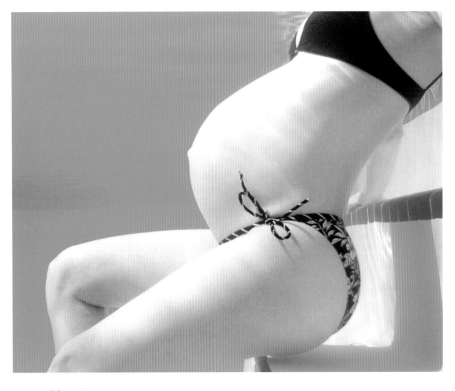

要也是很必要的。产前运动操有很多，这里推荐最常用的也最简单的几种：①盘腿坐。背靠墙，盘腿平坐在床上，并轻轻地把两个膝盖往下压。锻炼大腿根部肌肉和韧带的弹性，可以防止和减轻怀孕晚期增大的子宫压迫而引起的大腿根疼痛和抽筋。怀孕3个月以后就可以做，时间不限。②腰背运动。跪在床上，两手撑在床上，腰部往下压，抬头后仰，保持这种姿势几秒钟。然后慢慢放松，背部拱起，头低垂，逐渐还原。如此交替，早晚做。此体操可以增强腰背肌肉的力量，防止腰酸背痛。③蹲踞运动。两脚分开与肩同宽，腰背要挺直，双膝慢慢下蹲，停留几秒钟，再慢慢站起，可以重复多次。作用是增强骨盆和会阴部肌肉的力量和弹性，有利于生产。做体操时应注意：先小便，不要憋着尿。动作由简到繁，次数由少到多。感到心慌、憋气或疲劳时，应马上停止运动。

孕妇腹式呼吸

孕妇腹式呼吸，不仅可以稳定情绪，休息大脑，集中注意力进行直接胎教，而且有利于孕妇体内氧的吸入及二氧化碳的排出，从而改善胎儿的供氧。同时，腹式呼吸锻炼可以使腹部的力量日渐增强，以提高分娩过程中腹肌的收缩力。把腹式呼吸运用到分娩的过程中，能够轻松地度过"一朝分娩"。腹式呼吸运动坐、卧、立自

适当的运动可以帮助放松心情和提高睡眠质量。

盘腿坐是一种适合孕妇的方便易行的运动，能够有效减轻孕晚期大腿根疼痛。

便，腰背舒展，全身放松，微闭双目。准备好以后用鼻子慢慢地吸气，以5秒钟作为标准，心中默默地数1、2、3、4、5……（肺活量大的人可以延长），让自己有一种将气体存储在腹中的感觉，然后慢慢地一点一点将气呼出来，从嘴或者鼻子都可以，呼气的时间是吸气时的2倍。也就是说，吸气5秒钟，呼气10秒钟。这种运动不定时，直接胎教前、散步时、工休时，环境优美的地方都可以做。

孕期中的动作姿势

进入妊娠中期，腹部逐渐增大，身体重心开始发生变化，这段时期最重要的是注意保持身体平衡，防止局部肌肉疲劳。比如，在站立着做家务事或做饭时，双脚不要并拢站立，最好一脚稍微向前，双脚错开；拿放东西

时，首先弯曲腰部和膝盖，背部尽量挺直；下坐时，动作不要过猛，先轻轻坐到椅边，坐稳后再慢慢向后挪动身体。到了妊娠后半期，由于腹部过大，平卧会感到不舒服，这时可采用侧卧姿势，侧卧时可将下方的手臂放到身背后，一条腿弯曲向前。也可用被子或枕头将腿垫起来，总之，只要自己感觉放松舒服可以任意变换姿势。妊娠期间，需要注意的是避免下腹部受力，腹部受力会使子宫受到压迫进而造成流产或早产，因此，一定要避免重体力劳动或搬动重物。妊娠16周后，子宫开始迅速增大，身体不易保持平衡，上楼梯、出入洗澡间时应注意脚下防滑，避免跌倒。

哪些预防针孕妇不能打

打预防针可以保证孕妇的健康，但下述预防针孕妇不能用：①麻疹疫苗。因为麻疹疫苗是活疫苗。孕妇接触了麻疹患者，而从来没有得过麻疹，也没有注射过麻疹疫苗，应马上注射丙种球蛋白。不过，在人的生长过程中，从未患过麻疹，也没有注射过麻疹疫苗，这种情况是少有的。②风疹疫苗。风疹疫苗也是活疫苗，孕妇也是禁用的。未患过风疹的孕妇，如果妊娠早期接触风疹病人，最好终止妊娠。因为风疹极易引起胎儿畸形，而免疫球蛋白的预防效果又不肯定。③水痘、腮腺炎、卡介苗、乙脑和流脑病毒性活疫苗，口服脊髓灰质炎疫苗和百日咳疫苗，孕妇都应忌用。正确打预防针的方法是孕妇向医生介绍自己怀孕史、过敏史等，让医生作具体处理。

孕妇可以接受免疫接种吗

一般来说，孕妇做免疫接种的反应与非孕妇并无多大差异，如果孕妇在接受免疫接种后产生的局部反应和高热较明显时，则可引起流产、早产或死胎。所以说，孕期妇女非特别需要，以不施行免疫接种为宜。但孕妇被狂犬咬伤，在不得已的情况下，必须注射狂犬病疫苗，否则一旦孕妇发生狂犬病，其生存机会几乎是零。此外，孕妇与白喉病人有过密切接触后，也得做白喉疫苗接种，以免感染白喉。

孕妇慎用药物

任何药物，包括维生素类的营养药物，既有其治疗作用的一面，又有其不良反应的一面。这一方面和用药者当时的机体状况有关，也同用药的剂量和方法有关。因为药物在孕妇体内可以通过胎盘运送到胎儿体内，甚至达到和母体内的药物浓度相等的程度。经过研究和临床观察证实，对胚胎和胎儿有比较明确影响的药物有：四环素类药物、链霉素和卡那霉素、

氯霉素、磺胺类、阿司匹林和巴比妥类、各种激素、抗癌药等。孕妇用药应注意：①妊娠期间要少用或不用药；②任何药物的应用均要在医生的指导下进行；③需要用药时，要选择对胎儿无害的药物；④如因病情必须用某种药物，而这种药物对胎儿是肯定不利的，那就应该中止妊娠，实施流产。

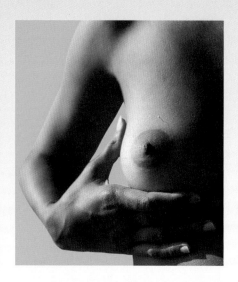

孕期乳房护理

作好乳房护理是保证母乳喂养的关键。怀孕6个月后，孕妇每天要用小毛巾擦洗乳头1次，擦洗时用力均匀、柔和，勿伤及皮肤。经常擦洗可使乳头皮肤坚韧，喂奶时不易破裂。注意勿用肥皂。乳房按摩可改善局部血液循环，促进乳腺发育。乳头平坦或凹陷的应在孕期进行纠正。方法有：①伸展乳头法：将两拇指相对地放在乳头左右两侧，缓缓下压并由乳头向两侧拉开，牵拉乳晕皮肤及皮下组织，使乳头向外突出，重复多次。随后将两拇指分别在乳头上下侧，由乳头向上卜纵向拉开。每日2次，每次5分钟。②牵拉乳头法：用一手托住乳房，另一手的拇指和中、食指抓住乳头向外牵拉，每日2次，每次重复10～20次。③配戴特殊乳罩：为一扁圆形，当中有孔的类似杯盖的小罩，直径5～6厘米，高约2厘米，扣在乳房上盖住，乳头从孔中露出，施以恒定、柔和的压力使内陷的乳头外翻。

性生活与胎儿健康

孕期的性生活对胎儿有直接影响，甚至决定了胎儿能否存活和顺利出生。在怀孕早期的3个月内，如果进行性生活，一方面可能导致母体内未"站稳脚跟"的新生命流逝；另一方面，可能会破坏胚胎分裂增裂和分化所需要的相对稳定的环境。此期应绝对禁止性生活。怀孕中期，母体的各种情况相对稳定，胎盘逐渐形成，由于激素的作用，孕妇的性欲有所提高。丈夫的精液中含有一种精液胞浆素，能够杀灭葡萄球菌等致病菌，可以清洁及保护孕妻的阴道。适当的性生活还可以调节孕妇的情绪和夫妻关系。性生活以每周1～2次为宜。怀孕晚期性生活的危险性增加，因子宫收缩逐渐加强，外界的刺激可能引起早产、出血或感染，故应禁止性生活。

孕期性生活是否要避孕

孕妇不须顾虑，怀孕后有性生活不会再次怀孕。大部分医学研究显示，妇女在妊娠内性欲及性活动呈现起伏的变化。怀孕早期性活动减少，怀孕中期增加，怀孕晚期（后3个月）减少。一般认为怀孕早期或晚期应减少或不应进行性生活，因为性活动时可使子宫痉挛，痉挛有时达1分钟之久，这会影响胎儿心跳，特别是以往有流产、早产史的孕妇，容易使胎膜早破或使阴道内病原体上行至子宫内而形成感染。怀孕中期性交不会引起胎儿的不适。此时性交可改用侧身，面对面或男面向女背而后入。重量增加了的子宫，在性交时受到阴茎的冲力，可能引起腹部不适，两人如能坦诚沟通，丈夫尽量减少阴茎的冲撞力及深入阴道的程度，便可解决问题。

妊娠与吸烟

娠期期间吸烟具有诸多害处，其中，已有明确结论的是吸烟者生出的婴儿普遍体轻。吸烟的孕妇与不吸烟者相比，婴儿的出生体重平均要轻200克，而且吸烟的量越大，低体重儿的

一般而言，孕晚期的性生活应减少。体贴的丈夫可多抚摸妻子。

可能性就越大，体重也就越轻。烟草中含有尼古丁、烟焦油等多种有害物质，孕妇吸烟，有毒物质会引起子宫和胎盘血管收缩，血流量减少，使胎儿在子宫内得不到足够的氧气和养料，易于引发早产和死胎，为了生个健康的宝宝，应借此机会彻底戒烟为好。

妊娠期间吸烟会导致胎儿先天异常吗

妊娠期间吸烟是否会导致婴儿出现先天异常，目前在医学上尚不十分清楚，不过，据近期的调查表明，妊娠期间吸烟的孕妇所生出的先天异常儿具有不断增多的趋势，比如先天性心脏疾病、无脑症、腭裂、唇裂等。可以说孕妇吸烟对于胎儿是没有任何益处的，为了宝宝的健康发育妊娠期间应该彻底戒烟。

孕妇不要接触猫

猫是一种可爱的动物，温柔和顺的孕妇一定会喜欢这样乖巧伶俐的小动物。但是，这个可爱的小动物可能会给家庭带来悲剧。这是因为，猫的肠道里寄生有弓形体，它随着猫的粪便而排出，污染食物、水及餐具。人吃了被污染的食物，就可能患上弓形体病，出现高烧、淋巴结肿大、肌肉关节疼痛等症状，严重的还会引起脑炎和失明。孕妇如果感染上这种病，自己受害不说，而且也会危及下一代，有些孕妇就因此而流产或生下死胎；弓形体原虫还可以通过受损害的胎盘进入胎儿的体内，破坏胎儿的神经系统，使胎儿出现脑积水、脑钙化、小头症及视力障碍、肝脾肿大等异常。只要孕妇与猫同床睡觉，猫舔孕妇的手、脸，都有可能感染上此病。孕妇如果为猫处理粪便，更容易接触到弓形体而患病。因此，孕妇切忌与猫玩耍。

妊娠后戒烟

妊娠期间吸烟对于胎儿发育造成的危害是显而易见的，特别是在妊娠后半期，胎儿的发育明显加快，如果在妊娠24周（7个月）后仍旧吸烟危害性会更大，此时起彻底戒烟还来得及。如果丈夫也吸烟的话则应一起戒烟为好。

丈夫吸烟的影响

被动吸烟者同样会受到烟草中有毒物质的侵害。丈夫吸烟所造成的危害性大约相当于孕妇本人吸烟的2/3，另外，丈夫每天吸一支烟，新生儿的出生体重便会减少6克左右。由此可见，丈夫吸烟对家庭亲人健康的危害性是何等的巨大，为了保证优生优育，为了夫妻二人将来的身体健康，作为未来的父亲一定要戒烟。

妊娠与饮酒

酒的主要成分是乙醇，如果在妊娠期间过度饮酒，会导致胎儿产生酒精中毒综合症，造成智力发育迟缓，出现小头畸形等先天异常，因此，妊娠期间一定要避免过度饮酒。酒与香烟是有所区别的，饮酒只要适量对人体健康是有益处的，如果睡前少量饮用葡萄酒来改善睡眠状态是完全可以的，不会对胎儿发育造成不良影响。

电脑危害的防护

为确保优生优育，妇女在怀孕期间，不宜长时间、连续不断地进行紧张的电脑操作，适当休息、轻便活动十分重要。长时间固定座位，有碍胎儿生长发育。电脑前作业姿势不能固定不变，工作时间也不宜过长，以半小时为宜。如果办公室通风不良，造成室内二氧化碳浓度偏高，空气中细菌总数超标，空气中负离子浓度低，正离子浓度相对增高，臭氧浓度低及室内外温差大，使人容易罹患感冒。因此，办公室要定时换气、通风，保持室内空气新鲜。夏季室内空气温度以28℃左右为宜，不能过低；冬季19~22℃即可，不能过高。

孕期掉头发怎么办

即使是一般人，每天也会有大约60根左右的自然掉发。而在季节变换之际，以及激素失衡的状况下，掉发的情形就会变得更严重。特别是在怀孕的时候，由于新陈代谢旺盛，头发会掉得比以前都要厉害，在扫除等时候，看到一堆落发，会令人耿耿于怀。其实，不需要多担心，只要多注意一下营养均衡，头发就一定会再长出来，所以请尽管放心。

孕期化妆品使用

女性化妆已经成为现代社会文明和时尚的标志，但化妆品对孕妇和胎儿的健康是有影响的。孕妇最好不用或选用化妆品。以下几种化妆品应引起注意：①染发剂。染发剂不仅会引起皮肤癌，而且还会引起乳腺癌，导致胎儿畸形。②冷烫精。妇女怀孕后，不但头发非常脆弱，而且极易脱落，使用冷烫精会影响体内胎儿的正常生长发育，少数妇女还会对冷烫精产生过敏反应。③口红。口红是由各种油脂、蜡质、颜料和香料等成分组成。其中油脂通常采用羊毛脂，羊毛脂除了会吸附空气中各种对人体有害的重金属微量元素，还可能吸附大肠杆菌进入胎儿体内。孕妇涂抹口红以后，空气中的一些有害物质就容易被吸附在嘴唇上，并随着唾液侵入体内，使孕妇腹中的胎儿受害。鉴于此，孕妇最好不涂口红，尤其是不要长期涂口红。但是，怀孕时期的皮肤仍然需要保护，因此高质量的滋润保湿产品、防晒用品，预防和减轻妊娠纹的身体滋润乳剂还是必需的。

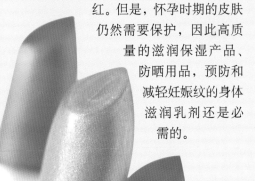

空调冷风

妊娠期间，只要下腹部不直接接触冰凉物体，像一般吃些冰凉食物或房间稍冷一些均不会引发流产或早产。对于空调冷风则应充分注意，长时间在冷风下工作对身体是有危害性的，你应该向车间领导要求，尽量避开空调冷风直吹。

妊娠期戴隐形眼镜的危害

妊娠期间由于孕妇角膜的含水量比常人高，角膜透气性差，此时如果戴隐形眼镜，容易因为缺氧导致角膜水肿而对眼睛造成危害。同时，孕妇的角膜曲度也会随着怀孕周期及个人体质的改变而改变，使近视的度数增加或减少。如果勉强戴原先的隐形眼镜，容易因为不适而造成眼球新生血管明显增长，甚至导致角膜上皮剥落。此时，一旦隐形眼镜不洁，则更易滋生细菌，造成角膜发炎、溃疡，甚至失明。

孕妇要多晒太阳

孕妇应多到户外活动，以便得到更多晒太阳的机会。因为，阳光中的紫外线照射人体皮肤，可使皮肤中所含的7－脱氢胆固醇转变为维生素D，而维生素D是促进人体造骨原料——磷和钙的吸收以及促进前述物质在骨组织上沉着的必要物质。妊娠期妇女，对维生素D的需求量增加，如通过饮食摄入不足，或不能得到充分阳光照射加以转化，就会使体内的维生素D更加缺乏，由此易于发生孕妇骨质软化症。其次，孕妇多晒太阳，还会有利于胎儿内脏器官的发育，特别是有益于胎儿的心、肺和消化器官的发育。

孕妇洗衣服应注意

孕妇洗衣服应注意以下几点：①不宜用很凉的水洗，可适当加些热水。②洗衣服时姿势要稳，不宜取蹲位，以免压迫胎儿，影响其血液循环。③洗衣服时用力不宜过猛，搓板不要顶着腹部，避免胎儿受压。④怀孕早期洗衣时不宜使用洗衣粉，因为洗衣粉里的化学物质可损害受精卵。⑤晒衣服时动作宜轻柔，不要向上伸腰，晒衣绳应低一些。

准妈妈爬楼梯的好处

爬楼梯有什么好处呢？它可以产生运动的效果，加强准妈妈的心脏功能，而且也可以活动骨盆。那么爬楼梯是否也有害处呢？爬楼梯会增加脊柱的压力，会增加膝关节的摩擦，所以过度地爬楼梯，反而造成腰疼以及膝盖受伤。既然如此，那么不爬楼梯，"下楼梯"总可以吧，依据人体力学的研究，每下一个阶梯，就会造成膝关节的一次冲击，因此膝盖受伤会更严重。所以爬楼梯适度即可（例如，一天不爬超过4层楼梯），而且只能"上楼梯，下电梯"。如果上楼梯不小心摔了一跤，因为子宫内的羊水具有缓解来自外界的冲击作用，只要没有发生腹痛和出血现象，并能像往常一样感觉有胎动就说明没有什么问题，也无必要去医院。

孕期中可以骑自行车吗

一般人都认为孕妇骑自行车危险，容易摔倒，其实不然，正因为怀有身孕，孕妇骑车会更加小心谨慎，反而不易摔倒。骑自行车是一项有益的运动，孕期中适当的骑骑自行车是完全可以的。需要注意的是不要长距离地骑自行车，到了妊娠后期最好不要再骑了。

孕妇乘飞机的危害

孕妇最好不要乘飞机，特别是在孕晚期，更不宜乘坐飞机。理由是胎儿可能会受到低氧的危害，此外，孕妇乘机时的紧张情绪和应激反应也不利于胎儿健康。如果必须乘飞机出行，孕妇可以选择行期，最好在怀孕4～6个月时安排乘机出行，因为这一时期，早孕反应已好转或消失，孕妇精神状态通常比较好，胎儿也处于较稳定的生长发育期，相对较为适合乘坐飞机。

孕期母体与胎儿的变化

孕育胎儿的母体，一天天令人欣喜地变化着。在母亲的子宫中胎儿身体的各个器官也逐日长成、逐步完善，最终，一个完整的生命形成了。

胎儿成长的3个阶段

胎儿足月的平均时间是38周（通常所说怀孕40周是从末次月经算起），约266天。可以分为3个阶段。第1阶段是12周以前（前3个月），第2阶段是13～27周（4～7个月），第3阶段是28～40周（最后3个月）。第1阶段，胚胎体积只有花生豆大小。虽然胚胎体积很小，但胎儿的一些主要器官，如大脑、眼睛、脊柱、肝脏、手臂和腿都已经开始发育，而且心脏也开始了跳动。也就是说，胎儿主要的机体结构的生长发育都已经开始，需要特别重视。第2阶段，孕妇可以感到胎儿在腹中活动，胎儿男女性别也清晰可见。这个阶段胎儿的组织已经发育完善，胎儿的体重也几乎达到1千克。第3阶段，胎儿的体重继续增加，胎儿的肺发育完善，为产出后能够呼吸做好了准备。

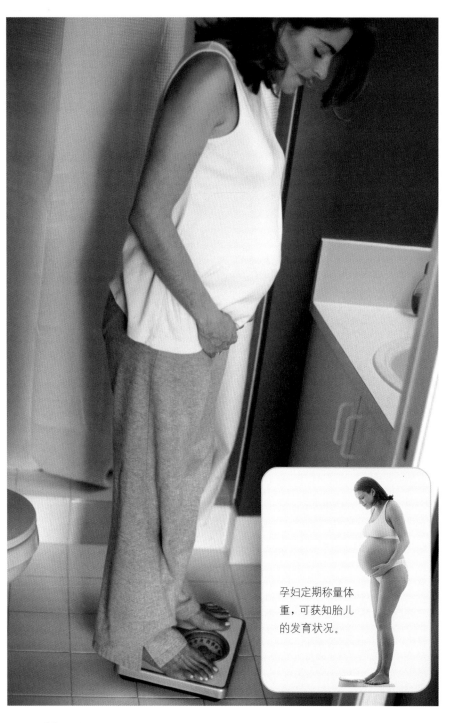

孕妇定期称量体重，可获知胎儿的发育状况。

胎盘

胎盘是由无数的绒毛所形成的，它是母子进行物质交换的场所。母体血液中的养分和氧气，经过子宫动脉进入胎盘，灌流到胎盘的绒毛群，这些血液在胎盘中流经的区域，称为"绒毛间腔"。胎儿的血液，会经由脐带中的动脉（脐动脉）流入胎盘。因有胎盘屏障，胎儿与母亲的血不会直接混合，但是脐动脉的末梢会形成毛细血管布满在绒毛组织中，它们利用绒毛间腔，与母血作气体及养分的交换。

胎盘的功用

胎盘功能在怀孕3个月左右更趋成熟。在此之前，胚胎仍得靠自己的营养细胞(主要来自它们的卵黄囊)供应部分的养分，胎儿也容易发生流产。在此之后，胎盘发育已趋成熟，功能稳定，胎儿也较不易流产了。受精卵在子宫着床之后，会分裂产生"妊娠滋养层母细胞"。它们会渐次分化，一部分穿透子宫内膜，制造新的微血管，一部分会分泌一种激素，称作"人绒毛膜促性腺激素"，刺激绒毛的发育，便形成了胎盘。胎盘屏障有过滤毒素、保护胎儿的功能，故有许多母体内的细菌及有害物质，会在胎盘这关便被挡住，不会侵入胎儿体内，但是仍然有些药物及病毒会通过胎盘进入胎儿体内。因此，妊娠期使用药物均需经由医生同意。妊娠期感染风疹等病毒疾病，仍会引起胎儿感染，引发胎儿发育异常。若胎盘功能不佳，便不能给予胎儿良好的生长条件，胎儿便会长不好，羊水也会减少。更严重者，可以导致胎儿缺氧甚至胎死腹中。

胎盘的剖视图。在胎盘内，来自胎儿的血液被分布在一个复杂的网状结构中，母体的血液可以通过这个网状间隙自由流动。

羊水量多少对胎儿的影响

根据研究，怀孕初期的羊水主要来自母亲的血液和胎儿体液。到了20周以后，羊水主要就是胎儿排出的尿液了。羊水本身也在循环，胎儿会吞咽羊水、排出羊水，皮肤会吸收羊水也会释放羊水。胎儿肺部在怀孕中期以后，也会出现呼吸动作（当然进出肺部的是羊水，不是空气），肺部会排放羊水吸收羊水，所以羊水是无时无刻不在循环，其中任何环节有问题，就会导致羊水的异常。因此，如果胎儿的肾脏发育不全，或是尿路系统阻塞，导致不排尿者，20周以后，就会出现羊水减少，甚至无羊水的状况。羊水过

脐带，胎儿的生命线

胎盘与胎儿之间，有条带状物相连，称为脐带。脐带到了足月，直径约2厘米，平均长55厘米。脐带有3条血管，其中两条是动脉，胎儿心脏流出来的血液，经过主动脉、脐动脉到达胎盘；另一条是静脉，胎盘的血液经过脐静脉、胎儿下腔静脉回到心脏。脐动脉负责运送胎儿体内代谢产生的废物及二氧化碳到达胎盘，脐静脉则负责运送胎儿所需要的氧气和养分，从胎盘流往胎儿。胎儿的生命，就靠这条宝贵的脐带来维系；脐带一旦不通，胎儿立即死亡，所以说，脐带就是胎儿的"生命线"。脐带除了包含血管之外，本身还含有胶质及结缔组织，一方面可以抵挡轻微的外来挤压，另一方面也可以防止拉扯引来断裂。脐带在产前诊断上，占有重要角色。妊娠期间抽脐带血，可以提供胎儿的染色体、血液含氧度、有无贫血及先天性感染等检查。目前，"多普勒"超声波仪器扫描脐动脉的血流速度，可以检测出胎儿在子宫内的安全程度，是快速又方便的检验方式。

少，脐带受到胎儿身体压迫的机会就会增加，生产时子宫收缩对脐带血流的影响也较大，这类孕妇产前检查的次数宜增加，产中的胎心音监测也要格外留意，如此可以减少胎儿窘迫造成的问题。同样地，如果胎儿的消化道有阻塞，包括食道闭锁、十二指肠及小肠空肠段阻塞，均可以因吞咽羊水无法吸收，最后造成羊水量过多。

羊水对胎儿有多重要

人们都知道，人体有皮肤可以保护人体抵抗细菌的侵入。烧伤的病人，如果皮肤受伤面积很大，便会死于细菌感染及大量体液流失。胎膜，就犹如皮肤，它保护小宝宝免受感染，使小宝宝可以在完整的羊水膜内生长，胎膜一旦破裂，羊水外漏，小宝宝的生命便会受到威胁。胎膜有两层，外层粗糙，面向母体，称作绒毛膜；内层光滑，面向胎儿，称作羊膜。小宝宝及羊水就包在羊膜形成的囊里面，称作羊膜腔或是羊水腔。绒毛膜和羊膜共同形成坚韧的胎膜，让胎儿与外界隔绝。破水，就是两层膜一起破裂才发生的。如果早期破水，可能造成细菌入侵，引起胎儿感染，也可能引发阵痛，造成早产。而羊水减少，也会使胎儿受到压迫，引起肢体畸形及胸肺部发育不良。

羊水量应该是多少才正常

一般而言，羊水量是随着周数的增加而有所不同。羊水量在12周时仅约50毫升，到了20周时约300毫升，以后愈来愈多，到了34周时最多，约1000毫升，以后又逐周减少，到了足月生产时，约800毫升。早期的羊水偏酸性，到了第3孕程，便呈碱性。因此若有破水现象，用石蕊试纸检测阴道中的液体，若有碱性反应，即可怀疑为破水。

测羊水可以预知胎儿发育吗

羊水对胎儿而言，具有保暖及缓冲的功能。它可以抵消外来的撞击及压力，也可以让胎儿在充裕的空间下活动及生长，避免四肢及躯干受压迫而产生畸形。在生产时，羊水可以缓冲阵痛，同时减少子宫收缩对胎儿及脐带的压迫，以避免发生胎儿窘迫的情形。羊水量的多寡，也代表胎盘功能的好坏及胎儿是否健康。羊水中的羊水细胞，可以做胎儿染色体检查；羊水的电解质浓度，可以反映胎儿肾脏功能的发育；磷脂质指数，可以代表肺部成熟度；甲胎蛋白与胎儿神经管缺损相关；胆红素浓度，可以反映胎儿血型不合而造成溶血的严重程度。近来超声波检查普遍，足量的羊水可以让超声波检查获得更佳的解析度。因此，羊水是维持胎儿生长所必需的，是表现胎儿生命的语言；故羊水，称得上是胎儿的"生命之水"。

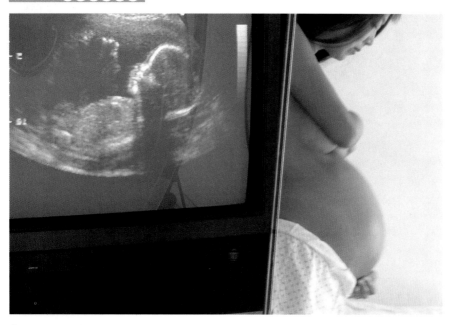

超声波如何判断胎儿的发育

近年来的超声波检查非常进步，经观测胎儿的头围、腹围、股骨长度，可以预估胎儿的体重及妊娠周数，以及充分了解胎儿发育。有一个名词叫做"胎儿宫内发育迟缓"，是说胎儿在母体内生长速度过慢。一般来说，如果与同周数的胎儿比较，胎儿大小在常态分配的10个百分比以下，或是预估周数较小且差异在2周以上，就称胎儿过小。如果是因为胎儿有异常，或是胎盘功能较差造成胎儿过小，就称作是"胎儿宫内发育迟缓"。利用超声波经由母体、胎盘、胎儿3方面的检测，来了解生长迟滞的原因，以便进一步采取适当的应急措施。当然，有时候准妈妈的月经来潮很乱，经常2个月，甚至3个月才来一次（月经变成"季经"），这时，用月经周期来计算胎儿周数，自然会比实际超声波计算的大，这类胎儿很可能是正常的，只是预产期延后而已。因此，评估过程也必须考虑这个因素。

为何有些准妈妈肚大如山

有的孕妇看起来肚子大得离谱，躺在诊疗床听胎心音时，觉得像一座山，站起来则像大象一样。通常太大的肚子，可能的原因是太胖、小宝宝太大、羊水太多，或是怀了两胞胎甚至三胞胎。一般医生看到这样的"大

肚子"，通常会测量孕妇的子宫高度来确定是否真的是子宫很大。也可以从触诊、压诊来区分肚子大是因为胎儿大还是羊水太多。当然，最重要的是做超声波检查。超声波检查可以计算胎儿的头、身体、四肢的大小是否符合周数，也可预估胎儿的体重是否过重。此外，还可测量羊水量，看看羊水是否过多。也可以做仔细的器官构造扫描，找出可能的致病因子及先天异常。当然，单胞胎或是多胞胎，也可以马上知道。肚子大也有可能是遗传，例如父母都十分高大；或可能是母亲的营养状况太好、太胖了；有可能是怀孕周数算错了，也有可能是超过预产期了。当然，最严重的是可能

准妈妈有妊娠性糖尿病。所有的准妈妈在过了24周以后，均应该接受"糖尿病筛检"，目的就是希望避免生出巨大胎儿及引发其他合并症。

肚子大小和胎儿的关系

在门诊有时会听到准妈妈这么说："医生，为什么我的肚子看起来才这么大点儿呢？可是我已经怀孕8个月啦！"这是个很好的问题。它表示出两个观念：第1个是肚子会随着周数变大；第2是肚子大小反映出小宝宝的大小。不过，光用肉眼直接目测肚子大小，常常会出错的。相信大家都会有一个经验，当一位准妈妈穿着正式装或是便装，不同的掩饰会让人觉得肚子很大或很小。肚子大小是否就一定反映出胎儿的大小呢？传统的产科检查，是看体重增加多少，子宫高度多少，以及测量腹围大小来决定胎儿发育。其实，肥胖的妇女，肚皮较厚，一样大小的子宫，肚子看起来就会比较大；原来苗条的准妈妈，由于肚皮较薄，一样的子宫看起来肚子也会觉得比较小。此外，身材较矮的准妈妈，肚子也会鼓出去，看起来肚子很大。身材高大的准妈妈，肚子就显得很小，小宝宝"藏"在里面，丝毫不觉得大。所以，准妈妈的高矮胖瘦，都会影响肉眼观察的结果。

诊断"大肚子"原因的最重要方法是做超声波检查。

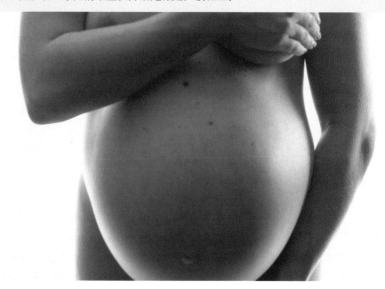

子宫底长与腹围

子宫底长度是与胎儿的大小成正比，子宫底长则意味着胎儿大，腹围由于每人的胖瘦不同仅作为一般性的参考。当胎位处于臀位状态时，子宫底长度一般要比头位状态时长些。当胎位从横位转变为头位时，子宫底又有所增长。

胎儿如何吞咽

胎儿于孕16周起有吞咽动作，能吞咽羊水，以后吞咽的羊水量逐渐增多，足月时每天可吞咽羊水500毫升，吞咽羊水能协助胎儿肠胃道的发育。如果胎儿不能吞咽，可能是食道闭锁畸形，羊水的去路因而受阻，可发生羊水过多。

胎儿的大便

孕12周时，胎儿膀胱中即有尿液，以后能将尿液排泄于羊水中，足月时，每天可排出尿液1000毫升。胎儿于孕16周后，由于肛门括约肌的发育渐趋完善，不再有胎粪排出，胎粪积聚在直肠中，于出生后再排出。胎粪是由肠胃道和胆道的分泌物、脱落的上皮细胞、毳毛、皮脂，以及吞入的羊水等在肠腔中混合组成。因含大量的胆绿素，故呈墨绿色糊状。胎粪中不含细菌，故无粪臭。

孕妈妈如何判断胎儿的安危

怀胎十月，平平安安的瓜熟蒂落是准妈妈的心愿，也是所有的妇产科医生的期望。由于大部分的准妈妈都是职业妇女，限于时间精力，必须间隔数周才会来接受一次产前检查，因此，准妈妈们必须学会平时就要自我评估胎儿状况，有问题时可以早期就医，以免胎死腹中。那么，有什么方法可以事先知道胎儿有问题呢？答案很简单，那就是准妈妈每天要数"胎动"。胎动反映胎儿的贮备功能，如有缺氧，胎动会明显增多或减少，甚至不动。

和测量体重一样，测量腹围，根据腹围增长的尽寸可以获得胎儿正常生长的信息。

计算胎动，确保胎儿安全

准妈妈在妊娠28周以后，开始要每天计算胎动。准妈妈可以选择早餐或是晚餐后1~2小时左右计算胎动次数。连续的胎动算作1次，有停顿之后的另1次胎动则算是2次。由于饭后胎动会比较明显，因此比较适合胎动计算。通常2小时之内应该很容易就可以累积算到10次胎动。2小时之内如果胎动数不到10次，就应该怀疑有问题，此时应该继续数胎动。如果连续观察6个小时，胎动数2小时内仍不足10次，则必须到医院检查。数胎动可以检测出80%~90%的异常，是相当有用的。到了34周以后，计算的方式又要修改。每餐饭后及睡前，至少观察1个小时，至少有4次胎动才算及格。另外一件事也要注意。通常胎儿静止不动的时间，最长不应超过75分钟。所以，如果觉得胎儿不动超过1.5小时以上，应该吃一些小点心，摸摸肚皮，甚至拍打肚皮，或是推一下小宝宝，拿随身听放在肚皮上给他听音乐。如果以上方式都没有反应，就应该上医院去检查。

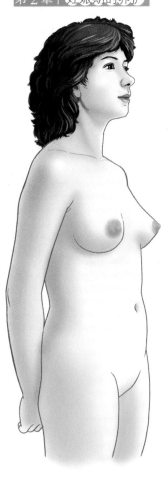

孕 3 月胎儿的变化

妊娠 3 个月时可以分辨胎儿的性别，胎儿的心脏、肝脏、胃、肠等器官形成。身长约 9 厘米，体重约 20 克。在这个时期，受精卵（胚胎）与子宫的关系还不十分牢固，所以，令人担心的是稍微的动摇就会使其联系中断，从而发生流产。因此，孕妇要特别注意身体的健康。

孕 3 月母体的变化

胎儿发育到 12 周末，子宫增大如拳头大小，孕妇下腹部外观隆起仍不明显。增大的子宫压迫周围组织，孕妇会感到下腹部有一种压迫感。会直接压迫膀胱、造成尿频现象，而腰部也会感到疼痛，腿、足浮肿，脚后跟抽筋，容易便秘、下痢等，去厕所次数明显增多。子宫底已在耻骨联合上二三横指，通过妇科检查才能查出增大。孕妇体形尤其是腹部外形无明显变化。肚脐到耻骨会出现一条垂直的黑色的妊娠线，孕妇的脸上可能会出现黄褐色的妊娠斑，孕妇妊娠反应明显，阴道内的乳白色分泌物——白带明显增多；乳房进一步增大，胀痛；乳晕、乳头出现色素沉着。

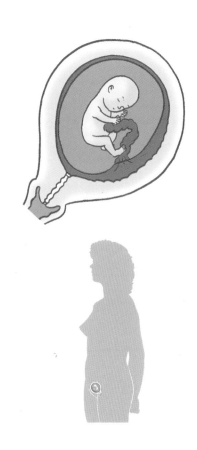

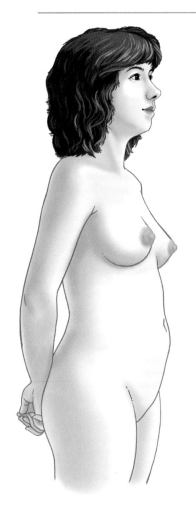

孕 4 月胎儿的变化

胎儿的头、身体、手足等非常清楚，身长约有 18 厘米，体重约有 120 克，已从胚胎发育成胎儿。此时胎儿的心脏有力地搏动，皮肤稍红润，从外形可明确分辨男女。在这个时期，胎盘形成，它具有从母体向胎儿输送氧和营养物质，把胎儿的排泄物和二氧化碳送入母体血液循环的功能，从胎盘到胎儿肚脐是通过脐带联系的。

孕 4 月母体的变化

这个阶段结束时，胎盘便已完成，流产的可能性已减少许多，可算进入安定期了。由外表看去，孕妇的"大肚子"已明显起来。伴随痛苦的孕吐的结束，孕妇的心情会比较舒畅，食欲也于此时开始增加。基础体温下降，并会持续到分娩时。尿频与便秘现象减少，并渐渐回复正常。不过，阴道分泌物仍然不减。这时的子宫如小孩头部般大小，子宫底在脐与耻骨联合之间，下腹部轻微隆起，用手可摸到增大的子宫。孕妇乳头已经可以挤出一些乳汁了。看上去好像是刚分娩后分泌的初乳。

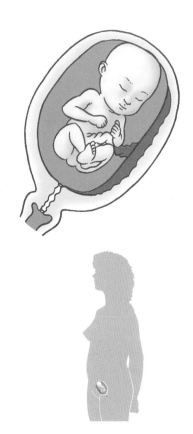

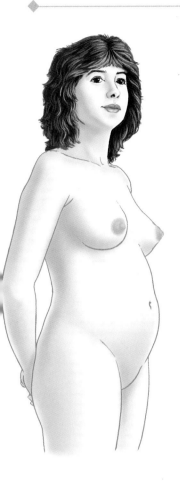

孕5月胎儿的变化

胎儿的身长约25厘米，体重约250克，是胎儿发育最快的时期，胎儿的头较大，占全身的1/3叫做三等身。

孕5月母体的变化

孕5月子宫如成人头般大小，子宫底的高度位于耻骨上方15～18厘米处。肚子已大到使人一看便知道是个标准的孕妇了。而且乳房与臀围变大。皮下脂肪增厚，体重增加，全身出现浮肿现象。孕吐情形完全消失，食欲依然不减，身心达到安定时期。由于子宫在不断地长大，身体的重心也在发生变化，孕妇可能感到行动有些不方便了。有时孕妇会感到腹部一侧有轻微的触痛，那是因为子宫在迅速地增大，子宫两边的韧带和骨盆也在生长变化以适应胎儿的成长，这些感觉是正常的，但是如果持续几天一直疼痛的话，请找医生咨询。有些孕妇现在会出现鼻塞、鼻黏膜充血和出血，这种情况与孕期内分泌变化有关，会逐渐减轻，这时孕妇切忌自己滥用滴鼻液和抗过敏药物。如果发生严重的鼻出血，应考虑是否发生妊娠高血压综合征，最好请教医生。

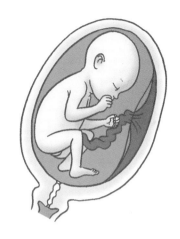

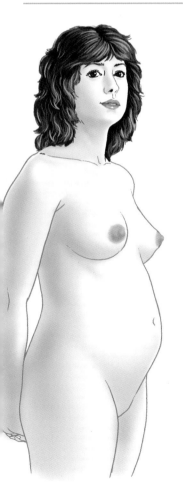

孕6月胎儿的变化

胎儿的身长约30厘米，体重约600克左右。头部的毛发生长，有眉毛和睫毛，全身有许多毳毛。耳、眼、鼻发育完全，五官清楚，皮下脂肪逐渐增加，皮肤薄嫩，有许多皱纹。手足的运动活跃，会在羊水中活动身体。

孕6月母体的变化

孕妇体重也日益增加。子宫更大，子宫底的高度约18～20厘米。肚子会越来越凸出，腰部变得更沉重，平时的动作也较为吃力、迟缓。乳房发育旺盛，外形饱满，用力挤压时会有带黄色的稀薄乳汁流出。此时，几乎所有的孕妇都能清晰地感觉到胎动。随着子宫的增大，突出的腹部使重心前移。为了保持平衡，孕妇不得不挺起肚子走路，这会使孕妇的背部肌肉紧张程度加重而导致疼痛。由于孕激素的作用，孕妇的手指、脚趾和全身关节韧带变得松弛，孕妇觉得有些不舒服，腰腿痛也更加明显。肚子上、乳房上会出现一些暗红色的妊娠纹，脸上的妊娠斑也明显起来。有的孕妇还会觉得眼睛发干、发涩、怕光，这些都是正常现象，不必过于担心。

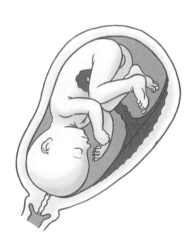

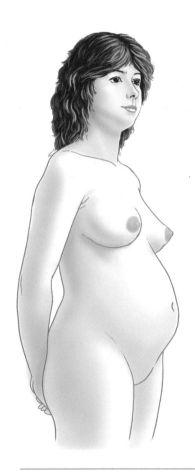

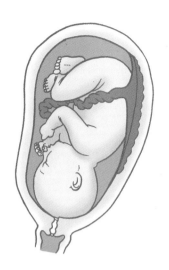

孕 7 月胎儿的变化

胎儿的身长约为35厘米，体重约有1000～1200克。皮肤粉红色。胎儿的性别非常清楚，如果发育正常，可分清楚女胎的大阴唇、男胎的阴囊和睾丸。头发也有 0.5 厘米左右长。但是，这个时期的胎儿如果早产，易患特发性呼吸窘迫综合征，是很难存活的。如果有子宫底异常高的情况，要考虑双胎或羊水过多症，请根据医生的指示检查。

孕 7 月母体的变化

孕妇子宫底高约23～26厘米，上腹部也已明显凸出、胀大。腹部向前突出成弓形，并且常会感到腰酸背痛。子宫的肌肉对各种刺激开始敏感、胎动亦渐趋频繁，偶尔会有子宫收缩现象，乳房更加发达。由于腹部迅速增大，妈妈会感到很疲劳，脚肿、腿肿、痔疮、静脉曲张等等使准妈妈感到不适。已经临近分娩了，孕妇应当认真了解一下有关的分娩知识或参加分娩教育课。

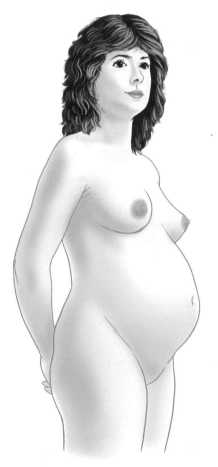

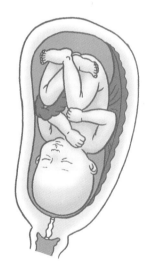

孕 8 月胎儿的变化

胎儿的身长约40厘米，体重约1500～1700克。诊察时，可以通过听胎儿心音来确定胎儿发育是否健康。

孕 8 月母体的变化

这一期间，孕妇子宫的宫底上升到胸与脐之间，宫底高度为26～32厘米。子宫不断增大，使腹壁绷紧，腹部强力纤维出现浅红色或暗紫色的妊娠纹，有的乳房及大腿部也会出现这种现象。有的孕妇体内黑色素分泌增多，面部可出现妊娠斑，同时乳头周围、下腹部、外阴部皮肤颜色也逐渐发黑，属正常现象。此期下肢水肿者增多，有的孕妇这时出现妊娠高血压综合征、贫血、眼花、静脉曲张、痔疮、便秘、抽筋等，如出现这些症状孕妇要及时就医诊治，坚持每2周到医院检查1次。孕8月妈妈的体重增加了1.3～1.8千克，这个时期，孕妇的体重每周增加 500 克也是很正常的，因为现在胎儿的生长发育相当快，好像是为出生做最后的冲刺。

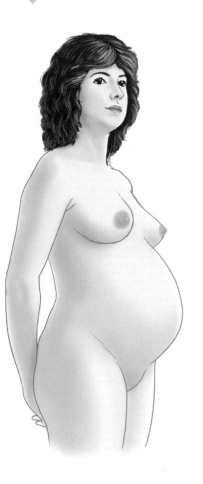

孕9月胎儿的变化

胎儿身长约45厘米，体重约2500克，皮下脂肪较多，面部的皱褶消失。出生后能啼哭和吸吮，生活力良好。此时出生基本可以存活。

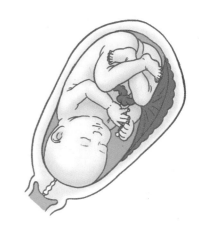

孕9月母体的变化

此时，母体体重的增长也已达到最高峰，大约已增重11～13千克。孕妇会发现自己的肚脐已变得又大又突出。孕妇的腹部高度隆起，宫底高度为29.8～34.5厘米，挤压胃肠现象加重，且使膈肌上移，心脏和双肺受到挤压，加之血容量增加到最高峰，故心脏负荷加大，心跳呼吸增快、气喘、胃胀、食欲不振、便秘。此时胎头开始逐渐下降入盆腔，挤压膀胱，引起尿频。这时孕妇身体较笨重，行动不灵活，易疲倦，要注意休息，饮食应少量多次。停止性生活以免早产和感染。由于胎儿增大，并且逐渐下降，相当多的孕妇此时会觉得腹坠腰酸，骨盆后部附近的肌肉和韧带变得麻木，甚至有一种牵拉式的疼痛，使行动变得更为艰难。孕妇坚持每2周做孕期检查1次，从36周始每周检查1次，有异常时更应及时检查。

孕10月胎儿的变化

到了妊娠10个月，胎儿的身体几乎完全发育成熟，胎儿身长50厘米，体重约3000克，胎儿发育成熟，皮下脂肪多，外观体型丰满。男性胎儿睾丸已降至阴囊内，女性胎儿大小阴唇发育良好。出生后能啼哭响亮，吸吮能力强，此时出生能很好存活。胎儿活动增加，从孕妇的腹部可能摸到胎儿的活动。

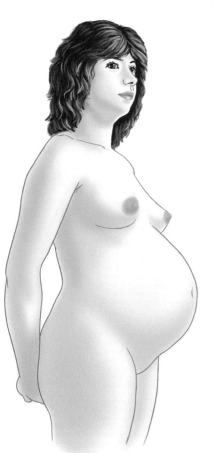

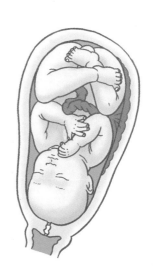

孕10月母体的变化

这段时期子宫底高度约30～35.3厘米，随着胎儿的入盆，宫顶位置下移，对孕妇心脏、肺、胃的挤压减轻，胃胀缓解，食欲增加，但对直肠和膀胱的压迫加重，尿频、便秘、腰腿痛等症状更明显。阴道分泌物增多有利于润滑产道。因胎儿大，羊水相对变少，腹壁紧绷而发硬，有无规律的宫缩。孕妇要坚持每周1次的产前检查，以便发现异常尽早处理。这段时期孕妇尤其要注意全身清洁。妈妈现在可能会感到紧张、焦急，盼望宝宝早日降生，却又对分娩的痛苦有些恐惧。这个时候应尽量保持镇定，适当活动，充分休息，密切关注临产征兆的出现，做好随时入院准备。

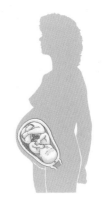

孕期常见病痛

怀孕期间生病是很让准妈妈们头疼的事。许多孕妇总觉得是药三分毒，什么药都不敢吃，宁可自己忍受病痛折磨，实在受不了就采用自己认为比较安全的中药。专家的意见是：怀孕期间生病，应该在医生指导下服用药物，绝对不吃或者滥用中药都是误区。

抽筋

大部分妇女在怀孕20周后，会出现抽筋现象，主要原因可能与钙质缺乏、磷质过多有关，也有人认为是因骨盆充血、大小腿肌肉血液循环较差所致。一般建议，喝适量的牛奶及补充钙质可以解决问题，睡前热敷及按摩腿部肌肉也很有帮助。大部分的人以为牛奶喝得愈多，钙质就补充愈多，其实不然。因为牛奶中虽含钙质，但也含有大量磷质，因此摄取过多的牛奶，可能连带也吸收了过多的磷，而加速钙的代谢及流失。其实在日常饮食中适当摄取含钙及磷较高的食物，如虾皮、海带、紫菜、生木耳、豆腐干、蛋黄、南瓜子、芝麻、螃蟹、海蜇、干贝、花生、瘦猪肉、羊肉等，就可以补充钙和磷。

外阴瘙痒

怀孕后受激素影响，阴道内的分泌物增多，此情况约自14周起，可持续到生产。在这样的环境下，有利于念珠菌的繁殖生长，所以不少的准妈妈曾有过白带增加的症状，厉害者会有外阴部瘙痒，甚至有灼热感，分泌物有时呈白色豆腐渣状。这种状况，一般使用局部抗霉菌阴道塞剂即可改善。此外，准妈妈本身要多注意外阴部的清洁，保持干爽，穿棉质内裤，避免穿紧身不透气衣裤；在分泌物多时，使用小型棉垫并勤于更换。

痔疮

怀孕中期至末期孕妇很容易生痔疮，这是孕期血液循环量增加造成直肠、阴道血管的扩张，加上日益膨胀的子宫造成的压力所致。

手掌麻木和足部水肿

怀孕期间，水分容易滞留在组织间隙，产生水肿，尤其是足部。如果没有合并高血压，一般下肢水肿是属于生理性变化，不需过度紧张；准妈妈宜于白天摄取水分，并避免睡前大量喝水，以免一觉醒来面目全非。白天有久坐或久站情况时，多动动双腿，应该会有所帮助。手掌麻木除了因为指尖水肿之外，手腕部的神经受水肿压迫也是原因之一，一般产后均会好转，不必担心。

水肿

怀孕期间，特别是过了中期以后，每一位孕妇都会出现轻微的水肿现象。这是因为胎盘分泌出来的激素，使得体内水分大量囤积所造成的结果。一般说来，午前的水肿出现在脸部和双手，傍晚则发生在双脚。经过了一晚的睡眠以后，水分循回全身，双脚的水肿就会减轻很多。如果到了早上，脚部还有水肿未退，到了下午，脸部和手部又出现水肿时，表示水肿严重，也就是说体内的水分太多。因此，想要知道自己是否有水肿情形时，可检查一下早晨的脚部状态。试着用手指按压胫骨前的部位，当手指离开以后，该部位仍然呈现凹陷状态的话，就表示有水肿。严重的水肿可能是妊娠毒血症、心脏病、慢性肾盂炎等疾病的征兆，有必要请医生治疗和诊断。一般用来消除水肿的方法是控制水分的摄取量。不过，最有效的方法还是减少盐分的摄取。人体的体液必须保持平衡，一旦盐分摄取过量，相对地就要吸收更多的水分，以维持平衡。平常，每人每日的盐分摄取标准是10克以下，有水肿的人，则需降到每日8克以下。除此之外，还应该积极地做运动，因为适当的运动可以促进血液循环。睡眠充分也很重要，如果觉得累的话，即使是在白天，也可以躺一下，如此便可以减轻水肿。

随着预产期的接近，孕妇的腰酸背痛会日益加重。所以，在孕晚期充分的休息之外，孕妇可以适当活动，此时，也更需要家人的照顾以减轻疼痛。

腰酸背痛

怀孕的妇女在体力上最大的困扰，就是时常感到腰酸背痛，尤其孕期周数越大越严重。这是因为随着胎儿长大及负荷增加，以及骨盆韧带受激素影响变得松弛所致，就好比慢性运动伤害一样。所以这段期间应该要有适度的走动，使用托腹带、经常按摩及热敷后腰部，并避免久站及久坐，产后自然就会恢复正常了。

一吃东西胸部就发堵

随着妊娠时间的加长，子宫也不断地增大，并慢慢地向上挤压胃肠，致使胸部出现发堵的感觉。子宫最上端是子宫底，子宫底达到最高位置是在妊娠35周（9个月）的时候，这时也是胸部感觉最不舒服的时期。妊娠到了36～39周（10个月）时，胎儿头部逐渐进入骨盆，子宫底也开始随之下

降，这时胸部堵闷的感觉将逐渐消退。这时应采取少吃多餐的方式，做好饮食结构的调整搭配，服用胃药是可以的，但对于妊娠后期的胸堵现象不会有明显效果。

焦虑

有些准妈妈担心宝宝的健康状况、怀孕的体形变化、家庭互动的改变，有些对于即将面临的"母亲角色"感到不适应，而有焦虑、情绪不稳等现象。这些问题可经由与自己信任的妇产科医生沟通，做准确的胎儿检查，与家庭成员一起计划产前及产后的生活，并多摄取相关问题的资讯，减轻焦虑，而有极少数人仍需要精神医生的帮助。

突然晕倒

许多孕妇在门诊时，都会宣称她们有贫血症状，因为她们抱怨经常头

晕，甚至曾经当众晕倒。有一部分准妈妈确实患有贫血，但是大部分不是因为贫血。而是由于子宫随着怀孕周数逐渐增大，下肢血液一时流不上去，脑部出现短暂血氧不足，就会突然晕倒。准妈妈应该避免在原地站立很久，也要避免突然站起来走，否则会有晕倒的危险。如果真的有头晕的现象出现，应该立刻蹲下来，症状就会改善，至少晕倒也不会撞到头。如果经常晕倒，那可能要去看一下神经科。

孕妇如何避免头晕目眩

怀孕期间，全身的血液重新分布，大部分集中到内脏（尤其是子宫），所以在久坐后突然站起来，会使血流无法一下子到达脑部，而有头昏的情形，医学上称为"姿势性低血压"，和一般所谓的贫血是不一样的。产前运动可以促进静脉血液回流心脏，减少头晕目眩。另外，宜避免保持同一姿势过久，若久坐后起立，宜放慢动作，并避免弯腰取物，最好改半蹲姿势捡地面物品。

宫外孕

正常妊娠时，受精卵着床于子宫体腔内膜。当受精卵于子宫体腔以外着床时，称为异位妊娠，习称宫外孕。宫外孕是妇产科常见的急腹症之一，若不及时诊断和治疗，可危机生命。宫外孕和异位妊娠的含义稍有差别。宫外孕是指子宫以外的妊娠，不包括宫颈妊娠，而异位妊娠则包括输卵管妊娠、卵巢妊娠、腹腔妊娠、阔韧带妊娠及宫颈妊娠。

宫外孕患者的临床表现

宫外孕的临床表现主要有以下几个方面：①停经：多数病人有6~8周的停经史，约有20%~30%的病人无停经史。②腹痛：输卵管妊娠发生破裂或流产前，常表现为一侧下腹部隐痛或酸胀感；发生破裂或流产时，患者突感下腹部撕裂样疼痛，并伴恶心、呕吐，随后疼痛扩散至全腹，并出现肛门坠胀及排便感。③阴道流血：常有不规则的阴道流血，量少于月经量，可有蜕膜排出。④晕厥和休克：由于腹腔急性内出血及剧烈腹痛，轻者出现晕厥，严重者出现失血性休克。

宫外孕手术后还能怀孕吗

在绝大多数情况下，宫外孕手术治疗后并不影响再次妊娠。宫外孕手术通常有两种，其一为输卵管切除术，其二为保守性手术，即保留输卵管的宫外孕手术。在正常情况下，女性左右各有一条输卵管，即使切除一侧，仍能怀孕。但值得注意的是，盆腔手术容易造成盆腔炎症和粘连而引起不孕。另外，在保留输卵管的宫外孕手术后，由丁输卵管局部形成瘢痕，使宫外孕的发生率增加。预防和减轻妊娠纹的身体滋润乳剂还是必需的。

验尿能准确验出糖尿病吗

每位准妈妈在产检时都会检验尿糖，但并不是每位患妊娠性糖尿病的准妈妈，都可以经验尿便查出来。有的可能尿糖阴性。如果准妈妈的糖尿病很严重，随时都处于高血糖状态，自然尿液里面也会含有大量的糖分，验尿会表现尿糖的阳性反应。不过，妊娠妇女肾糖阈降低，没有糖尿病的人也可能尿糖阳性，所以，在适当的时机，以更有效的方式来筛检妊娠性糖尿病是非常重要的。

糖尿病对母体及胎儿的影响

糖尿病是一种身体内糖代谢不正常的疾病。如果是在怀孕期才发生，或是在怀孕期才首次被诊断，都称作是"妊娠性糖尿病"。未经仔细照料的糖尿病准妈妈，可以发生许多合并症，包括母体视网膜病变、肾脏病变及神经病变。母体新陈代谢异常，造成血中酮体增高，引起酸中毒，母亲死亡率可以达到15%。胎儿也会受母体影响，可能会在子宫内因为血糖不稳定而胎死腹中；也可能因此产生巨大胎儿，引起难产；也可能造成羊水过多，而早期破水或是早产；新生儿也可能在出生后，因血糖过低而猝死。据统计，未经处理的严重个案，围产期死亡率高达90%。

妊娠期糖尿病患者应何时终止妊娠

妊娠期糖尿病患者终止妊娠的时间，应根据胎儿的大小、成熟程度、胎盘功能和孕妇血糖控制及并发症情况综合考虑，力求使胎儿达到最大成熟度而又避免胎死宫内。怀孕35周前的早产儿死亡率高，而怀孕36周后胎死宫内的发生率又逐渐增加，故主张选择怀孕36~38周终止妊娠。但有下列情况时应及时终止妊娠：①严重的妊娠高血压综合征，特别是发生子痫者。②酮症酸中毒、严重的肝肾功能损害、动脉硬化性心脏病患者。③恶性、进展性、增生性视网膜病变

孕晚期的检查频率基本是每周1次，必要的检查可以保证正常、顺利地完成妊娠，防患于未然。

患者。④胎儿宫内发育迟缓、胎儿畸形、羊水过多者。⑤营养不良、严重感染者。

妊娠期糖尿病患者终止妊娠时应注意什么

妊娠期糖尿病患者终止妊娠时易发生酮症酸中毒和酮症昏迷等，应特别注意：①血糖应控制在接近正常水平，代谢紊乱如酸中毒、尿酮体阳性等应及时纠正。②阴道分娩或剖宫产过程中应定时监测血糖、尿糖和尿酮体。③阴道分娩者在整个产程中应密切监测宫缩、胎心变化，产程应在12小时以内结束。④剖宫产麻醉方法选择以连续硬膜外阻滞为宜。⑤分娩后胎盘排出，抗胰岛素激素迅速下降，应及时减少胰岛素的用量。⑥预防产后出血和感染。

妊娠期糖尿病患者分娩后新生儿应如何处理

糖尿病孕妇娩出的新生儿抵抗力弱，均应按早产儿处理，应注意低血糖、低血钙、高胆红素血症。由于产后血糖来源中断，新生儿本身又有胰岛素细胞增生，胰岛素水平较高，极易发生低血糖。因此，新生儿娩出后30分钟开始定时滴服25%葡萄糖液，多数新生儿在出生后6小时内血糖恢复正常。若出生时一般状态较差，应根据血糖情况静脉滴注25%葡萄糖液40～60毫升。

妊娠高血压综合征

妊娠高血压综合征是妊娠期特有的症候群。本病发生于怀孕 20 周以后，临床表现为高血压、蛋白尿、水肿，严重者有头疼、头晕、眼花等自觉症状，甚至出现抽搐、昏迷以及母婴死亡。迄今为止，妊娠高血压综合征仍为孕产妇及围产儿死亡的重要原因。本病通常可根据血压的高低、尿蛋白的轻重及临床症状分为轻度、中度、重度型，具体划分情况如下：①轻度：血压高于或等于 18.7/12 千帕（140/90 毫米汞柱）或较基础血压升高 4/2 千帕（30/15 毫米汞柱），可伴有轻微蛋白尿和水肿。②中度：血压高于或等于 20/13 千帕（150/100 毫米汞柱）但低于 21/14.7 千帕（160/110 毫米汞柱），伴有尿蛋白 + 和水肿，无自觉症状或有轻度头晕等。③重度：分为先兆子痫和子痫。先兆子痫：血压高于或等于 21/14.7 千帕（160/110 毫米汞柱），尿蛋白 ++ ～ ++++，有水肿，有头痛、眼花、胸闷等自觉症状。子痫：在妊娠高血压综合征的基础上出现抽搐或昏迷。

预防妊娠高血压综合征

由于妊娠高血压综合征的病因不明，尚不能做到完全预防其发病，但若能落实以下预防措施，对预防妊娠高血压综合征有重要意义：①各级妇幼保健组织应积极推行孕期健康教育，切实开展产前检查，做好孕期保健工作。②注意孕妇的营养与休息，指导孕妇减少脂肪和盐的摄入量，增加富含蛋白质、维生素、铁、钙和其他微量元素的食品。③从怀孕 20 周开始，每天补充钙剂 2 克，可减少妊娠高血压综合征的发生机率。④小剂量阿司匹林对预防妊娠高血压综合征的发生具有一定作用。⑤积极开展妊娠高血压综合征的预测工作。

对胎儿的影响

患妊娠高血压综合征时，由于子宫血管痉挛引起胎盘供血不足，导致胎盘功能减退，可造成胎儿窘迫、胎儿宫内发育迟缓、死胎、死产或新生儿死亡。此外，妊娠高血压综合征病情加重时，必须尽早终止妊娠，否则可造成医源性早产，这也是引起围产儿死亡率升高的重要原因。

哪些孕妇容易发生妊娠高血压综合征

根据妊娠高血压综合征流行病学调查发现，以下情况容易发生妊娠高血压综合征：①精神过度紧张或受到刺激致使中枢神经系统功能紊乱者。②寒冷季节或气温变化过大，特别是气压升高时。③年轻的初孕妇或高龄初孕妇。④有慢性高血压、慢性肾炎、糖尿病等病史的孕妇。⑤营养不良、贫血、低蛋白血症者。⑥体型矮胖、体重指数（体重千克 / 身高厘米）超过 0.24 者。⑦子宫张力过高（如羊水过多、双胎妊娠、糖尿病、巨大儿及葡萄胎等）者。⑧有家族高血压史，尤其是孕妇母亲有重度妊娠高血压综合征者。

对孕妇的危害

妊娠高血压综合征患者特别是重度妊娠高血压综合征患者，易发生心脏病、心功能衰竭、肺水肿、心肌缺血、心肌出血、脑缺血、脑水肿、脑出血、抽搐、昏迷、胎盘功能障碍、胎盘早剥、急性肾功能衰竭、肝坏死、肝出血、HELLP 综合征（溶血、肝酶升高、血小板减少）、眼底出血、视网膜剥离、凝血功能障碍、弥漫性血管内凝血、产后出血、产后血液循环衰竭等并发症。妊娠高血压综合征是孕妇临床常见疾病，如以上提到的并发症多可导致患者死亡。

如何消除怀孕期血栓

由于妊娠期血液流变学改变，处于高凝状态，子宫增大，压迫下腔静脉，下肢静脉回流受阻，可以引起下肢静脉血栓、下肢血栓性静脉炎。发病率不足 1%。由于栓子脱落引起其他部位栓塞，严重肺栓塞会威胁生命，一旦发现静脉血栓形成，要高度重视。有以下情况需引起注意：下肢发白、冰冷和发热肿胀，行走困难；有静脉血栓形成的对应部位皮肤发红，局部压痛。以上情况发展迅速，需及时诊断治疗：①诊断：通过超声波，非孕期放射科造影检查发现静脉腔内栓子可以确诊。②治疗：血栓形成应住院治疗，保暖，抬高下肢，可以缓解症状。浅静脉血栓可以用肝素治疗，弹性绷带也有作用。深静脉血栓需手术取出栓子。孕前有静脉血栓史，应告诉医生，整个孕期需肝素治疗，肝素对母婴是安全的。产后可以用口服药物华法林。

如何治疗妊娠高血压综合征

患有妊娠高血压综合征特别是中、重度妊娠高血压综合征时，一经确诊，应立刻住院治疗，防止并发症的发生。妊娠高血压综合征的治疗主要包括药物治疗和终止妊娠。药物治疗的原则为解痉、降压、镇静、合理扩容和必要时利尿。药物治疗：①解痉：有预防和控制子痫的作用，通常选用硫酸镁治疗，治疗过程中应注意预防硫酸镁中毒。②镇静：镇静药物具有镇静、抗惊厥、催眠、松弛肌肉的作用，有利于控制子痫。可选用安定及安眠药物。③降压：血压达到或超过 21/14.7 千帕（160/110 毫米汞柱）时，必须应用降压治疗。常用药物有肼苯达嗪、卡托普利、心痛定等。④扩容：合理扩容，可改善重要器官的血液灌注，纠正缺氧，改善病情。⑤利尿：病人出现全身水肿、急性心力衰竭、肺水肿时，应进行利尿治疗。可选用速尿及甘露醇。终止妊娠：由于妊娠高血压综合征是妊娠期特发的疾病，因此，适时终止妊娠，是防止并发症发生的重要手段。通常出现下列情况应终止妊娠：①先兆子痫孕妇经积极治疗 24 ～ 48 小时无明显好转者。②先兆子痫孕妇胎龄超过 36 周，经治疗好转者。③先兆子痫孕妇胎龄不足 36 周，胎盘功能检查提示胎盘功能减退，而胎儿成熟度检查提示胎儿已成熟者。④ 6 ～ 12 小时的孕妇。

预防妊娠高血压综合征的两个重要注意事项就是要求孕妇要有良好的营养和充分的休息。

怀孕期感染风疹对母体及胎儿的影响

胎盘是胎儿天然的屏障，因此许多母体的疾病，不会影响到宝宝。然而，仍有许多病原体可以通过胎盘，所以，准妈妈如果感染这些病原体，可能宝宝也会同时受到侵犯。这类因为妈妈在妊娠期受到感染，使得胎儿在子宫内也被传染，引起疾病，甚至先天发育异常的现象，称为"先天性感染"。目前，最让准妈妈担心害怕的，恐怕就是"风疹"引起的先天性感染了。目前已知，如果孕妇在怀孕期感染风疹，病毒更有可能侵犯胎儿，引起一些症状，包括先天性心脏病、白内障、视力及听力障碍；胎儿在子宫内生长迟缓，故出生后体重过轻。同时胎儿脑细胞也会遭到破坏，引起脑容量减少，以致以后出现脑瘫及智力障碍的问题。这一类的症状，目前统称为"先天性风疹症候群"。

孕前感染风疹会影响胎儿吗

如果发疹时间以最后一次月经来潮的第 1 天算起，在 11 天以内，则胎儿被感染的机会就很小。举例来说，某位准妈妈在 1 月 1 日来月经，2 月没来经，到了 2 月中旬检验证实是怀孕，如果她在 1 月 11 日以前发疹，则胎儿被感染的机会就很少。为什么会这样呢？因为风疹在发疹前后是传染性最大的时候。在月经来潮的第 11 天以前发疹，其传染性可以延续 10 天，以此计算，这段时间内可能卵子受精，但仍未着床于子宫，或是刚着床，仍未与母体的血液循环相通，故可以免于被传染。同样的情况也可以解释，如果发疹是在最后一次月经之前，则胎

儿没有被传染的机会。至于怀孕前两三月得风疹的，当然更可以安心了。

准妈妈得了风疹该怎么办

12 周以前感染的风疹，由于胎儿异常的机会颇大（约 33%～90%），症状也会较严重，所以通常医生均建议母亲做流产手术。13 周以后才感染风疹的，医生会考虑母亲年龄，是否容易怀孕及已有子女数来衡量轻重。对于高龄孕妇，好不容易才怀孕及目前仍无子女而对子女渴望极深者，医生或许建议她们继续怀孕，但必须密切追踪。对于怀孕期得病的母亲，如果继续怀孕，医生可以建议她们在第 22 周以后做胎儿脐静脉穿刺术，检验胎儿血液中是否有风疹的免疫球蛋白抗体。如果没有，准妈妈通常可以比较安心。因为胎儿有先天性感染的机会已经很低了。但如果有此抗体，表示胎儿有被感染的可能，此时，医生会重新评估胎儿罹病的危险几率，再决定继续怀孕或是终止怀孕，给予引产。对于胎儿证实无先天性感染，或是有被感染，但是发生先天性异常的机会不太大者，可以继续怀孕，但是必须定期做胎儿发育的追踪检查。借着精密的超声波检查，可以观察胎儿有无先天异常，生长速度是否正常，以作为胎儿状况的指标。

准妈妈如何预防风疹

风疹的致病体，是一种病毒，可以通过胎盘传染给胎儿。根据统计，发生先天性症候群的小孩之中，有半数其母亲在妊娠期除了感冒之外，并无明显的风疹病史。也就是说，感冒症状也有可能是风疹病毒感染引起的。

这种情形，小宝宝仍有危险，孕前没有得过病或是打过疫苗的母亲，这点必须留意。目前，先天性风疹症候群，并无理想的治疗方法，因此最好的治疗，就是预防。婚前打疫苗，是最重要的。准妈妈在知道怀孕之后，应立即检查是否已有抗体。如果没有，她就是属于易被传染的人，怀孕初期请避免出入拥挤的公共场所，以免感染。

为什么孕妇容易犯急性肾盂肾炎

急性肾盂肾炎是妊娠期常见的合并症，发病率为 4%～10%。孕妇易患急性肾盂肾炎主要有以下几方面原因：①怀孕后雌激素明显增加，输尿管、肾盂、肾盏及膀胱的肌肉变得肥厚；大量的孕激素又使输尿管平滑肌松弛，蠕动减弱；膀胱对张力刺激的敏感性减弱，易发生过度充盈；排尿不完全，使残留尿液增多，为细菌在膀胱内繁殖创造了条件。②增大的子宫右旋压迫右侧输尿管，使其形成机械性梗阻，肾盂及输尿管扩张积尿。③增大的子宫和胎头将膀胱向上推移变位，易造成排尿不畅和尿潴留。④妊娠期尿液中葡萄糖、氨基酸及水溶性维生素等营养物质增多，有利于细菌繁殖和生长。此外，妊娠期抵抗力减低也是急性肾盂肾炎的诱发因素。

慢性肾炎患者可以怀孕吗

慢性肾炎是由原发性肾小球疾病引起的一组以蛋白尿、血尿、水肿、高血压为临床表现的疾病，病程长达一至数年。通常可将慢性肾炎分为 3 型：①为蛋白尿型，有浮肿而无高血压，肾功能正常。该型病人可以怀孕。②为高血压型，以蛋白尿和高血压为主要表现，肾功能正常。该型病人怀孕后极易发生妊娠高血压综合征，围产儿死亡率较高。③为氮质血症型，有蛋白尿、高血压和明显的肾功能损害及氮质血症。该型病人不宜怀孕。

慢性肾炎患者应该如何调理饮食

慢性肾炎患者怀孕后应合理调整饮食，加强营养，原则如下：①蛋白质的摄入原则上应以维持氮平衡、以不超过肾排氮功能为宜。肾功能不全者应采取低蛋白饮食，每天饮食中的蛋白质含量不超过 40 克，目的是使血尿素氮降低。同时需给予丰富的必需氨基酸。②采取低磷饮食，降低血清磷酸盐水平，可减轻肾小球的高灌注、高压、高滤过状态，防止肾小球硬化。③采取低盐饮食，减少钠的摄入，减轻血压的升高。④补充多种维生素，特别是 B 族维生素和维生素 C。

妊娠期阑尾炎的特点

妊娠期阑尾炎主要有以下特点：①阑尾位置改变，怀孕早期阑尾位置无明显改变，随着妊娠的进展，子宫不断增大，阑尾会逐渐向上、向外移位。②妊娠期盆腔器官充血，阑尾也充血，因此炎症发展快，容易发生阑尾坏死、穿孔。③由于大网膜被增大的子宫推移，难以包裹炎症，一旦穿孔，容易造成弥漫性腹膜炎。④若炎症波及子宫浆膜，可诱发子宫收缩，引起流产、早产或强直性子宫收缩，其毒素可导致胎儿缺氧甚至死亡，威胁母婴安全。

怎样治疗妊娠期阑尾炎

妊娠期阑尾炎的治疗原则是：一经确诊，为防止炎症扩散，在给予大剂量广谱抗生素的同时，尽快行手术治疗。对高度可疑病人，也可行剖腹探查，目的是避免病情迅速发展。一旦并发阑尾穿孔和弥漫性腹膜炎，对母婴均会造成严重后果。阑尾炎手术后3～4天内应给子宫缩抑制药，以防发生流产或早产。若妊娠已近预产期，应先行剖宫产，再行阑尾切除术。剖宫产以选择腹膜外剖宫产为宜。当阑尾已穿孔，并发弥漫性腹膜炎，盆腔感染严重，或子宫、胎盘已有感染征象时，应考虑行剖宫产的同时，行子宫次全切除术，并需引流。

为什么妊娠期容易患胆囊炎和胆结石

妊娠期胆囊炎和胆结石的发病率仅次于急性阑尾炎，其发病率较高的主要原因是，妊娠期在孕激素的作用下，胆囊及胆道平滑肌松弛，致使胆囊排空缓慢，胆汁淤积，而雌激素又降低胆囊黏膜对水分的吸收，影响胆囊的浓缩功能，加之胆汁中胆固醇成分增多，胆汁酸盐及磷脂分泌减少，容易形成胆结石。因此，妊娠是胆囊炎和胆结石的重要诱因，可发生于妊娠的任何阶段，尤以妊娠晚期多见。

第 3 章
分娩及产后护理

　　十月怀胎，一朝分娩，伴随着分娩期的阵痛，带来新希望的小生命诞生了。此后，母亲在育儿的同时，会自然将产后恢复的问题提上日程，毕竟，妊娠与分娩的确给女性的身体带来了不小的变化，因此，必要的产后护理不容忽视。

临产之前

临产就是在妊娠末期即32~40周内，由于子宫的节律性收缩，使子宫逐渐开全，便于胎儿从子宫内娩出母体的过程。为了保证顺利的分娩，孕妇要在出现分娩先兆后，认真做好精神和物质准备。

物质准备

在38周左右，准妈妈要做的临产准备工作：①要准备2~3套小棉被、小夹被、小包布（1米见方）、小绒毯。②准备奶瓶、奶嘴、奶锅、奶瓶刷和蒸锅等。③新生儿房间要向阳、保暖、噪音小、通气好；婴儿床的选择应经济、实用、安全。④婴儿香皂、婴儿浴液、婴儿润肤霜、松花粉（洗完屁股后扑用）、爽身粉（夏季备痱子粉）等；洗脸盆、洗澡用大盆、尿盆、洗涮尿布盆。⑤洗澡专用毛巾，几条小方巾，供孩子吃奶、喝水时垫在下巴底下。⑥可准备好录音机、录音带，录下孩子可爱的童音；还应准备"专用影集"，

把孩子照片保存起来。⑦入院的物质准备。产妇用的牙刷、牙膏、2条洗脸毛巾、2条小毛巾、水杯、软底拖鞋、内衣内裤2套、哺乳乳罩、卫生巾、梳子、少许食品等。婴儿用的衣服1套、小被褥1条、小毛巾3条、尿片2包等，以及办理入院手续时所需的证件、《孕产妇保健手册》及入院押金等。

孕妇体力准备

到了妊娠期，活动应该适当减少，工作强度亦应适当减低，特别是要注意休息好，睡眠充足，只有这样才能养精蓄锐，使分娩时精力充沛。一般从接近预产期的前半个月，就不宜再远行了，尤其是不宜乘车、船远行。因为旅途中各种条件都受到限制，一旦分娩出现难产很有可能会危及母子安全。同时，因为分娩时要消耗很大的体力，所以产妇临产前一定要吃饱、吃好。为了保证孕妇有足够的体力完成分娩，家属应想办法让她多吃些营养丰富又易于消化的食物，切忌什么东西都不吃就进产房。有些妇女怀孕早期担心流产，怀孕晚期害怕早产，因而整个孕期都不敢活动。有些孕妇则是因为懒惰而不愿意多活动。实际上，

孕期活动量过少的产妇，更容易出现分娩困难。所以，孕妇在妊娠末期不宜过于懒惰，不宜长时间卧床休息。

孕妇心理准备

对分娩不同程度的恐惧心理，会影响孕妇临产前的饮食和睡眠，而且也会妨碍全身的应激能力，使身体不能很快地进入待产的"最佳状态"，以致影响正常分娩。影响临产情绪的因素主要有：①有些孕妇在分娩上也是一个"急性子"，没到预产期就焦急地盼望能早日分娩，到了预产期，更是终日寝食不安，直接影响分娩情绪；②孕妇在生活、工作上遇到较大的困扰，或者是发生了意外的不幸事件，产前精神不振、忧愁、苦闷，这种消极的情绪会影响顺利分娩；③特别应该指出的是，有些丈夫或公婆强烈盼望生育男孩，产妇的心理上造成了无形的压力，也是出现难产的重要诱因之一。一般情况下孕妇临产前都会出现一定程度的紧张，此时她们非常希望能有来自他人尤其是丈夫的鼓励和支持。丈夫在妻子临产前应该尽可能较长时间陪伴妻子，亲自照顾她的饮食起居。

临产产妇大便应注意什么

产程进展过程中，如果产妇宫缩时有大便感，应征得医生同意后，方可在有人陪同的情况下去解大便，注意蹲的时间不可过长，以免发生宫颈水肿。如果在宫口未开全时，产妇有频频排便感，应通过医生检查寻找原因，是肛门检查刺激所致，还是因为胎位不正所致。但是无论哪一种原因

生产方法的训练

正确的生产方法是掌握呼吸和肌肉松弛的技巧：①呼吸练习。在宫缩时要保持呼吸节律，使氧气能被吸入体内供胎儿使用。产妇集中注意力，保持规律的深呼吸，可减轻宫缩时的疼痛和降低腹压。宫缩时切忌喊叫，因为喊叫会减少氧的吸入，对胎儿不利。②肌肉松弛训练。可由丈夫协助，如面向左侧，上身倾斜30度，采取半卧位。丈夫喊口令如："屈曲踝部，放松！绷紧大腿，放松！"宫缩间歇时用深慢呼吸，宫缩强烈时用浅快呼吸，宫口开全时用间断吹气呼吸法。在宫缩强烈时可用按摩减轻疼痛，用双手在下腹划圈，或以双手从内向外地按摩下腹部，再交替地对后腰和腿根部用力压按。

引起，在宫口尚未开全时，都不要过早屏气，也不要下地蹲，以免引起宫颈水肿，影响宫颈的扩张和产程进展。如果宫口已开全，产妇就要在医生的指导下，于宫缩期间屏气如解大便样向下用力，此时，产妇千万不能自行下床解大便，以免发生危险。

临产产妇小便应注意什么

临产后，产妇应注意排尿，一般每2～4小时就要排尿1次，以避免胀大的膀胱影响子宫收缩和胎儿先露部下降。如果产妇出现排尿困难时，应及时告诉医生，医生要检查有无头盆不称的情况，必要时医生可以给予导尿管导尿。但产妇不要因排尿困难而蹲的时间太长。

羊水早破怎么办

临近预产期时，孕妇要随时随地注意身体的变化，一旦发现异常现象，如发现破水等状况，必须马上住院待产。胎膜在位于子宫颈口处破裂，羊水流出，这是胎儿娩出的前兆，多发生在宫颈口扩张7厘米以上时。但是，也有一些孕妇还没出现明显的子宫收缩，也没有排尿，突然阴道排出水样液体，处理后又有液体排出时，应考虑发生了胎膜早破，又叫早破水。发生胎膜早破后，多数情况下，规律性子宫收缩随即开始。但也有持续一段时间后才出现规律宫缩者，没有经验的孕妇往往容易忽视。由于胎膜早破，羊水流出，子宫内部和外界已通过阴道相通。细菌很容易进入体内，导致宫内感染。孕妇会有发热，羊水变浑浊产生异味，并可使胎儿由于宫内感染出现败血症。因此一旦发生早破水，就应视为将要分娩，孕妇需马上住院待产（有20%～25%的孕妇分娩前会出现胎膜早破的情况）。

发生早产怎么办

妊娠不足37周胎儿即娩出为早产。约有10%左右胎儿提前4周以上出生。早产儿因为肺和其他脏器未完

全成熟，出生后危险性较大。大多数早产原因不清，以下因素可以引起早产：子宫畸形、多胎妊娠、胎膜早破、宫颈机能不全、羊水过多、遗留宫内节育器、胎盘异常（胎盘早剥或前置胎盘）、胎儿异常、胎死宫内和母体疾病，如高血压或一些母体感染。有早产征象时，抑制宫缩非常重要。医生会要求孕妇卧床，尽量左侧卧位，用抑制宫缩的药。卧床是防止早产的有效办法，尤其在未用药前，这是惟一能做的事情。抑制宫缩的药有硫酸镁，可以通过静脉给药。β-肾上腺素类药可以口服或静脉用药，尽早用镇静剂或麻醉药抑制宫缩，避免早产。

临产5忌

临产时应尽量避免以下几个不利因素：①忌怕：有的孕妇由于缺乏分娩的生理常识，对分娩有恐惧感。其实，这种顾虑是不必要的。在现代医疗技术条件下，分娩的安全性大大提高，成功率也接近百分之百。②忌急：部分孕妇在分娩上是"急性子"，未到预产期就焦急地盼望早日分娩。其实，预产期有一个活动期限，提前10天或者是错后10天都是正常的。③忌粗：少数孕妇粗心大意，到了妊娠末期仍不以为然，还乘车、船长途旅行，由于舟车劳顿，导致在途中意外分娩，威胁母子生命。④忌累：妊娠后期，孕妇的活动量应相应减少，工作强度也应减弱。临产前如果精神或者身体处于疲惫状态，将影响顺利分娩。正确的做法是产前1周休息，保持体力。⑤忌忧：孕妇由于生活或者工作上的困难，或意外不幸等，临产前精神不振、忧愁、苦闷。特别是有些孕妇的公婆盼子心切，向孕妇施加无形的压力，给孕妇造成沉重的心理负担，这也是造成分娩困难的重要诱因之一。

产前一周，孕妇要稳定情绪，多加休息，以保持体力迎接分娩。

如何确认生产即将开始

宫缩次数增多；胎动减少；腰部、大腿根充满沉重感；胃部变得很轻松；尿频；分泌物增多，耻骨部和腰部疼痛，只要出现上述症状的2～3项以上，就表示生产即将开始，通常7天之内，就会分娩，要开始做心理准备了。为了让自己可随时入院生产，应确实做到以下各事项：随时和丈夫保持联络；保持自身的清洁（入院后便无法洗浴了）；睡眠充足，饮食充分（无论是在精神方面还是身体方面，生产都是一件需要耗费大量心力和体力的劳动）。生产的前兆：①阵痛：腹胀逐渐演变成强烈的疼痛，当这种疼痛出现规则性时，就表示阵痛开始。阵痛刚开始的间隔时间是30分钟，不过，也有的孕妇是15分钟。阵痛之前会先有假阵痛，它与阵痛不同，没有规则性，有些孕妇误以为假阵痛是阵痛，便急急忙忙跑去医院。切记，只有周期性的疼痛，才是阵痛，才是生产的前兆。②见红：分泌物增加，阴道流出带有血丝的黏液，犹如刚开始的经血，这就是生产的预兆之一——见红。胎头下降后，子宫口会稍微打开，该开口部分的胎膜和子宫壁发生剥离，遂引起现血。如果尚未阵痛就先破水，或者出血量比经血量还多时，一定要立刻前往医院。

何时去医院

有以下情况应及时去医院：①规则阵痛：绝大多数的孕妇都可以用阵痛的间隔作为入院的判断基准。当出现每10分钟一次的阵痛，或者一个小时出现6次以上的阵痛时，孕妇必须先估计好自己从家里到医院所需的时间，然后打电话联络入院事宜。从阵痛开始到生产所需的时间，头胎产妇大约是半天或半天以上；经产妇则是头胎产妇的一半时间。②破水：发生破水时，记得抬高腰部，躺下休息，保持安静，并且尽早送医院。紧急的处理方式是先垫上干净的纱布或脱脂棉。破水后如果乱动的话，可能会造成脐带脱垂，胎儿发生脐带脱垂时，会引发缺血或缺氧的危险，尤其是胎位不正时，更得多加小心。③突然大量出血：赶紧叫救护车，到最近的医院急诊。出血若处理得太慢的话，就可能危害到母体与胎儿的生命和健康。④剧烈腹痛、子宫突然停止收缩，胎儿也静止不动：立即联络，赶紧入院治疗。

哪些孕妇在分娩时容易发生大出血

经阴道分娩的出血量一般在300毫升以内。如果在胎儿娩出后的24小时内，产妇出血量超过500毫升，在医学上则称为产后出血。迄今为止，产后出血仍然是导致产妇死亡的主要原因之一。产后大出血多是由于子宫收缩乏力而引起的。凡双胎妊娠、巨大儿、羊水过多、产妇年龄大于35岁、妊娠合并妊娠高血压综合征、分娩次数多等因素，均易于发生宫缩乏力和产后出血。另外，胎儿娩出后，如果胎盘未能及时完整地排出，也会引起产后出血。再者，经阴道分娩发生产道裂伤出血，也有可能导致产后出血。

为什么体胖孕妇分娩要加小心

凡体重指数[体重指数＝体重(千克)÷身高(米)的平方]大于24者为肥胖。孕期体重增加超过15千克者为体重显著增加。肥胖妇女在孕期和分娩期应倍加小心，因为可能发生以下问题：①增高孕期并发症、分娩期难产和手术产以及产后出血发生率。据统计，肥胖孕妇有30%～50%发生高血压，10%出现蛋白尿。与正常孕妇相比，她们妊娠期糖尿病发病率增高1倍，妊娠高血压综合征的危险性增

如何减轻分娩过程中的疼痛

分娩的时候，子宫的肌肉会周期性地重复收缩及弛缓地动作。这种子宫的收缩，医学上称之为阵痛。实际上，肌肉做生理性收缩时，并不会产生那么剧烈的疼痛，只是，如果长时间持续收缩，无法充分放松的话，就会因为贫血而引起疼痛。第1阶段（至子宫口开10厘米为止），以轻松的姿势缓和紧张。子宫一收缩，子宫内部压力就会上升，子宫颈和子宫口随之打开。压迫子宫颈部的神经，疼痛因而产生。此时，如果身体紧张、腹部用力的话，只会使得子宫颈附近的神经更紧张，承受压力更强大，疼痛当然有增无减。这个阶段宜用最轻松的姿势，蹲位或躺下休息，以缓解身心的紧张。如果觉得越来越痛、越来越紧张的话，可做生产的辅助动作（腹式深呼吸、按摩、压迫等），以减轻痛苦。第2阶段（至胎儿出生为止），跟着子宫收缩一起用力。此时，阵痛越来越强烈，间隔缩短为2～3分钟，每次持续40～60秒。胎儿一面做回旋运动，一面滑下产道，不久就会破水。子宫收缩使胎儿受到压迫，胎儿又压迫到骨盆底部、外阴部和会阴等处，结果造成子宫颈和盆腔等处发生严重的局部疼痛。随着子宫的收缩，做腹部用力的动作，不但可缩短分娩时间，而且还可以减轻疼痛。不妨试试生产的辅助动作（用力、放松和深呼吸）。现在也有用药物或做硬脊膜外麻醉（无痛分娩）来减轻痛苦。

分娩时如何用力

宫口开全就可用力了，此时，产妇需要配合阵痛，有意识地施加腹压，这种腹压便称为"使劲"。以头胎产妇来说，从子宫口全开开始到胎儿娩出为止，一般不能超过两个小时的时间。由此可知，会不会用力、使劲，可说是生产是否顺利的关键。用力的步骤：①仰卧，双手抓住枕头或床柱，宫缩高峰的时候使劲。②采取仰卧的姿势做深呼吸，空气吸入胸部后，暂时憋住，然后像排便时一样，向肛门的方向用力。③无法再继续憋气时，便开始吐气，接着马上再吸气、用力。分娩的时候，应按医生和护士的指示，交互进行用力及放松。子宫收缩时用力，一次约10秒，如果阵痛持续进行的话，就要继续吸气、用力。收缩停止时，则放松全身的力量，稍微休息。只要休息得当，就能够使得上力，换句话说，用力时间对的话，可以减轻阵痛。因此，用力需配合阵痛。在间歇期，也就是松弛的时候，子宫内的血流量会增加，胎儿可以得到很多的氧气，进行能量储存，因此，母体在这时候应尽量放松，而且是越放松越好。

加15倍，过期妊娠率增高2倍，产程延长增加2倍，阴道手术助产增加3倍，剖宫产增加2倍。②巨大儿发生率增高。肥胖孕妇孕期体重增加显著，巨大儿发生率也明显增高，约为正常孕妇的2倍以上。孕前已有肥胖的孕妇，在孕期应特别注意定期产前检查，加强产前监护，要及时发现和治疗妊娠并发症。孕期要注意调理营养，使孕期体重的增长控制在10～13千克范围内。产时要警惕发生宫缩乏力、产程缓慢、胎儿窘迫及新生儿窒息，新生儿出生后（特别是在出生后6小时内）应防备无症状性低血糖的发生，并可早喂母乳或葡萄糖水加以预防。

自然分娩好

剖腹产的孩子聪明，这种说法是没有道理的。国内外专家一致认为还是自然分娩好。首先自然分娩不影响胎儿的身心健康，还能强化胎儿的先天素质。因为自然分娩，子宫要宫缩施压，好把胎儿推出产道，在子宫对胎儿施压时，胎儿体内会分泌出一些激素的化合物，这些分泌物对胎儿的脑细胞和神经结大有好处，能加速胎儿在骤然改变环境的情况下，快速适应，特别是对温差变化、强光刺激以及由于原来的"寄生"变成一切靠自己独立维持生命，起到很重要的作用，诸如，清除肺里的羊水，把口腔、鼻腔中的黏液排出，为呼吸打通了通道。胎儿头部的受压，也大大刺激中枢神经，对心跳、呼吸、啼哭都有推动作用，同时使胎儿精神焕发，有活力，处在最佳的精神状态。

如何评估新生儿的成熟程度

胎儿娩出后，胎儿的成熟度与新生儿的生活能力密切相关。新生儿的成熟度除与体重有密切关系外，还与下列特征有关：①皮肤透明度：躯干皮肤，尤其是脐以上腹部皮肤的透明度，不成熟者可见多条大小不等的清晰血管；如皮肤有脱屑、干裂、甚至呈"羊皮纸"样，罕见到血管，则表

坐式分娩有何优越性

人类分娩所采取的体姿或体位经历了多种形式的变迁。最早有采取站、蹲、坐、跪等直式分娩体位和坐式分娩体位的记载，这些体位的特点是，胎儿轴线与地平面垂直，分娩时产妇可支撑在家具、床档、杆架等物体上，或俯伏在他人身上。17世纪法国医生发明了产钳术处理难产，此后又有全身麻醉用于分娩，由此使卧式分娩成为常规的分娩体位。尽管后来取消了产时全身麻醉，但卧位分娩的习惯却一直沿袭至今。近年来，许多学者们又将目光投向了老式的分娩体位，认为坐式分娩或直式分娩有利于增强宫缩和缩短产程，产妇也相对感觉舒适而易于接受。如果不存在脐带脱垂的危险，在严密监护下，直式分娩对胎儿并不构成任何威胁。许多学者在认识到直式、坐式分娩以及不限制分娩体位的做法对分娩的益处后，则极力倡导产妇随心所欲地选择舒适的分娩体位。在中国，已有一些医院在改变传统的卧式分娩体位方面做了积极而有说服力的尝试。

示成熟。②头发：不成熟者头发呈棉花样或羊毛样缠绕在一起；成熟者头发变粗，清楚可数。③耳廓软骨：不成熟者耳廓软骨触之像皮瓣一样，没有弹性，可以随意开合，难以复原。④乳房：足月新生儿可摸到其乳房结节，可测量其直径，乳头同周围皮肤有清楚的界限，乳晕边缘突起于周围皮肤；不成熟儿的乳房结节摸不到，乳晕、乳头不清楚。⑤指甲：指甲长短与胎龄成正比关系。成熟儿的指甲常超过指端，指甲两侧的甲沟清晰；不成熟儿的指甲达不到指端，甲沟不清。⑥足底皮纹：主要观察足底较粗的皮纹。早产儿仅在拇趾根部有1～2条皮纹，足跟光滑；随胎龄的增加足跟的皮纹也增加。胎龄36周的新生儿，足底后3/4光滑；胎龄38周的新生儿，足底前2/3有皱纹；胎龄40周的新生儿，足底布满皱纹。以上各点以足底皮纹检查最具价值。

正确认识剖腹产

剖腹产即通过切开孕妇的腹部和子宫将胎儿直接取出来的一种最大的助产术。此术对解决各种难产，挽救母婴生命起到了非常重要的作用。尽管剖腹产对婴儿较为安全，但是作为一种手术方式，其对母体有着直接损伤，并发症也较多。有的孕妇错误地认为剖腹产是分娩的捷径，甚至认为剖腹产生出的孩子比从正常产道出生的孩子聪明。这种观点是错误的。事实上，宝宝的聪明与否，并不取决于生产的方式，而是与大脑的神经系统发育直接有关，大脑发育的好坏，与母亲怀孕时和婴儿出生后的营养状况密切有关。

分娩及婴儿诞生

分娩的过程通常分为 3 个时期，第 1 期称为开口期，第 2 期称为娩出期，第 3 期称为后产期。胎儿诞生，第 2 期结束，之后，待胎盘娩出，全部产程就结束了。

分娩第 1 期

分娩第 1 期时，每隔 10 分钟规律阵痛 1 次，子宫口已完全打开。生产时间最久，特别是对头一次生产的产妇而言，子宫口很难张开。所以平均要花 12～15 小时。也有人在这一期就花了 12～24 小时的时间。如果母亲、胎儿以及产道都没有异常，就不用担心。阵痛刚开始的时候还很轻微，所以在这个时候要睡眠充足、正常饮食，以保存体力。休息时，横躺脚稍稍屈起会比较舒服。分娩前，子宫口只有慢慢地张开约一指而已，但是经过子宫的反复收缩，胎儿的头下降，子宫口就更为张大了，直开到胎儿的头能通过为止。这个时候，轻微的阵痛也会变强，每隔 2～3 分钟，就会有一次持续 40～60 秒的阵痛。子宫口完全张开时（直径约 10 厘米），包括胎儿的羊膜，就会往子宫口突出膨胀成一个球状，加上羊膜内羊水的压力，羊膜就会自然破裂，羊水便流出。这就是破水，这时流出的羊水并没有很多，大概只有 20～30 毫升。

分娩第 1 期子宫颈的变化

正常情况下，坚韧的肌肉环保护着子宫颈，子宫颈处于紧闭状态。分娩期间，附着于子宫颈的肌肉收缩，将其拉向子宫，子宫颈口逐渐变大，以备胎儿的头部从那里通过。在整个分娩过程中，助产医生会密切观注孕妇及胎儿的各种情况，并作出相应的处理。

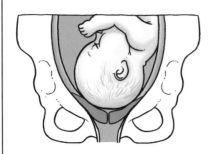

1 子宫颈因荷尔蒙的改变由坚韧变得柔软。

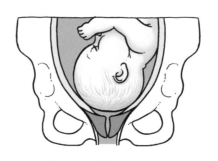

2 子宫收缩，子宫颈变薄。

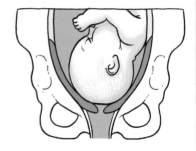

3 子宫颈越来越薄，原有形状发生改变，随着宫缩愈发强烈，子宫颈口张开了。

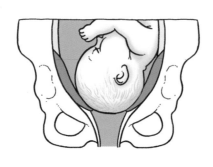

4 子宫颈张开至 7 厘米左右的时候，胎儿的头部往外"出"的条件越来越成熟。

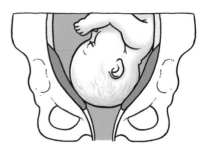

5 子宫颈基本开全了。

分娩第2期

当发生破水的现象时，胎儿就慢慢地通过子宫口，向阴道口移动。此时阵痛会愈来愈强，每隔1～2分钟，就会有60秒左右的阵痛。阵痛（子宫收缩）和吸气呼气，会帮助胎儿下降至产道。产道因破水而变得柔软，所以适当的呼吸，就可将胎儿渐渐地送往阴道内。如果呼吸变得窒碍难行，是因为生产过程疲劳、太长所致。适当的呼吸——要领是从鼻孔深深吸入空

气后，暂时停止呼吸，然后向解大便一样，往阴道用力，如此不停地持续着呼吸，不要发出声音。胎儿的头会配合着阵痛，时而看见时而隐入，这样的状态称为排临。当阵痛停止时，胎儿的头就隐入阴道内看不见，阵痛时就露出来。当胎儿的头一直持续着露在外看得见的状态，就称为发露，到了这个时候，表示孩子就快诞生了。这时，停止前面所用的呼吸法，张开嘴巴，改用短而急促的浅呼吸（短促呼吸）。这个时候，如果用深而有力的呼吸，胎儿的头会急速地冲出阴部，可能会使阴道口裂伤。当胎儿的头通过时，阴道口和会阴部已伸至最大极限，但是对第1次生产的孕妇，还是很容易造成裂伤，所以大部分都事先将会阴切开，以使孕妇更易于将胎儿产出。当较大的头部出来之后，在数秒之后，身体也会跟着出来了。

分娩第2期

分娩第2期是整个分娩过程的高峰，强烈的阵痛之后一个新的生命诞生了。当孕育了10个月胎宝宝被抱到产妇面前时，宝宝和妈妈终于会面了。

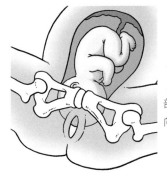

1 胎头移动到阴道口的时候，骨盆底受其挤压，产妇外阴部位膨起。同时，宫缩促使胎头向前移动。

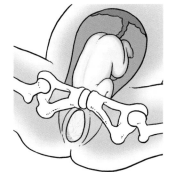

2 胎儿头顶露出。头部娩出过程中，产妇阴道有刺痛感和麻木感，这是正常的。

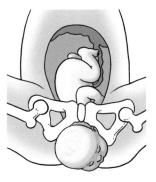

3 头部娩出。此时医生会及时处理婴儿可能出现的情况，如，将套住婴儿头部的脐带移开；将婴儿头部转向，使其与两肩保持同一条线；清洁婴儿两眼、鼻腔、口腔等。

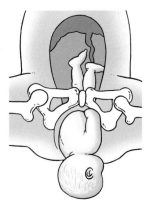

4 婴儿的身体滑出母体。

分娩第3期

产下胎儿之后到胎盘出来为止的这段时间，称为分娩第3期。胎儿出来之后，因子宫的收缩，而使粘在子宫壁上的胎盘剥离。这时会出血，在胎盘排出的前后，通常会流出100～300CC的血，但几乎不会痛。当出血停止时，后产期也就结束了，整个生产过程就完全结束了。之后，再检查子宫及产道有无任何异常，缝合会阴部。后产期的出血即使很少，但过了一会儿也会有出血的状况，所以分娩后，还须待在分娩室观察两个小时，同时多注意出血情况。

产后护理与恢复

整个怀孕过程使产妇的生理变化很大，分娩后如何使自己的身体尽快复原，是每个产妇都十分关心的事。注意饮食的营养，注意劳逸适当，注意排尿，防止便秘，注意会阴部卫生，勤换内衣、床单，适量运动都有助于产后恢复。

子宫的变化

产褥期变化最大的是子宫，子宫复旧是产后母体恢复的一个重要标志。子宫复旧主要体现在子宫肌纤维缩复，子宫变小及子宫内膜再生。一般产妇于分娩后第1天，子宫底在膝下1~2横指，子宫重约100克，以后每日下降约1.2厘米。在产后1~2天，下腹部会鼓起一个球形发硬的小包，而且阵阵作痛，这是子宫复旧过程中的生理现象。子宫一般在10~14天左右缩入盆腔，从下腹部就摸不到子宫了。到产后6周时，子宫可恢复到正常大小。子宫之所以有如此变化，是由于子宫肌肉剧烈收缩促使子宫壁的血管闭锁或狭窄，引起局部贫血，肌纤维的胞浆蛋白发生自溶作用之故。分娩后子宫颈松弛、充血及水肿，呈紫色，子宫颈壁薄，皱如袖口，1厘米厚，3~6厘米长。18小时内很快缩短，变硬，恢复至正常形状。宫颈外口第3日时能容2指，12日时容1指，内口关闭。产后4周子宫颈恢复正常大小。因分娩时的损伤，初产妇子宫颈外口由原来的圆形而变成横裂，形成子宫颈前后唇。

分娩后，产妇会有一段时间的腰痛感，只要多加休息，注意调养，腰痛感会逐渐消失。

月经与排卵有何变化

产后月经和排卵的恢复，个人差异较大。一般不喂奶的产妇可在产后6~8周恢复月经，喂奶产妇月经恢复较晚，甚至整个哺乳期都不行经。第1次复经月经量往往较多，且多为不排卵月经，来过三四次月经后，月经和排卵才恢复正常状态。产妇喂奶时，婴儿吸吮乳头的刺激能反射性引起脑垂体不断释放催乳素，抑制卵巢排卵，不来月经。产后1个月内这种反应最强，到产后3个月左右，反应逐渐减弱，对排卵的抑制得到解除而恢复排卵，排卵是在月经来潮之前。有人统计，未哺乳的产妇最早排卵在产后31天，因个人差异大，用哺乳来达到避孕目的并不可靠，复经前先有排卵亦可受孕，所以从产后3个月起就应采用有效的避孕措施。

乳房的变化

乳汁的分泌量与乳腺的发育、产妇的营养、健康状况及情绪等有关。因此，必须保证产妇的正常休息和睡眠，注意饮食调养，避免精神刺激和感染的发生。产后，乳房将发生较大的变化。产后体内雌激素、孕激素水平突然下降，乳腺开始泌乳。在产后不久，就应让婴儿吸吮乳头，因为刺激乳头可促进垂体生乳素的分泌。生乳素的分泌则是乳汁形成过程中的关键，有垂体生乳素的分泌才可能有乳汁的分泌；另外，刺激乳头还可刺激垂体后叶分泌催产素，使乳腺泡周围肌上皮细胞收缩，排出乳汁，并促进子宫收缩。因此，吸吮排乳反射是保持乳腺不断排乳的关键，日后建立条件反射，婴儿的哭声就可引起垂体生乳素及催产素的分泌。如在分娩后不及时地进行吸吮乳头，往往会出现产后乳少。

泌尿系统的变化

正常分娩后有产褥利尿期，这是由于孕期有水分潴留及躯干下部静脉回流受压解除的缘故。在妊娠晚期潴留于体内的水分在产褥期迅速排出，故产后尿量增加，如用催产素(有抗利尿作用)，其作用消失后，会有更多的尿排出。分娩期尤其产程延长时，因胎先露的压迫，膀胱黏膜水肿、充血，充盈感减弱，膀胱肌张力也减弱，如果水肿牵涉到三角区，可使排尿困难，产褥期膀胱容量增大，且对内部张力的增加不敏感，膀胱肌又无力排空，易导致尿潴留不能排净。由于会阴、阴道部肿胀疼痛，这种疼痛也会引起尿道括约肌反射性痉挛，增加排尿困难，尤其是曾用麻醉者，更加重排尿困难。因此鼓励产妇2小时左右排尿1次。

消化系统的变化

产褥期胃、小肠及大肠的水化功能慢慢恢复，但肠蠕动缓慢，常有中度肠胀气。在产褥初期，产妇一般情况下食欲欠佳，由于进食少，水分排泄较多，因此肠内容物较干燥，加上腹肌及盆底松弛，以及会阴伤口疼痛等，容易发生便秘。如果有便秘现象，应注意食疗，并早日起床活动。当然，便秘与出汗较多或会阴部有伤口、痔疮、腹肌松弛、活动减少、饮食中缺乏纤维素及饮水较少等原因有关。产后胃肠张力及蠕动减弱，一般2周左右才能恢复。产后最初几天，可能常会觉得口渴。口渴与饮水较少及出汗过多有关。

内分泌系统的变化

产后1周内雌激素及孕激素达到孕前水平，卵巢功能恢复时间不一致。产妇如不给婴儿哺乳，一般在分娩后6~8周时月经复潮；如哺乳则月经延迟复潮。一般于产后3~6个月月经又开始来潮，排卵可同时恢复。但也有在整个哺乳期间月经不来潮的现象；

当然也有产后第2个月月经即复潮者。肾上腺功能在妊娠期增强，在产后6周内恢复正常水平。哺乳产妇排卵频率低于不哺乳者，但也不宜将哺乳作为避孕方法，否则，极有可能发生再孕。

产后血液循环系统有何变化

由于怀孕，妊娠期内血容量会持续增加，分娩后一般过3~6周才能完全恢复至孕前水平，但产后2~3天内，大量血液从子宫进入体循环，以及妊娠期间过多的组织间血液的重吸收，故血容量上升。特别是产后24小时内，心脏负担加重，对于患有心脏病的患者，产后一定要加强护理，以防不测。在产褥第1周内，中性白细胞数很快下降，孕晚期下降的血小板数在产褥早期迅速上升，血浆球蛋白及纤维蛋白原量增加，促使红细胞有较大的凝集倾向。

腹壁的变化

由于妊娠时腹壁肌肉长期受到妊娠子宫膨胀的影响，使肌纤维增生，腹部弹力纤维破裂，以致在分娩后腹壁呈松弛状，腹壁出现妊娠纹。产后腹下区正中线的色素逐渐消退，紫红色妊娠纹变为白色。腹壁的紧张度可在产后6~8周恢复正常，部分产妇腹壁过度扩张，则可引起永久性的腹直肌分离。腹壁肌张力的恢复与产后腹肌锻炼、产次及营养有关。腹直肌腱呈不同程度分离，因此产后过早从事体力劳动，营养不良，生育过多、过密，腹直肌腱分离愈明显。适当营养和产后运动可恢复或接近未孕前状态。

> 婴儿诞生后，收获的母亲非常欣慰。在产褥期，产妇要乐观对待产后的病痛，积极调理，同时也要注意心理调解，避免患上忧郁症。

产妇饮食调养的特点

为了满足产褥期间产妇对各营养素的需求，加强产妇的饮食调养，产妇的饮食方法也是很重要的。一般要注意以下几点：①增加餐次：每日餐次应较一般人多，以5~6次为宜。②食物应干稀搭配：每餐食物应做干稀搭配。干者可保证营养的供给，稀者则可提供足够的水分。③荤素搭配，避免偏食：从营养角度来看，不同食物所含的营养成分种类及数量不同，而人体需要的营养则是多方面的，过于偏食会导致某些营养素缺乏。④清淡适宜：月子里的饮食应清淡适宜，即在调味料上如葱、姜、大蒜、花椒、酒应少于一般人的量，食盐也以少放为宜，但并不是不放或过少。

产妇饮食调养的原则

由于每个产妇的体质、年龄的不同，季节的差异、征候的不同等，所以饮食调养和食疗配膳也不是千篇一律的。饮食调养应注意以下原则：①个人体质、年龄的不同而选取不同的饮食调养。由于体质和年龄的不同，运用食疗保健当有所差异。②季节气候的不同而采用不同的饮食调养。产妇在选用饮食调养方时，不仅要根据个人体质、年龄的不同采取不同的食疗方，而且还要根据季节寒温的不同，因时制宜，灵活选用。③产妇征候的不同而选择不同的饮食调养。只有在了解产妇不同征候的基础上才能明了病变之所在，才能有针对性地选取与征候相宜的药膳，达到预期的效果。④各种营养的药膳应交替服用。若长期单纯地食用一种食品，不仅会导致营养成分缺乏，还会令人腻味生厌。⑤药膳也应讲究"色、香、味"俱全。应用药膳来治疗产后病症时，既要考虑到膳食中的营养成分和治疗作用，还要注意食物与药物制成膳食后的"色、香、味"，提高产妇食欲。

产妇药膳有哪些宜忌

药膳就是在日常饮食中加入适量中草药，可提高滋补功效。但是，药膳选用不当，反而有害无益。一般产妇喜欢吃当归炖鸡，却不知当归炖鸡会使产妇身体生热，有的人吃后不但无益，反而会造成口渴、咽干、尿黄，情绪烦躁不安。还有吃羊肉炖当归，也是火上浇油，虚火上犯，造成头晕、发异热，甚至牙龈出血、耳衄。再如，阳虚体质者，食用北沙参、麦冬炖猪蹄，或食用青果炖猪肚，以为能滋补身体，岂知上述两种方滋腻清火，阳虚体质难以承受，以致出现脾胃困顿、饮食停滞。由此可见，不是所有滋补药膳都适合产妇食用，产妇服用药膳应当小心，最好请中医诊断后帮助选用药膳，还要做到因人而异——身体强健，产后无病，仅属于一般产后损伤者，宜选用保健类药膳。保健类药膳性味平和，有健脾开胃、补益气血、促进生殖器官恢复的作用。后文中各药膳专为产后身体康复而设，凡产妇身体无异常情况者，均可选用，但必须严格遵守制法及服法。

产妇鸡蛋吃多了会有什么反作用

有的产妇为了加强营养，分娩后和坐月子期间，常以多吃鸡蛋来滋补身体的亏损，甚至把鸡蛋当成主食来吃。吃鸡蛋并非越多越好，吃鸡蛋过多是有害的。医学研究表明，分娩后数小时内，最好不要吃鸡蛋。因为在分娩过程中，体力消耗大，出汗多，体液不足，消化能力也随之下降。若分娩后立即吃鸡蛋，就难以消化，增加胃肠负担。分娩后数小时内，以吃半流质或流质饮食为宜。在整个产褥期间，每天需要蛋白质100克左右，因此，每天吃鸡蛋3~4个就足够了。研究还表明，一个产妇或普通人，每天吃十几个鸡蛋与每天吃3个鸡蛋，身体所吸收的营养是一样的，吃多了，并没有好处，而是带来坏处，增加肠胃负担，甚至容易引起胃病。同样道理，油炸食物也较难消化，产妇也不应多吃。并且，油炸食物的营养在油炸过程中已经损失很多，比面食及其他食物营养成分要差，多吃并不能给产妇增加营养，反倒增加了肠胃负担。

产妇为什么不能吃辛辣、生冷的食物

产妇在产后1个月内饮食以清淡易于消化为主，食物品种应多样化。如果产后饮食护理得当，产妇身体的康复是很快的。但在月子里，产妇一定要忌食辛辣温燥和过于生冷的食物。辛辣温燥之食，可助内热，而使产妇上火，引起口舌生疮，大便秘结，或痔疮发作。母体内热，可通过乳汁影响到婴儿内热加重。所以，产妇在1个月内应禁食韭菜、大蒜、辣椒、胡椒、茴香、酒等。生冷、坚硬食物易损伤脾胃，影响消化功能，生冷之物还易致淤血滞留，可引起产后腹痛、产后恶露不绝等，如食坚硬之物，还易使牙齿松动疼痛。

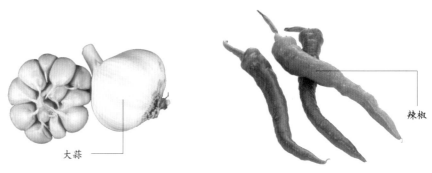

辣椒

大蒜

大蒜、辣椒等辛辣的食物，在婴儿满月前这段时间，孕妇最好不要吃。

乳母为什么忌吃巧克力

产妇在产后需要给新生儿喂奶，如果过多食用巧克力，对婴儿的发育会产生不良的影响。这是因为，巧克力所含的可可碱，会渗入母乳内被婴儿吸收，并在婴儿体内蓄积。久而久之，可可碱能损伤神经系统和心脏，并使肌肉松弛，排尿量增加，结果会使婴儿消化不良，睡眠不稳，哭闹不停。产妇整天在嘴里嚼着巧克力，还会影响食欲，并可使身体发胖，而造成必需营养素的缺乏，这当然会影响产妇的身体健康，也直接影响吃奶婴儿的生长发育。

产妇为什么不宜吃人参来补

人参味甘微苦，性温，是大补元气的药。从临床医学角度来说，产后不宜服用人参来补身体。原因之一是人参所含的多种药物有效成分，如作用于中枢神经及心脏、血管的"人参皂甙"，以及作用于内分泌系统的配糖体等。这些成分能使人体产生广泛的兴奋作用，加强人体中枢神经的兴奋作用，会导致服用者出现失眠、烦躁、心神不宁等一系列症状。当产妇出现这些症状时，就不能很好地卧床休息，影响产妇的体力恢复。原因之二是"人参大补元气"，服用过多，可使血液循环加速，这对刚分娩后的产妇很不利。因为产妇在分娩过程中。内外生殖器的血管多有损伤，而再服用人参，就有碍于受损血管的自行愈合，反而造成出血过多，流血不止，甚至大出血。研究表明，有的产妇由于产后不久即服用人参，使阴道流血过多而导致贫血，有的人还出现产后烦躁综合征。总之，对于产妇来说，产后不宜通过服用人参来滋补身体。

婴儿诞生后，产妇既要哺乳，又要补充分娩损失的身体能量，"补"再所难免。在这段时间，产妇需要了解一些饮食宜忌方面的知识，另外也可以从有经验的妈妈那里"取经"。

产后血晕如何调养

分娩后，产妇头晕眼花，甚至昏厥，不省人事，称为"产后血晕"。主要是因产妇分娩时失血过多，以致气随血脱；产时感寒，血为寒凝，恶露不下，气血上冲，导致心神扰乱。产后血晕的调养方法如下：

猪参汤 适用于产后突然晕厥、面色苍白、心悸、脉微欲绝。

原料	制作	服法
生晒参 10 克。	将生晒参切成薄片，放入沙锅内，水煎成汤。	一次或分次饮用。

八珍汤 适用于血虚气脱之产后血晕。

原料	制作	服法
羊肉 500~1000 克，鲜藕 2350 克，山药 50~100 克，黄芪 15 克，黄酒、高曲、酒糟、腌菜末、食盐各适量。	将高曲、酒糟、黄芪同煮 30 分钟取汁；羊肉、藕、山药洗净切块，同入锅内，加黄酒、煎汁，同煮至肉熟，吃时加食盐少许，撒上腌菜末。	吃肉、藕，饮汤。

生脉饮 适用于气阴亏虚之产后血晕、血压较低。

原料	制作	服法
人参、麦冬各 10 克，五味子 6 克，红糖适量。	将人参切薄片，与麦冬、五味子、红糖同煮 30 分钟，取汁去渣。	1 次或分次服。

产后发痉如何调养

产后，产妇出现手足抽搐，项背强直，甚至口噤，角弓反张等症状，主要是由于产后失血伤津，不能濡润筋脉导致抽搐；或因产时接生不慎，局部创伤，邪毒入侵，播散于经络之间，以致筋脉拘急而发痉。调养方法如下：

鸡子黄阿胶酒 适用于产后血虚发痉。

原料	制作	服法
蛋黄 4 枚，阿胶 40 克，食盐适量，米酒或黄酒 500 毫升。	将鸡蛋打破，按用量去清取黄；将米酒倒入坛里，置文火上煮沸，下入阿胶，化尽后，下入鸡蛋黄、食盐拌匀，再煮熟，沸即离火。冷却后贮入净器中即成。	每日早、晚各 1 次，每次随量温饮。

天麻贻贝汤 适用于产后血虚、肝风内动、拘急抽搐。

原料	制作	服法
贻贝 30 克，天麻、杞子、干生地、龟板、鳖甲、生牡蛎各 15 克。	将上 7 味药洗净，放入沙锅中，加清水适量，煲汤。	每日 1 剂，饮汤，吃贻贝。

产后恶露不绝如何调养

产后超过 3 周恶露仍淋漓不断，其量有多有少，称为恶露不绝，或称恶露不尽、恶露不止。迁延日久，常可影响产妇健康而发生病变。主要调养方法如下：

人参蒸乌鸡 适用于气虚诸症，尤宜产后恶露不绝。

原料	制作	服法
人参 10 克，乌骨鸡 1 只，食盐少许。	将乌骨鸡宰杀，去毛及内脏，洗净；人参浸软切片，装入鸡腹中。鸡放入沙锅内，加食盐，隔水炖煮至鸡烂熟。	食肉，饮汤，每日 2~3 次。

荠菜马苋汤 适用于血热妄行所致产后恶露不绝。

原料	制作	服法
荠菜花(或荠菜)、马齿苋各 60 克，白糖适量。	将上两味加水煎，取汁去渣，加入白糖调味。	每日吃 1 剂，分两次服。

产后腹痛如何调养

分娩以后,产妇由于子宫收缩而引起的下腹疼痛,称为产后腹痛。此症经产妇较多见,一般轻者产后3~5天消失。主要调养方法如下:

当归生姜羊肉汤　适用于产后虚寒腹痛、畏寒喜热、面色苍白等。

原料	制作	服法
羊肉250克、当归、生姜各15克。	将羊肉洗净切成小块,同当归、生姜一起放入瓷罐内,加水250毫升,用旺火隔水炖至羊肉熟烂。	食肉,饮汤。每日1次,连服1周。

当归烧羊肉　适用于产后虚冷腹痛。

原料	制作	服法
羊肉500克,当归、生地各15克,生姜10克,酱油、食盐、糖、黄酒各适量。	羊肉洗净,切成小方块,放沙锅中,加入洗净之生地、干姜及酱油、食盐、糖、黄酒、清水各适量,红烧至肉烂。	佐餐食。每日一剂,分1~2次温热食。

产后排尿异常如何调养

产后发生排尿不通,或尿意频繁,甚至排尿失禁者,统称产后排尿异常。主要调养方法如下:

益气生脉粥　适用于产后气虚所致排尿不利。

原料	制作	服法
人参、黄芪、麦冬各6克,五味子9粒,当归9克,茯苓、葛根各3克,升麻、炙甘草各1.5克,粳米100克,红糖少许。	将9味中药加水煎煮,取汁去渣,加入洗净的粳米煮粥,再入红糖少许调味。	早晚各1次。

清炖鲫鱼　适用于产后气虚、排尿不利。

原料	制作	服法
鲫鱼1条(约250克),笋肉25克,水发香菇5只,调料适量。	笋肉、香菇分别洗净,切片;鲫鱼去鳃、肠杂及鳞,用黄酒、食盐、胡椒粉渍20分钟,取出置碗内,鱼身中间摆放香菇片,两头平列笋片,加黄酒少许、葱段、姜片。放入蒸笼中蒸1.5~2个小时,至鱼熟烂,拣去葱、姜。	每日1次,空腹热食。

麻雀菟丝枸杞汤　适用于肾虚所致排尿异常。

原料	制作	服法
麻雀2只,菟丝子、枸杞子各15克。	将菟丝子、枸杞子洗净,装入纱布袋中,扎紧口;麻雀去毛及内脏,洗净,与两味药加水同煮熟烂。去药袋不用。	食肉,饮汤。

产后便秘如何调养

产后饮食正常,大便数日不解,或排便时干燥疼痛,难以解出,称为产后大便难。主要调养方法如下:

松子仁粥　适用于产后肠燥便秘

原料	制作	服法
松子仁30克,糯米50克,蜂蜜适量。	松子仁捣成泥状,同糯米加水,文火煮稀粥,冲入蜂蜜,稍煮即成。	早起空腹晚上睡前分两次食。

姜糖番薯　适用于产后便秘。

原料	制作	服法
番薯500克,红糖适量,生姜2片。	番薯削去外皮,切成小块,强加水适量,煮至熟透时,放入红糖、生姜同煮片刻。	作点心食。

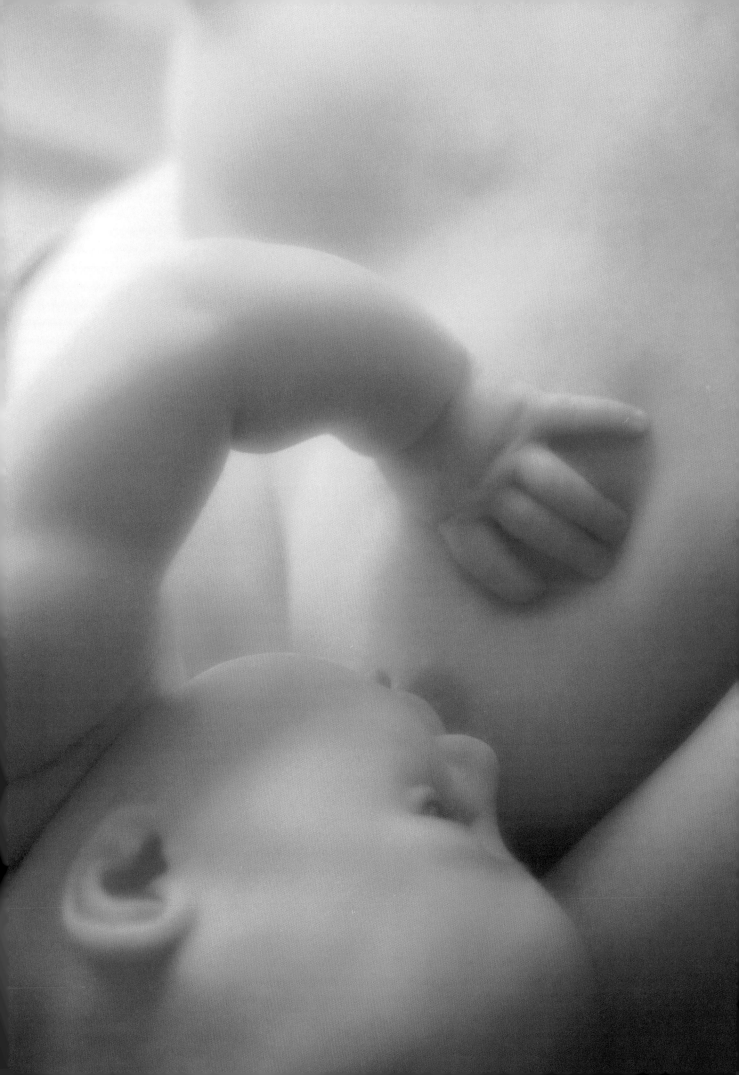

第4章
最佳母乳喂养

　　母乳是世界上最好的适合宝宝生长发育的天然食品，它不仅提供了宝宝在出生后6个月之内所需的几乎所有的营养成分，更加难得的是它拥有其他食品所无可比拟的，毫无污染的优点。母乳中所含的各种抗感染能力很强的体液免疫因子，以及大量的免疫球蛋白，具有强大的排菌、抑菌、杀菌作用，这对于免疫系统还没有完全建立起来的宝宝们无疑是十分重要的。因此母乳被称为宝宝最早获得的口服免疫抗体，是宝宝上等的天然疫苗。

哺乳是最佳选择

母乳是大自然赐予婴儿的最佳食物，世界卫生组织提醒全世界的妈妈，请尽可能自己哺乳，婴儿配方奶粉不是最好的选择。

聪明的宝宝喝母乳

谁不希望自己的宝宝更加聪明，在人生的每个阶段都比别的孩子更快一步。现代科学研究表明，母乳喂养的宝宝较婴儿配方奶喂养的宝宝智商平均高出7~10分。这就为提倡母乳喂养增加宝宝智商提供了很好的依据。为什么说母乳是使孩子智商增高的主要因素呢？这是由母乳中所含的特殊成分决定的。母乳中含有使大脑生长更加健全的物质，一种被称之为DHA的脂肪酸，它和其他的一些脂肪可提供生成髓磷脂（帮助大脑信息传递的物质）的必需物质，以促进大脑的生长。丰富的胆固醇则能为大脑的发育和激素以及维生素D的生成提供最基本的组成部分。而母乳中的乳糖经过分解所产生的半乳糖则是一种对脑组织发育极为有用的营养素。更为重要的是，母乳喂养可增进妈妈和宝宝之间的亲密接触、相互交流；妈妈对宝宝无微不至的关怀和体贴都将直接影响到母乳的质量，并直接影响宝宝大脑的生长。

最适合宝宝的纯净无污染的天然食品

母乳可以说是世界上最好的适合宝宝生长发育的天然食品，它提供了宝宝在出生后6个月内所需的几乎所有的营养成分，而且它的无污染更是其他食品所无可比拟的。母乳直接产生于妈妈的乳腺细胞，没有经过任何外来容器的盛装，避免了容器消毒不彻底的危险，也不需要加热灭菌，使得母乳受污染的可能性大大降低。其中所含的多种抗感染功能较强的体液免疫成分，以及大量的免疫球蛋白，具有排菌、抑菌、杀菌作用。因此，母乳被称为婴儿最早获得的口服免疫抗体，是婴儿上等的天然疫苗。

母乳新发现

新近科学研究发现了母乳新的作用。它所含的天然吗啡类物质对宝宝起到催眠作用，这就是为什么宝宝喂哺后很快入睡的原因；母乳中的特殊成分能预防宝宝日后生糖尿病；它的微量元素铜含量适当，对保护婴儿心血管系统有积极作用；肌醇可大大减少早产儿患呼吸系统和眼部疾病的危险；母乳还可以完善宝宝的消化、免疫和环境屏障功能等等。

苗条身材母乳喂养来塑造

准妈妈在怀孕期间积聚多余脂肪，是产后体重不能马上恢复到妊娠前的体重的原因。人工营养哺乳宝宝的妈妈想要减少这些脂肪，只能靠节制饮食，而对于母乳喂养的妈妈只要不过量饮食并能保证饮食结构的合理，就可以使体重自然减轻，这是因为分泌800~900毫升的乳汁需要消耗额外的600~700千卡的能量。这样积存在臀部和腰部的令人头疼的脂肪就能轻松解决掉了。

给乳房做按摩

对于正常的乳房，只要睡前使乳房放松就行，用手指肚轻轻捏住乳头，轻柔按摩整个乳头。一天一次，每侧乳房做1分钟。乳头凹陷的乳房则需要更多的精心按摩，可以用吸奶器帮助将奶头轻轻拽出，每日4~5次；扁平、小乳头在进行按摩和使用吸奶器时要更加精心、仔细，分娩后要将乳头和乳晕部分一起由婴儿吸吮。精心按摩乳房也是对宝宝爱的表现，经过充满母爱按摩的乳房会让妈妈更加自信，也让宝宝吸吮变得更加舒适。

喂母乳不疼才是正确的姿势

妈妈的乳头不疼是检验喂奶姿势是否正确的标准。让宝宝正确地含住乳晕吸奶，可以保护母亲的乳头不被吸破，并能确保宝宝能有效地吸吮出奶水，所以当宝宝吸吮时若母亲感到持续的刺痛感，请千万不要做无谓的忍耐，那只会让宝宝越吸越用力，甚至发脾气，而母亲的乳头则会被宝宝弄破，要持续地喂下去就变得更困难了。还有，无论采取何种姿势，都必须确认身体是在适度支托下没有一处费力的，才是良好的姿势，否则当妈妈在喂奶时全神贯注于宝宝身上，等喂好后，才感觉浑身酸痛，就容易影响下一次喂奶的体力了。

何时开始母乳喂养最佳

母乳是宝宝的最佳天然食品，几乎能够提供宝宝从出生到6个月之内的全部营养。现代母乳喂养理论提倡及早开始母乳喂养，即早接触、早吸吮。新生儿断脐后，于30分钟内裸体放在母亲胸前，并帮助新生儿吸吮乳头。吸吮反射是人的本能，此反射于出生后10~30分钟最强，早接触、早吸吮有助于母乳喂养的成功。吸吮还可以使母亲的脑垂体释放催产素和催乳素。前者能加强子宫收缩，减少产后出血；后者可刺激乳腺泡，使乳房充盈，延长母乳喂养的时间。

怎样做好按需哺乳

按需哺乳在出生后的前几天（大约1周左右）尤为重要，这也是提倡母婴同室的原因之一。尽管宝宝的胃容积小，特别是刚出生的宝宝，但消化很迅速，尤其是易于消化的母乳，在宝宝的胃里停留的时间很短。据观察，宝宝可以在5分钟内消化胃内食物的70%，10分钟就可以消化90%，所以做好按需哺乳更要从宝宝一出生就开始，母婴同室，注意观察宝宝有没有饿的迹象或者妈妈有没有出现奶胀的感觉，及时给宝宝喂奶。值得一提的是，妈妈们千万不要过于在意哺乳的时间，而应该更多的注意与宝宝在情感上的交流。每次哺乳的过程，就是一次增进母婴感情的过程，天地间最美好的莫过于母婴之间的默契，当怀中的宝宝想索取的瞬间，即是妈妈要付出的时候！

哺乳母亲的常见疑虑

母乳是大自然赐予婴儿的最佳食物，世界卫生组织提醒全世界的妈妈，请尽可能自己哺乳，婴儿配方奶粉不是最好的选择。

宝宝获得足够的乳汁了吗

很多妈妈担心宝宝获得的乳汁不够，究竟宝宝怎么样才算是吃饱了呢？相信这是个困扰许多妈妈的问题，毕竟我们不能和刚出生不久的宝宝在言语上进行交流。但是，我们还是可以通过其他办法得到答案：①体重的增加。体重是反映宝宝健康成长最明显的标志，对正常的宝宝来说，平均每个星期应增加110～200克或至少一个月450克的体重。初为人母，妈妈很难目测宝宝的体重是不是增加了，所以医生会给每一个刚出生的宝宝都测量体重，并要求宝宝定期回医院复诊，监测宝宝的体重以指导妈妈们喂养。一般来说，母乳哺乳一两个月后，细心的妈妈就能从宝宝的外表健康状况看出宝宝是否喝了足够的乳汁，毕竟宝宝在刚出生后的几个月里变化是最大的，这和宝宝的生长模式有关（在以后我们还要提到）。需要特别提到的是医生所说的"生理性体重下降"，这里是指宝宝在出生后的3～4天内体重的下降，主要是因为水分的自然脱失，体重平均减少出生体重的5%～7%，如果在这个时期内母乳喂养得当，按需哺乳做得比较好，体重减少会少一些，甚至不减少也有可能。②吃奶时间。吃奶时间也是判断宝宝有没有吃饱的依据。一般情况下，如果妈妈的奶水十分充足——这里的充足，是指奶水的量要足够，同时奶水中的热量也要足够那么，2～5个月的宝宝连续吃10～15分钟左右就差不多饱了，吃奶的时候，妈妈们一定要听到宝宝吞咽奶水的声音，只有这样才证明宝宝真正的吃到了奶水。宝宝一般吃饱后

要睡2～3小时，若是宝宝边吃边睡，妈妈们应该轻轻地把宝宝弄醒，继续让他吃奶。③尿布和尿液。吃奶足够的宝宝出生4天后每天可以换4～6块尿布，一次大约相当于两汤匙水，宝宝满月后尿布会更湿，大约一次相当4～6汤匙水。而尿的颜色可以反应宝宝是否摄入足够的奶水以维持体内所需的水分，浅色或是水色的尿液表示宝宝摄入了足够的水合物，如果尿液较深或者呈苹果汁的颜色，则说明宝宝奶水不够。④大便的次数和特点。正常宝宝的大便也会随时间而变化，这种变化是正常的。在宝宝刚出生的几天，宝宝的大便呈青黑色，有点像沥青，这时的大便叫胎便，由胎儿时期肠中的残余物形成，大约持续数天，直到宝宝的肠胃被清空。母乳喂养能加速胎便的排泄。当胎便逐渐排

尽，母乳增多时，宝宝的大便就会开始改变，出生后4～7天内，成为浅棕色的粪便直到变成芥末色大便，这时就是"乳汁粪便"。尿液的量反映宝宝有没有摄入足够的水分，而大便的性状则显示乳汁的质量。第1～4周，有足够乳汁的宝宝一天会排2～3次大便；一两个月后，宝宝的肠胃器官逐渐成熟，排便次数会减少，大约一天一次。⑤哺乳前后妈妈乳房的感觉。这也是判断宝宝是否真正吸吮到乳汁的一个标志。哺乳前妈妈会觉得乳房胀痛，哺乳后乳房则会松弛。宝宝在吸吮时促进喷奶反射也是妈妈感觉宝宝吸吮乳汁的一个标志。听到宝宝吸吮吞咽的声音，感觉喷奶反射带来的刺激，看着宝宝满足的表情，以及吃饱后舒适的熟睡，这些都表明宝宝的乳汁充足。

哺乳期妈妈容易做错的一些事情

哺乳期妈妈容易做错的一些事情：①生气时喂奶。美国生理学家爱尔马曾做过的一个实验显示，人在生气时体内可产生一种毒素，此种毒素可使水变成紫色，并且产生沉淀。他将这种因溶解了人生气时产生的毒素的水——"气水"注射到大白鼠体内，可致大白鼠于死地。因为人在生气的时候，可兴奋交感神经系统，使其末梢释放出大量去甲肾上腺素，同时肾上腺素髓质也大量分泌肾上腺素，而这两种物质在人体内分泌过多，就会产生心跳加快、血管收缩、血压升高等症状，危害妈妈及宝宝的健康。由此提示，妈妈切勿在生气时或刚生完气就喂奶，以免宝宝吸入带有"毒素"的奶汁而中毒。②运动后喂奶。人在运动中体内会产生乳酸，比如跑完步后肌肉酸疼就是乳酸在起作用，乳酸潴留于血液中分泌到乳汁能使乳汁变味，宝宝不爱吃。据测试，一般中等强度以上的运动即可使乳汁中含有乳酸，所以肩负哺乳重任的母亲，只适合从事一些温和运动，运动结束后要先休息一会再给宝宝喂奶。③喂奶时逗笑。妈妈总是希望宝宝能常常笑，但是一定不要在宝宝吃奶时逗他笑，若因逗引而发笑，宝宝喉部的声门会打开，吸入的奶汁可能误入气管，轻者呛奶，重者可诱发吸入性肺炎甚至窒息。④喂奶期化妆。妈妈对宝宝有天生的亲和力，妈妈身体的气味对宝宝有着特殊的吸引力，并且在喂奶时更能激发出宝宝愉悦的"进餐"情绪。即使刚出娘胎，宝宝也能迅速将头转向妈妈气味的方向寻找乳头。换言之，妈妈的气味有助于宝宝吸吮乳汁，如果妈妈浓妆艳抹，陌生的化妆品气味掩盖了熟悉的妈妈的气味，宝宝会觉得难以适应而导致情绪低落、食量下降而妨碍发育，更有可能因为对化妆品过敏而产生不良反应。

为什么不能躺着喂奶

刚出生的宝宝不会坐，也不会走，爸爸妈妈就只好让宝宝整天躺在床上，甚至吃奶也不抱起来，这样是不对的。宝宝的胃和成人不同，是水平的，而成人的胃是鱼钩状的，胃上部有个泡状胃底，随食物进入胃里的空气积存在胃底不会引起呕吐。宝宝的胃呈水平位，入口也较成人的松，如果躺着喂奶，大量空气就进入胃里，容易引起宝宝吐奶、腹胀，严重时，吐的奶容易反吸到气管里引起窒息。所以给宝宝喂奶一定要使宝宝的头部略高，并且吃完后拍拍背，让胃里的空气排出。

什么是暂时哺乳危机

暂时哺乳危机又叫暂时性母乳供应不足，多在宝宝出生后的3个月里发生。大多数妈妈们都可能出现这种情况：原本分泌旺盛的乳汁突然没有了，乳房不再发胀，身体也检查不出异常。对此妈妈们大可不必惊慌，引起暂时哺乳危机的原因很多，比如说身体疲劳，环境的突然改变而尚未适应，或者月经恢复了，又或者宝宝的生长速度突然加快了等。妈妈们一定要相信，这只是一种暂时现象，只要保持心情愉快，树立信心，保证足够的休息，同时多吃一些促进乳汁分泌的食物，坚持哺乳，坚持每次两侧乳房都要让宝宝吸吮10分钟以上，哺乳危机很快就会过去。其间一定要坚持不加牛奶、奶粉或其他辅食，一定不能用奶瓶。一般来说，一周左右，危机自然会过去。

怎样保护乳头以及清洗乳房

许多妈妈们在哺乳一段时间之后，或多或少会感觉到乳头疼痛。其实大多数的乳头疼痛都与不正确的哺乳姿势有关。喂奶时，一定要让宝宝将整个乳头和整个乳晕含在嘴里，因为如果只含住乳头的话，宝宝不但吃不到乳汁（在第2章中有所描述），而且宝宝因为吃不到而使劲吸吮很容易弄疼敏感的乳头。在清洗乳头以及乳房的

时候，不要使用肥皂或者香皂洗乳房。为保持乳头和乳房的清洁，经常清洗确实有必要，但不可用肥皂或者香皂来清洗。因为它们中清洁物质可通过机械与化学作用除去乳房皮肤表面的角化层，洗去乳头和乳晕处皮肤自身所分泌的油脂，损害其保护作用，促使皮肤表面"碱化"，有利于细菌生长。时间一长，皮肤就会出现皲裂，从而引发疼痛，更有可能招来乳房炎症，所以最好用温开水清洗。最后就是每次喂奶结束的时候，一定要让宝宝自己松开含在嘴里的乳头，不要自己把乳头从宝宝的嘴里拔出来，那样也有可能使乳头受到伤害。

预防晚发性维生素 K 缺乏症

首先是妈妈在产前2周就应该开始口服维生素K，每天20毫克，在宝宝出生时给宝宝肌肉注射维生素K，连用3天。哺乳期的妈妈要多吃含维生素K多的食物，如动物肝脏、蛋类、豆类、新鲜绿叶蔬菜如青菜，使乳汁中维生素K增多。宝宝在4个月后要及时添加各种辅食，促进肠道中大肠杆菌的生长，合成维生素K。在宝宝腹泻、长期用抗菌素的情况下，可注射1次维生素K，预防发生颅内出血。通过这些措施就能有效的预防晚发性维生素K缺乏症的发生，让母乳喂养完美无缺。

母乳喂养中最常见的问题

母乳哺养期间，妈妈不但要做好自我心理护理及乳房护理，也要具备喂养、护理宝宝的基本知识和技能，使自己和宝宝共同度过和谐幸福的哺乳期。

乳房酸痛的解决办法

乳房酸痛是很多妈妈都会遇到的问题，它会影响妈妈哺养的情绪，从而影响乳汁的分泌和宝宝的进食。乳房酸痛通常是指乳房过度充盈即乳房内血液、体液和乳汁的积聚造成的，这是由于不适当或不经常哺乳所致，通常在24～48小时内进行有效护理会有助于减轻症状。改变哺乳的姿势可以减轻宝宝吸吮时由于不正确的姿势对乳房产生的压力所引起的乳房疼痛。在哺乳前，用温毛巾湿敷乳房3～5分钟，随后柔和地按摩、拍打和抖动乳房，用手或吸奶器挤出足够奶汁使乳晕变软，以便宝宝正确地吸吮乳头和大部分乳晕。比较频繁地哺乳，及时将乳汁排空，也是减缓酸痛的办法。哺乳后，则应带支持胸罩，改善乳房循环，减轻乳房酸痛。

怎样治疗乳腺炎

如果妈妈觉得有些累，觉得有点像是感冒了，那就要警惕是否得了乳腺炎。如果部分或全部乳房剧烈疼痛、红肿、发烫，甚至体温已经升高了，则患乳腺炎的可能性就更大了，这时应该去看医生。如果已经确诊为乳腺炎，则应积极配合医生的治疗。休息可以令哺乳更加舒服；排空乳汁可以防止乳汁在体内滞留而导致发炎；发热、疼痛时应用止痛药物是安全的，不会影响哺乳；必要时需要应用抗生素治疗，尤其是出现了发热、乳腺炎频繁发作时；同时妈妈的饮食宜清淡，如持续的发热则会引起水分过快消耗，需要及时增加摄入水分。这里要重点提出来的是不要因为乳腺

炎而停止哺乳，停止哺乳使乳汁淤积，就是为细菌的生长提供了一个促进的环境，造成乳房感染的加重，甚至形成脓肿，可能需要手术排脓。只有当脓液混入乳汁中时才是停止母乳喂养的指征，但这时仍然需要借助吸奶器排空乳房。

乳房肿块是怎么产生的

各种原因造成使乳汁无法分泌而积存在乳房中，就有形成乳核进而变成乳房肿块的可能性，如果肿块中的乳汁又不幸被感染，则称之为乳房脓肿，就像我们刚刚提过的乳腺管阻塞就是乳房肿块的一个常见原因。很多细心的妈妈还会发现乳头上的白色凝集物，这也是乳房内乳汁积存的表现，此时乳房内还没有形成肿块，应积极预防。每次喂奶前，用手将乳头上的白色凝集物去掉，以免阻塞乳腺管，影响宝宝的吸吮和乳汁的排空。

怎样预防和消除乳房肿块

预防乳房肿块的关键是防止乳汁的积存。喂奶时要两个乳房喂得均匀，不要偏爱某一侧，即使宝宝没有把两个乳房的奶都吃光，也要及时用吸奶器将乳汁吸出，减少乳汁的沉积。要时刻关心自己的身体，如果出现了乳房肿块，当然是肿块越小疗效越好。一般来说，医生会根据乳房肿块的大小、深度和位置来决定治疗方案。如果已经感染，则需要考虑是否使用手术治疗。无论怎样，都需要将乳房内的乳汁排干净。同时，还应该接受湿热疗法护理受损以及未受影响的部位。

何时母亲不适宜给宝宝哺乳

一般来说，每个妈妈都能给自己的宝宝哺乳，不能给自己的宝宝哺乳的确是件很遗憾的事。在下列特殊情况下不适宜哺乳：①妈妈患有传染病如患有活动性肺结核、传染性肝炎。妈妈的身体不好，体力上也不允许自己给宝宝喂奶，照看宝宝，影响妈妈的休息和疾病的痊愈，还有将病原体传染给宝宝的可能，这时医生会建议给宝宝进行人工喂养。②妈妈患有比较严重的慢性疾病如有严重的心脏病、肾脏病等。因为妈妈身体比较虚弱，哺乳对于妈妈来说会消耗很多体力，会加重妈妈的病情，也照顾不好宝宝，对母婴的健康都很不利。③如果妈妈是精神病人，依然不能给宝宝喂奶，因为她不能很好地照顾宝宝，而且还可能给宝宝带来危险。精神病人所服用的药物也能进入乳汁中，给宝宝的身体带来损害。④糖尿病妈妈因自身体内内分泌紊乱失调，代谢异常，也不适宜给宝宝哺乳，但是经过饮食和胰岛素治疗，病情稳定可以给宝宝哺乳。⑤如果妈妈在分娩时失血过多，患严重贫血，身体虚弱，也不宜自己哺乳。⑥如果妈妈经常直接接触工业有毒物质如有机磷、铅、苯、汞以及塑料、合成纤维、橡胶等，乳汁中可能带有这些有毒物质，直接影响宝宝的健康成长，所以也不适合给宝宝哺乳。⑦患癫痫的妈妈如果在喂奶时癫痫发作会伤及宝宝，如果服用抗癫痫药物，如苯妥英钠等，可以引起宝宝嗜睡等药物不良反应，所以也不能给宝宝喂奶。⑧半乳糖血症或者苯丙酮尿症的宝宝因为不能喝母乳或者其他乳类食物，所以他们的妈妈也不能进行母乳喂养。

不要让宝宝含着奶头睡觉

有些妈妈为了哄宝宝睡觉，爱让宝宝叼着妈妈的乳头睡觉。其实妈妈要注意培养宝宝晚上良好的睡眠习惯，当晚上宝宝有困意的时候，妈妈可以直接把宝宝放到床上或摇篮里，让其自然睡眠，而不是把宝宝抱在怀里轻轻拍打让宝宝叼着妈妈的乳头，这样不但不能让宝宝养成良好的吃奶习惯，而且还有可能在妈妈睡熟后，不小心让乳房压住宝宝的鼻孔，造成窒息发生意外。

适当增加宝宝白天的进食量

适当增加宝宝白天的进食量是减少夜间哺乳次数的办法之一。大一些的宝宝，有时白天忙于玩耍，忘记了吃奶，也没注意饿不饿，到了夜里才感到肚子饿，妈妈的乳房又像是24小时都开张的"小吃店"，随时都可以让宝宝吃顿"夜宵"，于是宝宝在夜间频繁醒来，要妈妈给喂奶。解决这个问题很简单，白天给宝宝增加进食量，多给宝宝喂几次奶，可以减少夜间宝宝因饥饿而频繁醒来。

在妈妈睡前再喂一次

也许宝宝不到晚上8点就已经睡了，而妈妈则要晚上10点多才睡。宝宝可能晚上11点就会因为饥饿而醒过来，要求得到妈妈的乳汁和爱抚。在这里教妈妈一招，在晚上自己睡前把宝宝叫起来再给宝宝喂一次奶，让宝宝喝足了再进入下一次睡眠，这样也是减少夜间哺喂次数的办法。

夜间喂奶的姿势

说到夜间喂奶的姿势，有的专家认为无论在白天还是夜间都应该保持坐姿给宝宝喂奶，这样做是为了培养宝宝良好的吃奶习惯，夜间保持坐姿喂奶也可以避免意外的发生，保持坐姿喂奶宝宝不容易发生呛咳。而一些专家则认为，妈妈们如果能学会躺着喂奶则会给自己和宝宝的夜间哺乳带来方便，也能使母乳喂养更加长久坚

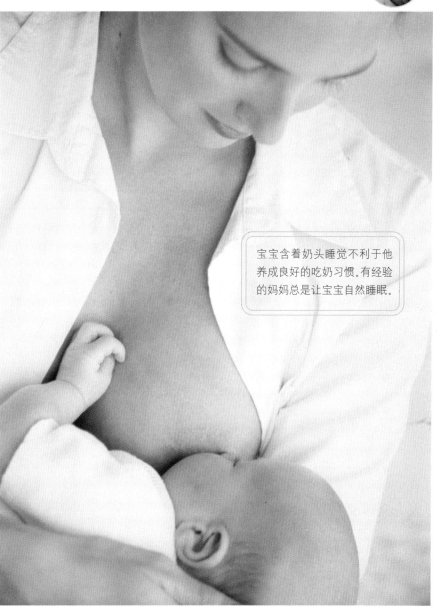

宝宝含着奶头睡觉不利于他养成良好的吃奶习惯。有经验的妈妈总是让宝宝自然睡眠。

持。有些妈妈在一开始可能不大习惯，需要尝试各种不同的卧姿，才能找到适合自己哺乳的姿势。如果妈妈和宝宝都能习惯躺着哺乳，妈妈的辛劳也就被大大缓解了。宝宝和妈妈同睡，当宝宝夜里醒来时，妈妈只要一翻身就能给宝宝一侧乳房，一边喂他，一边和宝宝一起进入梦乡，当然也要注意意外的发生，将宝宝的背部垫高些可以减少呛奶的机会，妈妈也不要自己先睡着了，注意自己的乳房不要压着宝宝的脸。

婴儿猝死综合症

婴儿猝死综合症，也就是宝宝在睡眠时突然死亡，是造成1岁以下宝宝死亡的最常见原因，虽然发生的可能性很小，但仍然需要引起家长的注意。导致婴儿猝死综合症发生的原因并不是很清楚，有可能是很多因素所导致的，如温度过高、细菌感染等。为避免发生这种悲剧，请爸爸妈妈们注意不要把宝宝放在爸爸妈妈中间睡觉，让宝宝睡在妈妈身边，如果妈妈的乳房很大，注意不要让乳房把宝宝的脸遮住；让宝宝平躺着睡而不是侧卧；给宝宝盖轻薄柔软的被子或毯子，而不是成人的被子；如果爸爸或者妈妈吸烟、刚喝完酒、正在吃药或者特别疲倦，请暂时不要和宝宝在一起睡；爸爸妈妈还要加强对宝宝的关注尤其是在睡觉的时候。这些都是能有效预防婴儿猝死综合症发生的措施。

哺乳期间的营养和健康

哺乳期母亲一方面要逐步补偿妊娠和分娩时损耗的营养素储存，促进器官和各系统功能的恢复；另一方面要分泌乳汁、哺育婴儿。还有哺乳期妇女用药的时候，往往只着重考虑药物是否影响乳汁分泌，很少考虑药物对婴儿的影响，或者根本不知道哪些药物对婴儿有影响。

水果与低脂酸奶食品，能提供人体丰富的蛋白质和维生素，并使人有饱腹感，可帮助产妇尽快消耗孕期身体蓄积的多余脂肪。酸奶是经鲜牛奶发酵而成，更易被人体吸收。

合理膳食的重要性

哺乳期的营养非常重要。由于哺乳期的妈妈要分泌乳汁来喂养宝宝，还要逐步补充由于妊娠及分娩所耗损的营养储备，所消耗的热量自然大于日常热量消耗，所需的各种营养素也较平时多，因此在为哺乳期的妈妈选择食物时，要注意合理膳食，做到品种多样、数量充足、营养价值高，保证宝宝与妈妈都能获得足够的营养。我们都知道母乳中含有的营养成分对刚出生的宝宝来说是最理想的食物，能满足4～6个月内宝宝生长发育的需要，如果这个时期妈妈的营养不足，不但影响母体健康，还会因为乳汁质量的降低而影响到宝宝的生长发育。因此，合理膳食对哺乳期的妈妈是非常重要的。

多种多样的食物

哺乳期间的妈妈要注意营养的全面均衡，所以不应该偏食，而是尽量做到食物种类多样化，数量也要相应的增加。这样才能保证每天妈妈都能够摄入足够的营养素。也就是说除了吃谷类食物外，其他的食物要多样化。同时，可以

如果妈妈喝了酒怎么办

如果妈妈偶尔喝了一点酒，那这段时间尽量不要给宝宝喂奶，饮酒至少2小时后再给宝宝哺乳。如果酒后不到2小时给宝宝哺乳，宝宝可能吃的不多是因为他们不喜欢带有酒的味道的乳汁，宝宝也有可能会有"醉"的感觉，睡眠会变得短而频繁。同时，不必担心这两个小时内分泌的乳汁含有酒精而排空乳房，舍弃这些乳汁，因为乳汁中酒精的浓度和妈妈血液中的酒精浓度是相同的，所以，没有必要把乳房中的乳汁排空，只能是等血液中的酒精代谢掉，乳汁中的酒精也减少了之后再给宝宝哺乳。

各种解决胀奶的办法

妈妈在分娩后往往会出现胀奶的问题，这是因为产后催乳素的分泌使乳腺细胞分泌乳汁，乳腺组织膨胀造成的。胀奶时，乳房比较硬挺，有胀痛和压痛，甚至还有发热的感觉，表面看起来光滑、充盈，乳晕也变得坚挺而疼痛，不但妈妈有胀奶的疼痛感，宝宝也很难含住乳头。开奶越晚，胀奶的问题就会越严重。很多的好办法都能很好解决这个问题：①热敷。热敷可以促进乳腺周围组织的循环，也可以将乳腺中的乳块散开，解决阻塞乳腺管的问题，要注意毛巾的温度不要过高以免烫伤皮肤，同时要避开乳头和乳晕。②吸奶器的使用。胀奶的主要原因是乳汁分泌不通畅或者乳汁分泌过多，又没有宝宝的吸吮所致。如果这时宝宝含不住乳头，可以借助吸奶器将乳汁吸出，给宝宝喂奶，也解决了妈妈胀奶的痛苦。③按摩乳房。按摩乳房最好是在热敷完乳房后进行，这时乳房的组织循环较好，按摩也能起到更好的效果。按摩乳房的方法很多，可以用双手托住一侧乳房，并从乳房底部交替按摩至乳头，将乳汁挤出在容器中。等到乳房变得柔软了，再给宝宝喂奶，宝宝就能很好的含住乳头了。

采用一日多餐。主食可以多样化，米饭、面条、饺子等等，但是不能只吃精白米、白面，而应该粗细粮搭配，比如玉米，每天应该吃一定量的粗粮，并且适当调配些杂粮，如燕麦、小米、赤小豆、绿豆等等。除此以外，还应该多吃动物性食品如鸡蛋、禽肉类、鱼类等，它们可以提供优质的蛋白质，易于消化吸收，可以多吃一些。哺乳期的妈妈每天摄入的蛋白质应保证有1/3以上来自动物性食品，也就是动物蛋白。而植物蛋白则可以由大豆类食品提供，这样做不但可以保证各种营养素的供给，还可以使蛋白质起到互补的作用，提高蛋白质的吸收率和利用率。

几个催乳食谱

食疗是中国传统的治疗方法，既简单又安全。我们强调营养在母乳喂养中的重要性，根本目的是为了促进妈妈乳汁的分泌，提高乳汁的质量，给宝宝足够的营养。如果妈妈乳汁不足，可以试试采用下面这些食疗方法催乳：①丝瓜鲫鱼汤：活鲫鱼500克，洗净、背上剖十字花刀。两面略煎后，烹黄酒，加清水、姜、葱等，小火焖炖20分钟。丝瓜200克，洗净切片，投入鱼汤，旺火煮至汤呈乳白色后加盐，3分钟后即可起锅。具益气健脾、清热解毒、通调乳汁之功。根据口味和习

惯，将丝瓜换成豆芽或通草，效果亦相仿。②清炖乌骨鸡：乌骨鸡肉1000克，洗净切碎，与葱、姜、盐、酒等拌匀，上铺党参15克、黄芪25克、枸杞子15克，隔水蒸20分钟即可。主治产后虚弱，乳汁不足。③花生炖猪爪：猪爪2个，洗净，用刀划口。花生200克，盐、葱、姜、黄酒适量，加清水用武火烧沸后，再用文火熬至烂熟。对阴虚少乳者有效。④熘炒黄花猪腰：猪腰子500克，剖开，去筋膜臊腺，洗净，切块。起油锅，待油至九成热时放姜、葱、蒜及腰花爆炒片刻。猪腰熟透变色时，加黄花菜50克及盐、糖适量，煸炒片刻，加水、生粉勾芡，加味精即成。有补肾通乳作用。

哺乳期不宜节食减肥

　　哺乳期的妈妈担负着宝宝和自身的营养提供，有的妈妈因为害怕产后肥胖，体形变形，虽然她们清楚哺乳是减肥的好办法，但还是强迫自己节食，以期待能通过哺乳消耗更多的脂肪。这样的做法是非常危险的。哺乳期的妈妈一定要保证在她的饮食中含有大量的营养成分，因为并不是所有的营养都能从妈妈体内储存的脂肪中获得。所谓"高营养、低热量"减肥法是以鱼、肉、蛋为主食，少吃甚至不吃淀粉类主食，这样的确可以让人在几个星期内迅速减轻体重，但是这种体重下降会带来体内水分丧失和食欲下降的结果，同时由于这些高蛋白质膳食中缺乏足够的碳水化合物，只能消耗了体内的脂肪以供给身体能量的需要，而脂肪分解产生大量的酮体，容易导致酮症酸中毒。酮体的排出对肾脏也是负担，长此以往甚至可以导致肾衰竭。宝宝只能通过母乳摄取营养，妈妈的节食容易导致体内内分泌的紊乱，乳汁分泌减少且质量下降，宝宝也就没有足够的营养，影响宝宝正常的生长发育。

哺乳期用药——严肃的话题

　　"是药三分毒"这句老话说出了药物的真正含义。对于哺乳期间的妈妈来说，用每一种药物都要十分慎重，因为宝宝实在是太小了，一些对于一个成人来说算不上什么的小剂量药物对宝宝们而言可能就已经是超大剂量的了，而造成的严重后果也是不堪设想的，所以哺乳期的妈妈们一定不要自作主张地吃药，用药前务必要咨询医生，最好是儿科医生或者产科医生，因为他们对于婴儿用药方面会比其他科的医生拥有更多的专业知识和临床经验。

哺乳期服用药物禁忌

药物种类	代表药品	办法
解热镇痛药	阿司匹林	暂停哺乳
抗精神病药	氯丙嗪	忌哺乳
抗精神障碍药	百忧解	忌哺乳
神经系统用药	抗癫痫药等	不忌哺乳但应观察
抗组胺药	息斯敏	根据药物说明决定是否哺乳
止咳祛痰平喘药	甘草、茶碱	继续哺乳
拟胆碱药	毛果云香碱	慎用
抗胆碱药	阿托品	慎用
降压药	地高辛	根据药物说明决定是否哺乳
强心药	美西律	可继续哺乳
抗心律失常药	右旋糖苷铁	可继续哺乳
补血药	氯噻嗪	慎用
利尿药	助消化药	可继续哺乳，但减少乳汁分泌
消化系统用药		可继续哺乳
治疗溃疡药		部分慎用，根据药物说明决定是否哺乳
止吐药		慎用或禁用，看药物说明决定是否哺乳
止泻药		部分不宜哺乳
导泻通便药		可继续哺乳
激素类		
避孕药		认为可继续哺乳，但应监测乳儿情况
雌激素		不宜继续哺乳
肾上腺皮质激素	胰岛素等	部分可继续哺乳，部分慎用，依说明
糖尿病用药	他巴唑,硫氧嘧啶	应减少用量，监测乳儿血糖
甲状腺疾病用药	青霉素类	对乳儿进行甲状腺功能监测
抗生素类药	病毒唑	可继续哺乳
头孢菌素类	驱蛔灵	可继续哺乳
大环内酯类		可继续哺乳
氨基甙类		部分忌用，使用时注意菌群失调
喹诺酮类		慎用或忌用
抗真菌药		慎用或忌用
磺胺类		不宜哺乳
抗结核药		部分不宜哺乳，使用应定期查肝功
呋喃类		暂停哺乳
抗病毒类		禁用
杀寄生虫类		服药3天内暂停哺乳

断奶

断奶对婴儿来说是非常重要的时期，是婴儿生活中的一大转折。断奶不仅仅是食物品种、喂养方式的改变，更重要的是，断奶对宝宝的心理发育有重要的影响。

什么时候断奶最合适

什么时候断奶最合适？答案可能会因地而异。我国农村很多的妈妈都坚持母乳一直吃到2、3岁甚至5、6岁。断奶的准备其实从添加辅食就开始了，一般是在宝宝生后4~6个月，如果宝宝能够适应各种辅食，而且吃得很好，断奶就会比较顺利。随着宝宝的逐渐长大，对各种营养素的需要相应增加，母乳的量及其所含的成分已不能满足生长发育的需要。10个月左右的宝宝，牙齿已经逐一萌出，口腔中舌的运动及咀嚼功能正在不断加强，整个消化道已逐步适应幼儿饮食，所以，从这时起，妈妈应当考虑为孩子断奶。专家指出，婴儿断奶以出生后8~12个月为最佳，最迟不能超过18个月。太早断奶，宝宝的消化系统的功能还没完善，还不能从普通食物中获得全面营养，太晚断奶，母乳中的营养成分已经改变，不能再适应宝宝的生长发育的需要，尤其是在宝宝长牙后，对食物的要求也就提高了，需要一些有形的东西来满足牙齿的咀嚼功能，因此要及时添加辅食。

循序渐进，自然过渡

断奶的时间和方式取决于很多因素。只要宝宝和妈妈都在心理和生理上对此行为能够适应，断奶的过程就比较顺利，宝宝和妈妈能很快适应断奶后的生活。从给宝宝添加辅食开始，宝宝就要开始渐渐习惯乳汁外的食物，如粥、烂饭、面条、菜泥等。等到宝宝开始长牙，慢慢习惯用牙齿咀嚼固体食物，如果宝宝对逐渐添加的辅食已经习惯，对这些食物也没有过敏或者不习惯，就可以逐渐减少喂母乳的次数，一般是先减去夜间哺乳的次数，以后再减去白天上午或下午的哺乳次数。因为早晨的催乳素的水平比较高，乳汁的分泌也比较多，所以最后减去早晨起床后的母乳哺乳，直到最终完全断奶。这是个自然过渡的过程，减

断奶前的辅食准备

断奶不是一两天就能完成的，不能急于求成，遇到宝宝身体不适或极度依恋母乳等情况时，还需要反复多次尝试断奶。只要断奶前有了充分的准备，采取循序渐进，逐步替代的方法，宝宝就会顺利地断掉母乳，而不至于因为断奶对宝宝产生了不利的影响。做好断奶前的准备工作是顺利断奶的开始。从4~6个月开始就给宝宝添加辅食，逐渐喂一些奶糕、米粉、稀饭、面条、蔬菜、鱼肉、肉末等食物，从流质、半流质到固体食物，由少到多，由稀到稠，由细到粗，由一种到多种，使宝宝逐步适应多种食物，一旦宝宝接受了这些食物，就可逐渐过渡到断奶。宝宝在长牙后还要通过吃固体食物学会咀嚼吞咽，学会使用奶瓶、杯子、小勺等，这些都是在为断奶做准备。

少吸吮的次数，也就是减少宝宝的吸吮对妈妈乳头的刺激，减少催乳素的分泌，最终减少乳汁的分泌，达到断奶的目的。

断奶前后的心理准备

不光要看到宝宝对这些食物逐渐产生兴趣，淡忘母乳，还要注意宝宝的断奶心理。每一个吃母乳的宝宝都要经历断奶过程，有的宝宝断奶比较顺利，有的宝宝则非常麻烦。断奶处理不好会影响到宝宝的心理发育，这是爸爸妈妈应该注意和关心的问题。宝宝喜欢吃妈妈的乳汁，不仅因为母乳营养丰富，适合自己的口味，还因为在妈妈怀抱里吮吸乳汁，宝宝和妈妈肌肤相贴，闻到妈妈身上熟悉的气味，享受妈妈怀抱的温暖，是一件既舒服又安全的享受，可以得到生理及心理上的双重满足。如果突然断奶，宝宝就无法适应，会出现爱哭闹、夜惊、拒食、情绪不稳定等表现。这样不仅会给宝宝的身体带来影响，还会对宝宝心理发育产生不利的影响，特别是对那些母乳喂养时间长，又没有及时添加辅食的宝宝来说，简单、粗暴的断奶方法，会让宝宝引起身体和心理上的不适应，最终在宝宝心里留下阴影，造成以后喂养困难、营养不良、情绪不佳等断奶后遗症。

错误的断奶方式

有的妈妈为了达到断奶的目的，在断奶的准备工作还没做好的时候，

强行给宝宝断奶，往乳头上涂墨汁、辣椒水、万金油之类的刺激物，妈妈以为宝宝会因此对母乳产生反感而放弃母乳。宝宝在受到这种残忍的"酷刑"后，往往在不再接受妈妈的乳头的同时，也因为恐惧而拒绝吃其他食物，从而影响了辅食的添加，断奶进行的也不顺利，影响宝宝的生长发育，也给宝宝留下不好的心理影响。还有的妈妈认为不喝汤水，用毛巾勒住胸部，或者用胶布封住乳头，就能将乳汁憋回去。这些所谓的"速效断奶法"，显然是不科学的，也违背了人的生理规律，容易引起乳房胀痛，对妈妈的身体健康也有伤害。这些方法都是不可取的。

爸爸在断奶期的作用

妈妈是宝宝最依赖的对象。在断奶的过程中，减少宝宝对妈妈的依赖也是顺利断奶的关键。爸爸在当中的作用不容忽视，爸爸要替代妈妈成为宝宝依赖的第2个对象。断奶前，妈妈要有意识地减少与宝宝相处的时间，增加爸爸照料宝宝的时间，给宝宝一个心理上的适应过程。刚开始断奶的一段时间里，尤其是减少夜间哺乳的时候，改由爸爸来哄宝宝睡觉，妈妈则回避，宝宝刚开始肯定要哭闹一番，但是当宝宝发现没有什么效果，渐渐也就不闹了。减少白天哺乳次数时，爸爸可以多陪宝宝玩一玩，和宝宝建立良好的关系。刚开始宝宝可能会不满，后来就习以为常了。宝宝会渐渐明白爸爸一样会照顾他，而妈妈也一定会回来的。对爸爸的信任，会使宝宝减少对妈妈的依赖。爸爸在断奶过程中扮演的角色有点"残忍"，但是不要因为这样就不坚持。

做妻子的帮手，为妻子服务

在分娩后，新生命的降临给全家带来欢乐，妻子成为家里的功臣；在哺乳期间，妻子要用自己的乳汁去哺乳这个小生命，所以妻子完全有理由享受家人尤其是丈夫给她无微不至的关怀和服务。做妻子的好帮手，减轻她身体上的疲劳，缓解她精神上的压力。在她疲劳的时候让她去睡个觉，自己承担起照顾宝宝的责任，比如带着宝宝去散步，不但减轻了妻子的负担，也和宝宝增深了感情。打扫打扫屋子，做做以前妻子每天都做的事，让她在这个难得的假期里彻底放松，以整洁舒适的环境获得她对你无比的赞许。作为丈夫，还要承担起负责妻子在哺乳期间营养的责任，保证她每天都有足够的食物。

夫妻共同承担照顾宝宝的责任。

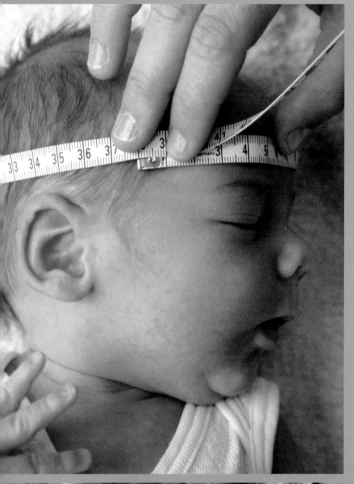

第 5 章
新生儿护理

以科学为依据，全面了解新生宝宝的健康状况，才能有效、科学、愉快地养育宝宝，从而避免疾病、意外及方法不当而带来的麻烦。为保证宝宝健康、安全度过新生儿期，爸爸妈妈须做好护理准备。

新生儿的生长发育

■ 新生儿面临的第 1 个任务是适应外界全新、异常的生活环境，这是必经的生长历程；与此同时，新爸爸、新妈妈则更需要适应自己的新角色、新责任。

正常新生儿的特点

足月儿指胎龄大于34周小于42足周（259～294天）的新生儿。正常新生儿指出生时胎龄满37～42周、体重2.5～4千克、无任何畸形和疾病的足月儿。正常新生儿的体质特征：四肢呈屈曲状，皮肤色泽红润，皮下脂肪丰满，胎毛少；头发分条清楚，软骨发育良好，耳廓成形挺立；乳头突出，乳晕明显，乳腺处可摸到结节；指甲超过指尖，整个足底足纹清晰；男宝宝睾丸多已降至阴囊，阴囊皱裂已经形成；女宝宝大阴唇已经发育，可以遮盖住小阴唇。

新生儿的健康标准

新生儿的健康标准主要有：①胎儿出生后即刻啼哭，然后开始用肺呼吸，新生儿前2周的呼吸频率为每分钟呼吸40～50次；②新生儿的正常脉搏是每分钟120～140次；③新生儿的正常体重为2.5～4千克；④新生儿生后前2天的大便呈黑绿色黏冻状，哺乳后逐渐转为金黄色或浅黄色；⑤新生儿生后24小时内开始排尿；⑥新生儿的正常体温是36～37℃；⑦新生儿生后

有觅食、吸吮、握持及拥抱等反射；⑧新生儿在光线照射时有闭眼的反射，出生后3～7天新生儿的听力逐渐增强，听见响声可引起眨眼等动作。

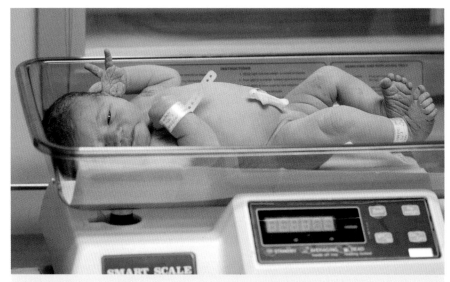

法国和美国研究人员发现，婴儿出生时的体重与其父母双方出生时的体重都有关系。

新生儿体重增长的规律

新生儿体重的增长规律是：①出生后第1周宝宝的体重会出现暂时性下降，下降幅度可达3%～9%，之后迅速恢复并进入体重快速增长期；②年龄越小，体重增长越快。出生后前6个月是宝宝体重增长的高峰期。出生后前3个月每月体重可增长700～900克，高时甚至达到每月增长1000克；出生后4～6月每月可增重600～800克；③出生后6～12个月体重增长速度减慢，每月平均增长300～400克；④一般情况下，宝宝在生后3～5个月时，体重可达到出生时体重的2倍（约6千克），1岁时可达到出生时体重的3倍（约9千克），2岁时可达到出生时体重的4倍（约12千克）。

宝宝出生后1周内体重不增反降的原因

通常情况下，新生儿在出生后1周内会出现生理性体重下降，这是由于宝宝在生后的最初几天里多睡少吃，哺乳量不足，以及呼吸、出汗、大小

前囟检查在儿科中有何意义

小小囟门是反映宝宝头部发育和身体健康的一个重要窗口。家长要细心观察这个小窗口，及早发现有无异常现象。前囟检查在儿科临床上具有重要的意义。正常时前囟平坦，当颅内压降低时前囟下陷，而当颅内压增高时前囟膨胀突起，所以儿科医护人员可以根据前囟的情况估计颅内压的高低。前囟饱满膨胀时显示颅内压过高，常见于脑积水、脑膜炎、脑炎、脑肿瘤等疾病。前囟凹陷常见于脱水、营养不良以及极度消瘦的小儿。前囟关闭较迟常见于脑积水、克汀病和佝偻病，因此，如果18个月以上的小儿前囟尚未闭合就应到医院进行检查。前囟早闭或过小常见于小头畸形，往往是由大脑发育不全引起，多伴有智力低下或其他神经病理症状。婴儿时期前囟的大小、凹凸以及闭合情况都应引起家长重视，以便尽早发现异常情况并及时就诊。

便造成的水分丧失，再加上排出胎便，因此，宝宝会出现体重下降。随后由于哺乳量的增加，宝宝的体重会迅速恢复和增长，出生后7～10天左右可以恢复到出生时的体重。如果出生后10天宝宝的体重仍然继续下降，就需要及时查找原因。如果体重下降是由于生病造成的，应及时到医院进行诊治。

新生儿的平均头围是多少

新生儿的头围指围绕新生儿前部眉弓上方、后部枕骨结节一周的长度。头围可以从一个侧面反映脑量的大小和脑的发育状况，也是新生儿体格发育中一项重要的指标。胎儿期脑的发育最快，所以出生时头围相对较大。宝宝的头围在1岁以内增长速度较快，以后增长速度明显减慢。正常情况下，出生时的平均头围是34厘米，6个月时是44厘米左右，1岁时是46厘米左右，2岁时是48厘米左右。头围的测量在2岁以前最具有参考价值。测量时可以用软尺量出紧贴眉毛上缘，并经过枕骨结节最高点绕头一周的长度即是头围。新生儿头围过小时，多为小头畸形或脑发育不全；头围过大，多是脑积水、佝偻病等，均不正常，都应引起父母的注意。

新生儿的前囟和后囟

新生儿共有两个囟门，一个叫前囟门，另一个叫后囟门。易于观察而且一般人都知道的是前囟门，位于头顶前方，是由顶骨和额骨边缘形成的菱形间隙，较其他部位略凹陷、柔软，用手触摸会有轻微鼓动。后囟门位于脑后方，位于枕骨与两块顶骨之间，是顶骨和枕骨边缘形成的三角形间隙。前囟对边中点间的距离在出生时约1.5～2.0厘米，之后随颅骨的发育这个距离会有所增大，约至6个月时最大可达2.5～3厘米，6个月后前囟逐渐骨化而缩小，约在1～1.5岁时闭合。新生儿出生时后囟很小或已经闭合，最迟于生后6～8周闭合。

头越大就越聪明吗

民间有个传统说法"头越大越聪明"。其实，这是一种错误的认识，头围的大小同身高、体重一样，也有正常范围，头大并不代表智力水平高。新生儿的头围平均为34厘米，男宝宝约为33～35厘米，女宝宝约为32～34厘米。出生后的第1年，宝宝的头围大约会增长12厘米左右，前6个月增长最快，约8～10厘米，后6个月约3厘米。2岁时宝宝头围大约会增长2～3厘米，达到48厘米。以后头围的增长速度逐渐减慢，5岁时达到50厘米左右，15岁时接近成人水平，约为54～58厘米。如果宝宝的头围大于正常范围较多，或者头围在短期内增长过快，都是不正常的表现，有可能是巨脑畸形、脑积水或软骨发育不良等疾病因素导致。所以，当宝宝的头围长得过快或过慢时，家长都应重视，并及时到医院进行诊治。

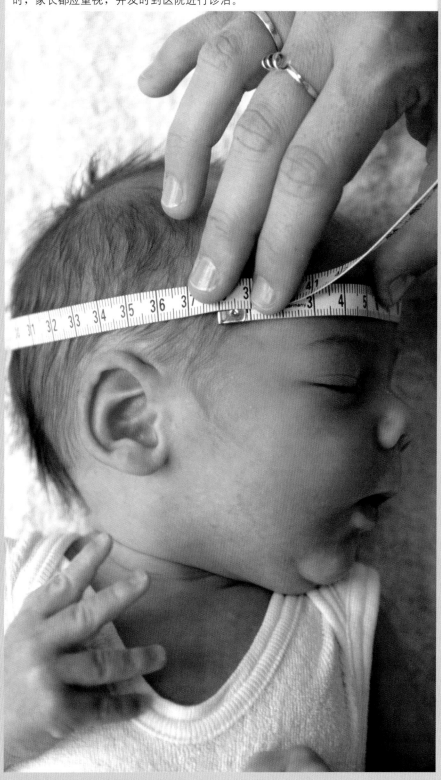

新生儿的视力

许多父母都以为刚出生时的宝宝没有视力，看不见东西，其实，这种想法是不正确的。宝宝一出生就有视力，对光已有反应，光照射时，宝宝会闭上眼睛。但是，新生儿的视力很差，只能看见眼前60厘米以内的物体，最适宜的距离是20厘米，距离太远或太近宝宝都看不清楚。对视觉最早的刺激来自于母亲的脸，原因在于哺乳时母亲的脸与宝宝眼睛的距离正好约为20厘米。新生儿角膜的弯曲度较大，晶体呈较凸状而形成生理性远视，以后随着眼球的发育，会逐渐发展正常，视力也会逐渐提高。

色彩鲜亮的玩具是宝宝最爱注视的东西。

如何测试新生儿的视力

父母都想早点知道宝宝视力是否正常，但由于新生儿及婴儿的身体和智力还没有发育成熟，因而很难对宝宝的视力作出准确的量化判断。通常只有到3～4岁左右才能对视力进行量化判断。如果想对宝宝视力进行大致的判断，可以在新生儿出生后4～6周，找一个直径为5～8厘米的红线球，在距宝宝眼睛大约20厘米左右的距离处上、下、左、右移动，正常情况下可观察到宝宝的眼睛也会随着进行移动。对于早产儿、窒息儿等，可能由于脑神经细胞受到了伤害，父母要特别注意其眼神，如发现清醒状态下宝宝的眼神发呆、无法注视或不会随着物体移动，应及时请医生诊治。

拨浪鼓来回转动发出的声音类似于有节奏的心跳，是安慰哭闹宝宝的常用玩具。

新生儿具有运动能力吗

千万不要以为新生儿只会吃奶和睡觉，其实此时宝宝已经具有一定的运动能力。早在胎儿期宝宝就开始进行运动了，即所谓的胎动。出生后宝宝获得了自由的活动空间，会表现出更加高超的运动能力和运动兴趣，如新生儿会把手放到口边甚至伸进口内进行吸吮，四肢会进行伸屈运动。当妈妈和宝宝说话时，他会进行转头、注视、手臂上举等一系列连续性的运动。宝宝在哺乳时会用手去碰妈妈的乳房，有时甚至会试图去碰母亲的嘴。但新生儿由于大脑发育还不成熟，动作比较缓慢，表现出一定的无目的性，不过随大脑皮质机能的逐渐健全，宝宝会逐渐掌握各种新的动作和技巧。日常训练对宝宝运动能力和智力的发育具有一定的促进作用，因此，在新生儿期就要开始对宝宝进行运动能力的培养。

新生儿的听力

研究证实胎儿在6～7周时听觉感受器已经基本形成，用B超可以观察到胎儿对声音的刺激已经有眨眼反应。大量实验证明新生儿不仅有听力，而且喜欢听柔和、缓慢的声音，听到这类声音时他们表现得非常安静，甚至会呈现出微笑状。相反，对于尖利的声音，则表现出急躁的情绪，甚至哭闹不止。另外新生儿还特别喜欢有节奏的声响，例如听到类似心跳节奏的声音时，哭闹的新生儿就会安静下来，并表现出专注倾听的神态。

如何测试新生儿听力

刚出生的宝宝听力虽说不如成人，但是已经非常灵敏。要想粗略的测试宝宝的听力，可以模仿测试成人听力的方法，用小纸盒装一些大米粒，然后在距宝宝耳朵10厘米左右处晃动并发出声响。正常情况下，宝宝会表现出警觉的神态，头会转向小盒子的方向。同时，日常生活中，也可以体现出宝宝听力的存在，例如正在哭闹中的宝宝如果听到妈妈的声音，会暂时停止哭闹，如果妈妈的声音停止便又哭闹起来。父母平时要关注宝宝对声音的反应情况，同时要保证耳道卫生和不要随意为他掏耳朵，如发现宝宝听力有异常情况时要及时就诊。目前，我国大部分地区出生的新生儿都要进行听力筛查，这对于及早发现新生儿听力损伤很有帮助。

新生儿的味觉和嗅觉

新生儿出生时虽说味觉系统还没有发育完全，但已经具有了一定的味觉感受功能。出生后不久宝宝就能够辨别出不同的味道，往往喜欢喝带有甜味的水，对咸的、酸的或苦味的水会表示出痛苦、不愉快的表情。新生儿的嗅觉也很灵敏，能区分出不同的气味，尤其对来自母亲身上的气味就特别敏感。当新生儿嗅到刺鼻的气味时，会表现出皱眉。

新生儿的触觉

新生儿一出生就具有发达的触觉功能。出生后新生儿一旦碰触到奶头，就会自动的进行吸吮。嘴唇和手指是新生儿及婴儿触觉最灵敏的部位，对冷热的刺激特别敏感，如对牛奶及洗澡水温度的高低会做出不同的反应。因此，宝宝一般会通过嘴和手去触摸和感知外界世界。宝宝早期的触觉发展特别重要。有些家长在宝宝出生后就把宝宝结结实实地包裹起

来，使得宝宝的手脚和身体不能自由活动，限制了宝宝手臂的活动，无法触摸东西，严重影响了其触觉功能的发育，对于宝宝日后感知力和灵敏性都非常不利。

新生儿的学习能力

新生儿出生后不久，看见较强的亮光就会闭眼睛，听到较大声音会惊跳或哭闹，接触到奶头就会张嘴吸吮，这些都是先天的本能反应，是对外界事物的无条件反射。在这些已经具有的无条件反射的基础上，通过接触各种不同的事物，感受多种不同的刺激，并在不断的重复、强化过程中建立起新的条件反射。其实，建立条件反射的过程就是一个学习和模仿的过程。

新生儿会与母亲交流吗

新生儿期及婴儿期宝宝的语言功能还没有形成，但这并不意味着宝宝无法与母亲进行交流和沟通。实际上，在新生儿期宝宝就已经具备了很强的交流沟通本领。宝宝出世后的第一声啼哭，就是向世界宣布他的到来，在宝宝会说话之前，啼哭成为他与父母及家人交流和沟通的重要形式。宝宝可以通过啼哭表达如饥饿、口渴、尿布湿和生病等各种各样的信息，年轻的父母经过2～3周就可以摸索出宝宝啼哭所传递的各种信息，并恰当的加以照顾。除了啼哭外，宝宝还可以通过行动与父母进行交流，例如宝宝心情舒畅时，即使无人看护也可以安静地在床上躺上很长时间；如果宝宝是由于饥饿而发生啼哭，一旦碰到奶头他就会使劲地吸吮起来；相反如果宝宝是由于生病而啼哭，即使妈妈再怎么哺乳，宝宝也不会领情。因此，父母要尽快摸索出宝宝的交流沟通方式，以和宝宝进行有效交流和沟通。

新生儿为什么喜欢吸吮手指

新生儿具有发达的触觉功能，手指和嘴唇是新生儿及婴儿触觉最灵敏的部位。新生儿特别喜欢接触质地柔软的物体，例如妈妈的乳房或自己的小手。新生儿通过吸吮手指可以满足自己的触觉感受，并锻炼自己手臂或手指的运动能力。用超声显像的方法可以看到，早在怀孕24周时，胎儿就有了吸吮拇指的动作。因此，父母不要强行阻止宝宝吸吮手指的动作，但一定要给宝宝勤洗手讲卫生。随着年龄增长，宝宝接触外界范围的扩大，与外界交流的内容日渐丰富，这种幼稚的动作就会逐渐消失。

据研究表明新生儿从第2周起，就会学习和模仿母亲的面部表情，如伸舌头、张嘴等动作。因此，父母从新生儿期就要开始培养宝宝的学习能力以进行早期的智力开发。

新生儿"惊跳"是病吗

父母可能会发现宝宝在遇到打开被子、大声、强光以及改变体位等刺激时，身体有时会出现抖动现象。通常把新生儿受刺激时身体不自主的抖动称做"惊跳"，它是一种正常的生理现象。原因在于虽然新生儿脑的发育领先于其他许多器官，其重量约占体重的10%～12%（成人只有2%），但神经细胞和神经髓鞘还没有发育成熟，兴奋抑制过程不完善，受刺激后引起的兴奋容易"泛化"，因此，较大的刺激会使宝宝产生惊跳。这是一种正常现象，不会影响宝宝的智力发育。随着年龄的增长，大脑发育不断完善，这种不自主的抖动就会逐渐减少直至消失。但需要区分清楚新生儿惊跳与惊厥（即抽风）。如果打开被子时，发现宝宝两眼凝视、震颤，或不断眨眼、反复咀嚼或吸吮动作，呼吸不规则并伴皮肤青紫、面部肌肉抽动，或反复出现快速的某一肢体或部位的抽搐以及阵发性痉挛，这些都是新生儿惊厥的表现，提示宝宝可能患有某种疾病，要及时请医生诊断治疗。

新生儿是扁平足吗

有些新生儿的父母看到宝宝的脚底非常扁平或者足弓很小，以为宝宝是扁平足。其实，这是一种正常的生理现象。由于宝宝刚出生，足部的骨骼和肌腱还没有发育完全，不足以形成弓形，宝宝的足弓要到4～6岁左右才能发育完全，呈现出象大人一样明显完整的足弓。相反，如果宝宝的脚底呈现出很大的弓形，反而预示着神经或肌肉的发育可能存在问题，应及时到医院就诊。

新生儿是"足内翻"或者"弓形腿"吗

宝宝最初是在母亲的子宫内进行生长发育的，受子宫内有限空间的限制，宝宝的身体只能够处于屈曲状。出生后宝宝的身体还不能够一下子完全伸展开，四肢以及足部还呈现一定的屈曲状，因此，看上去好像是"足内翻"或者"弓形腿"。其实，只要宝宝的腿和脚可以被轻轻地而且没有痛感地摆放到正常位置，父母就不用担心。随着宝宝的生长，到3～4岁时宝宝的腿和脚就会呈现出与大人一样的正常状态。但是，如果宝宝的腿和足显得有些僵硬或摆放过程中表现出痛苦状，或者肢体有较严重的反转现象，就需要及时到医院进行诊治。

新生儿的生理反射

正常新生儿出生时已具备了一些原始的、特殊的神经反射，如觅食反射、吸吮反射、拥抱反射、握持反射

等。若新生儿患有神经系统疾病时，这些反射可能会减弱或消失。因此，如果这些反射减弱或消失，常常提示新生儿可能患有神经系统疾病，如新生儿缺氧缺血性脑病、颅脑损伤。

如何检查新生儿的生理反射

新生儿的生理反射可以用以下相应的方式进行检查：①觅食反射。用手指或乳头触及新生儿面颊的一侧，正常情况下，宝宝的头会随即反射性地转向该侧；②吸吮反射。将手指伸入宝宝口中2～3厘米或轻触唇部，正常情况下，宝宝的口部会出现节奏性的吸吮动作；③拥抱反射。将宝宝仰卧于床上，重击其头端任何一侧，或让新生儿头颈部伸在床沿外，由检查者双手托稳，然后突然放低新生儿头10～15度，正常情况下，宝宝的两臂会突然外展、伸直，继而屈曲、内收呈拥抱状；④握持反射。用手指碰触宝宝手心时，正常情况下，宝宝的手指就会屈曲呈握持动作，但并不能紧握。正常情况下，出生数月后随着神经系统发育的成熟新生儿的生理反射会逐渐消失。早产儿神经系统的成熟度与胎龄有着密切关系，胎龄越小，以上反射越难发生或反射不完整。

新生儿经常打嗝正常吗

在人体的胸腔和腹腔之间有一个呈穹隆型的、较为扁薄的肌肉，称为横膈。它对宝宝的呼吸运动起着至关重要的作用。如果它发生痉挛，人就会打嗝。宝宝出生后，由于横膈还没有发育成熟，所以当宝宝受到强烈刺激、过度兴奋或喂奶吸入空气时，就会频繁打嗝。这是正常的生理现象，等宝宝长到三四个月时，横膈发育将更加成熟，可以更加有效地工作，打嗝的现象也就会相应地减少。

新生儿双肋之间有个凸起是怎么回事

细心的妈妈有时会因发现宝宝的双肋之间有个凸起而很紧张，以为宝

宝的骨骼出现了畸形。其实，这是宝宝骨骼生长发育过程中正常的生理现象。这个凸起在医学上称为剑状软骨。这个凸起在瘦小的宝宝身上更容易被看到，对于较胖的宝宝，这个凸起由于被脂肪覆盖而不易被看见。随着新生儿的生长发育，剑状软骨会逐渐和胸骨融合，并且被肌肉和脂肪覆盖，这个凸起基本上就看不见了。

新生儿两颊比较丰满的原因

父母看到宝贝那丰满的两颊时会觉得宝宝非常可爱，而宝宝的脸颊之所以丰满是由于在其皮肤下面长着一个特殊的脂肪组织，医学上叫"颊脂体"。婴儿吸吮奶汁时需要协调上颚、嘴唇、双颊和舌头的动作，颊脂体可以起到支撑上颚的作用。少数宝宝的颊脂体生下来可能就比较大，通过不断的吸吮动作会使其更加发达，并会向口腔内突起，形似"螳螂嘴"。随着宝宝的长大，颊脂体通常会在1个月左右逐渐萎缩并消失。

新生儿乳房肿胀是病吗

大多数正常新生儿（不论男、女）出生后3～5天左右均会出现乳腺肿胀，并可触及蚕豆到鸽蛋大小的硬结，有的还可能分泌出少量乳汁。出现这种现象的原因在于母亲怀孕后，体内孕激素、催乳素等含量逐渐增多，直到分娩前达到高峰。这些激素能促进母亲乳腺发育和乳汁分泌，同时这些物质可以通过胎盘进入胎儿体内。出生后由于来自母体的激素突然中断，从而出现了新生儿乳房肿胀的现象。这种乳房肿胀多于出生后2～3周逐渐消退，除注意保持皮肤清洁外，不需要进行任何处理。因此，父母不要紧张，更不应挤乳头，以免发生感染。

宝宝呼吸急促正常吗

新生儿的呼吸不但浅表，而且无规律、快慢不均，这都是正常现象。这主要是由于新生儿肋间肌肉没有发育成熟且软弱无力，再加上新生

儿的鼻咽部、气管狭小，肺泡适应性较差，呼吸主要靠膈肌的升降。与成人主要依靠胸式呼吸不同，新生儿主要以腹式呼吸为主。新生儿正处于生长发育的高峰期，而依靠腹式呼吸的新生儿每次呼气与吸气量都较少，不能满足机体对氧的需要，所以呼吸较快，每分钟可达40～50次，并可能出现快慢不均、甚至呼吸暂停现象，这都属正常的生理现象，家长和父母没必要担心。但是如果同时伴有面色发紫及其他症状时，就需要及时到医院就诊。

新生儿的"月经"

部分女宝宝在出生后5～7天左右，阴道会流出少量血性分泌物或粘液，这是由于母亲体内的雌激素在孕期通过胎盘进入了胎儿体内，导致胎儿子宫内膜增生。宝宝出生后雌激素水平突然中断，使宝宝子宫及阴道上皮组织脱落，并通过阴道排出体外而引起。医学上把这种现象称为"假月经"，属正常的生理现象，一般持续1～3天会自行中止，不需要进行任何处理。但如果新生儿阴道出血量多或同时伴有其他部位出血时，则可能为新生儿出血症，应积极到医院就诊。

新生儿的日常护理

新生儿期的健康状况，是宝宝一生健康的基础。对年轻的爸爸妈妈来说，孩子生后1个月，可称为"新父母期"。父母要在孩子出生后很快熟悉新生儿时期的一些生理特点，学会有关护理新生儿的科学知识，帮助娇嫩的小生命度过"险关"，兴高采烈地迎来宝宝的"满月"。

为新生儿准备日常用品

一般情况下，需要为新生儿准备的日常用品主要有以下几类：①衣服类用品如贴身内衣、外衣、棉衣、棉背心、袜子、手套以及兜肚等，寝具用品如婴儿床、被子、贴身被、床单、婴儿毛毯和热水袋等；②洗澡用品如婴儿浴盆洗脸盆、水温计、体温计、肥皂或婴儿浴皂、纱布、手帕条、扑粉盒、指甲剪刀和棉棒等；③卫生用品如新生儿尿裤、纱布尿片、防湿尿垫等。另外，还可根据需要配备磅秤、身高计、婴儿手推伞车等用品。

合理包裹新生儿

包裹新生儿时不要过紧，应该使宝宝的四肢处于自然的生理状态。合理包裹新生儿的方式是：①先将薄毛毯对折成三角形，顶端朝上平铺在床中间；②将宝宝放在毯中间，脖子要对着毯顶端，并包好尿布，注意不要盖住脐部；③然后将一侧对折包住宝宝身体，将多余的部分平塞在宝宝身体下面；④再将另一侧以相反的方向对折并裹好；⑤最后，再盖一层蓬松的小棉被，将被角塞到毯子下面，或者将宝宝放入睡袋。

如何观察新生儿的大便

新生儿大便性状除与喂养方式有关外，在某种程度上还可作为新生儿患病的先兆。纯母乳喂养的新生儿大便呈金黄色，比较软，形态均匀一致，一般每天要排便2～3次。如果大便较稀、次数较多，但只要新生儿精神良好，吃奶情况良好，体重增长正常，就不必担心。配方奶粉喂养的新生儿大便通常呈淡黄色或土黄色，比较干燥、粗糙，给新生儿加喂些温开水，可以减轻大便干燥的症状。如果新生儿粪便量少，次数多，呈绿色粘液状，往往是因为喂养不足所致，只要给予足量喂养，大便就可以恢复正常。如果排便的次数和量增多，很稀，且呈水样，甚至含较多黏液或混有血液，这就是患病的先兆，多为肠炎、腹泻等病。水分和电解质大量丢失会引起新生儿脱水或电解质紊乱，应立即带孩子到医院就诊。

如何观察新生儿的小便

正常新生儿生后24小时内就应开始排尿。假如新生儿出生后48小时仍未排尿，就应考虑新生儿是否患有先天性泌尿系统疾病，如先天性肾脏发育不全或尿道梗阻，应做进一步检查。宝宝生后头几天，因液体摄入量少，每日排尿4～5次左右。1周以后，随着哺乳量的增多，每日排尿可达7～12次，多时甚至可达20次以上。新生儿的正常尿液为淡黄色或无色、清亮透明、无异味。如果新生儿的小便次数较平时明显减少，或尿液颜色明显异常，出现红色或深红色，或者有异味，则属不正常现象，应及时到医院就诊。

正确抱放新生儿

明白了抱放新生儿的注意事项后，就可以按照下面的步骤抱起自己可爱的小宝贝了。然后，弯腰托住新生儿的头颈部和背臀部。具体方法为慢慢地弯下腰，从侧面或正面贴近新生儿，一手伸入他的颈后，托住新生儿的大脑袋，另一只手放在他的背臀部之间，支撑住新生儿的下半身；然后，起身并轻柔平稳地将新生儿抱起，将新生儿整个体重转移至手上，并确保头部被稳稳地托在手中，然后边起身边把他抱到自己的胸前。即使宝宝正在哭闹，父母也应心平气和，可以用轻松的言语对宝宝进行安慰；最后，把宝宝平抱或竖抱在自己的胸前。在放下新生儿的过程中，同样要保证支撑好新生儿的头部。否则，新生儿就会出

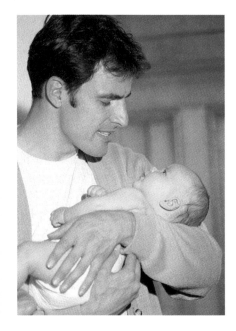

现头部后仰、四肢抖动，呈惊吓状。放下宝宝时，要用手臂支撑住新生儿的脑袋，然后平稳地将其放在床上，同时也可以用温柔的目光注视着宝宝，并用语言加以安慰。

正确搂抱新生儿

在搂抱新生儿的过程中，同样需要注意的是要始终保护好宝宝的大脑袋。在新生儿期，由于宝宝的身体还比较软，因此，主要采用两种比较安全的搂抱方法。一种是平抱法，具体方法是轻柔地将宝宝的头放在左手臂弯中，左前臂护住新生儿的头肩部，左手腕和左手护背部和腰部，右前臂护住的宝宝的腿部，右手护新生儿的屁股和腰部，从而将宝宝平抱在左胸前；另一种是竖抱法，具体方法是用左手托住宝宝的头颈部，使头靠在母亲（父亲）的左肩上，用右手托住新生儿的屁股和腰部，竖直地将其抱在母亲的左胸前。新生儿吃奶后，为防止吐奶应采用这种抱法。

摇晃新生儿时要注意什么

大多数新生儿都喜欢被母亲搂抱着轻轻摇晃，但是，有些年轻父母在宝宝哭闹不安或难以入睡时，会抱着宝宝不停地摇动，宝宝哭闹越凶，父母就摇晃得越猛烈，以为这样可以使宝宝很快安静或入睡。其实，这种做法对宝宝十分有害，甚至可能引发"摇晃综合征"。新生儿的头颅相对较大、较重，脖子又比较软，而且在新生儿期和婴儿期，宝宝还不会做头颅的自我保护动作。因此，猛烈地摇晃会在宝宝脑内形成巨大的冲击力量，使脑组织与头颅骨之间以及脑组织相互之间发生撞击，受撞击的部位会出现水肿，甚至有可能导致血管破裂，造成颅内出血，轻者发生脑震荡、智力低下等，严重时会造成肢体瘫痪、脑水肿，甚至引起死亡。这种病症危害极大，但平时并无明显表现，因此不易引起家长的注意。所以，应尽量避免猛烈摇晃、举抱小宝宝，以免铸成大错。

新生儿胎脂

宝宝出生后，可以看到其全身皮肤表面覆盖着一层乳白色的东西，在颈部、腋窝、腹股沟等处积聚较多，这层乳白色的东西就是胎脂。新生儿皮肤表面的胎脂是由皮脂腺分泌的皮脂和脱落的表皮细胞形成的。胎脂可以减少宝宝体表温度的散失而具有保暖作用；可以减轻衣服、尿布等对皮肤的摩擦而具有保护皮肤免受伤害的作用；可以抵御病原菌的侵入而具有抗感染作用。而且宝宝出生后胎脂可以逐渐被皮肤吸收，因此，宝宝出生后，对胎脂要采取保留的态度，而不应将胎脂一次性彻底清除干净。

新生儿的脐带脱落的时间

肚脐是母亲供给胎儿营养和胎儿排泄废物的必经通道。正常情况下，脐带在出生后24~48小时自然干瘪，3~4天开始脱落，10~15天自行愈合。新生儿脐带被结扎后，脐窝创面血管还没有完全闭合，再加上脐凹处容易积水而不易干燥。因此，很容易滋生病菌引发感染，严重时甚至会发生败血症。所以，要每天检查新生儿脐部，保持脐部清洁干燥，不受尿便污染；脐带脱落前应保持干燥，不可进行全身洗浴；每天可用75%酒精棉棍擦试脐根部。脐带脱落后，脐凹可能还会有分泌物，此时仍需用酒精消毒，或涂2%龙胆紫以促进干燥。遇有结痂时，应去除痂皮，彻底清洁底部。脐部不可随便涂拭痱子粉等，以免感染。一旦发现有感染症状，须及时就诊。

为什么新生儿的大便开始时为黑色

足月新生儿在出生后24小时内排出胎便，早产儿由于胎粪形成较少以及肠蠕动能力弱而使排泄胎便的时间常常推迟。正常情况下，胎便呈墨绿色，比较粘稠，没有臭味，主要由胆汁、肠道分泌物、肠道粘膜脱落上皮细胞和胎儿在胎内吞入的羊水及消化液组成。胎便一般在3~4天内排完，每天约3~5次。如果足月的新生儿在生后24小时内仍未见胎便排出，就要考虑新生儿是否患有消化道先天畸形，应请医生做详细检查。

保持新生儿的皮肤清洁很重要

正常新生儿的皮肤柔嫩，表面的角质层薄，皮层下毛细血管丰富，防御机能差，因此很容易受到损伤，而且受伤处也容易遭受病菌入侵，轻则引起局部皮肤感染，重则可能扩散至全身（如引起败血症等）。同时，新生儿新陈代谢很快，每天排出的汗液、尿液与泪液等会刺激他的皮肤，如果不注意皮肤清洁，在皮肤皱褶处如耳后、颈项、腋下、腹股沟等处容易形成溃烂甚至感染。臀部包裹着尿布，如不及时清洗，容易患尿布疹。因此，要经常为宝宝擦洗乳汁、汗液、尿液与粪便。最好能够每天为宝宝洗澡，同时早晚要洗脸、手及臀部。

何时可以给新生儿洗澡

新生儿容易溢乳或吐奶，奶汁会流到衣服上、颈胸部甚至耳内，再加上新生儿新陈代谢旺盛，容易出汗，大小便次数多，因此，新生儿的皮肤和衣服非常容易脏。洗澡不但可以给新生儿清洁皮肤、有助于促进新生儿的血液循环，而且家长还可以利用这一时间观察宝宝全身皮肤、脐带、四肢活动和姿势等情况，以便及早发现问题。对于健康的新生儿，只要条件允许，出生24小时以后就可以每天进行擦拭和洗澡，每日早晚都要给小儿头部、脸部、臀部及皮肤皱褶处擦洗，夏季应酌情增加洗澡次数。对于体重过轻（一般在2千克以下）、身体状况较差或无条件每天洗澡的新生儿，至少每天应进行擦洗清洁。

选择适合婴儿使用的卫生用品。

给新生儿洗澡前要做的准备工作

由于新生儿免疫力低，对环境变化的适应能力较差，因此，给新生儿洗澡的时间不宜过长，一般应控制在5~7分钟以内，满月后洗澡时间可逐渐增加，夏季可增加到15分钟左右。为保证洗澡的顺利进行，必须在洗澡前做好准备工作。首先，准备好以下婴儿洗浴专门物品，如浴盆、水温计、热水、婴儿皂、大毛巾、小面巾、浴巾、衣服、棉签等物品，需要时可以配备磅秤。其次，关闭门窗、调节好灯光及室温，室温一般控制在25~28℃，湿度应保持在50%左右。最后，调节好水温，浴盆内盛半盆热水，水温控制在38~40℃为宜。有的家长喜欢用自己的手去试探水温是否适宜，这样做并不可取，因为新生儿对热的敏感度比成年人要高，水温是否适宜最好由水温计来判断。

怎样为新生儿洗澡

给新生儿洗澡的时间宜选在喂奶前或喂奶后1~1.5小时进行。如果新生儿的脐带还没有脱落，应上、下身分开洗。先将新生儿仰卧，母亲用左手掌托住新生儿头颈部，左手的拇指和中指从后面把耳廓折向前方，并轻轻按住，堵住外耳道口，左臂及腋部夹住新生儿的臀部及下肢，使其背部靠在母亲的左前臂上，将头移向浴盆。右手用小毛巾沾水清洗脸及头部，接着洗颈部、腋下、前胸后背、双臂和双手，洗完后，用干浴巾包裹上身。然后将新生儿倒过来，使其头部靠在左肘窝里，左手托住两大腿根部后开始洗下身。通常只需用清水进行洗澡，如果需要时可选用婴儿皂，但要注意一定用清水冲洗干净。当新生儿脐带长好后，则可以进行全身洗浴。脐带是新生儿的一个创伤处，易受病菌入侵，因此，在洗澡时应用消毒纱布盖住，不可沾水，防止感染。

给新生儿使用爽身粉不科学

有些母亲给新生儿洗澡后习惯给新生儿皮肤上涂撒爽身粉，其实这很不科学。新生儿的皮肤娇嫩，皮肤角质层较薄，防御能力较弱，非常容易受到感染。同时，新生儿新陈代谢快，皮肤上的汗腺分泌旺盛，爽身粉在新生儿汗液的作用下易结为粉质

可以利用为宝宝洗澡的机会抚摸他，增加彼此间的感情交流。

块，积存在皮肤的褶皱里，阻塞皮肤汗腺的分泌，而产生湿疹。而且，粉质还会与新生儿的皮肤产生摩擦，造成皮肤红肿，甚至发炎。因此，新生儿期洗澡后最好不要使用爽身粉。

给新生儿剃头不科学

中国有些地方流行满月时给新生儿剃头、刮眉毛的风俗，认为这样做可以使新生儿的头发、眉毛长得漆黑浓密。这种做法是非常不科学的。新生儿的毛发长得如何，主要受先天遗传因素及后天营养因素的影响，与剃不剃满月头毫无关系。新生儿头部的皮肤非常娇嫩，而且抵抗力较差，剃头时很容易伤害到新生儿的头皮和毛孔，如果剃头刀不清洁或头皮有污物，病菌很容易乘虚而入，轻则造成头皮感染，重则可能引起败血症、脑膜炎等严重疾病而危及新生儿的生命。如果觉得新生儿头发过长或不整齐，可以用剪刀修剪整齐。

为新生儿掏耳朵须注意

新生儿外耳道的皮肤非常娇嫩，皮下组织少，血管丰富，掏耳朵时如果用力不当容易引起外耳道损伤而继发感染，导致外耳发炎、溃烂，甚至形成外耳道疖肿。而且，鼓膜是一层非常薄的膜，厚度仅约0.1毫米，掏耳朵时稍不注意就会伤害到鼓膜或听小骨而损

及时更换新生儿的尿布，保持新生儿臀部清洁、干爽。

伤宝宝的听力。因此，一般情况下，不要为新生儿掏耳朵。如果宝宝外耳道积垢过多时，可以到医院由专业人士对其进行诊治。

给新生儿剪指甲

新生儿的指甲长得非常快，通常生长速度为每天0.1毫米左右，为了防止新生儿抓自己或家长，应及时为其修剪。有的家长为了省事，给新生儿戴上手套，其实这种做法非常危险，因为新生儿的小手很容易脏，容易引发感染。剪指甲可以等宝宝熟睡后进行，这样可以避免刺伤新生儿的手指。另外，洗澡后指甲会变得较软，此时也比较容易修剪。修剪时可以用小指甲刀压着新生儿手指肉，并沿着指甲的自然线条进行修剪，不要剪得过狠，以免刺伤手指。一旦刺伤皮肤，可以先用干净棉签拭去血渍，再涂上消毒药膏。另外，为防止新生儿用手指抓破皮肤，剪指甲时要剪成圆形，不留尖角，保证指甲边缘光滑。

什么情况下不宜给新生儿洗澡

由于新生儿抵抗力较弱，因此，当新生儿患某些疾病时就不宜再洗澡。例如：①患发热、感冒、腹泻等疾病时，最好不要给新生儿洗澡。如果病情较轻、精神状况良好，也可以适当洗澡，但应尽量做好保温工作、缩短洗澡时间，防止因受凉而使病情加重；②出现皮肤感染、水泡、溃烂及湿疹等皮肤病时不应洗澡。但如果病变仅局限于较小的范围内，可以对其他部位进行擦洗；④患肺炎、缺氧、呼吸衰竭、心力衰竭等严重疾病时，应尽量避免洗澡，以防因洗澡而危及新生儿的生命。

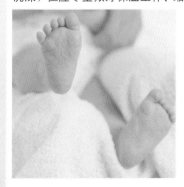

不宜洗澡的新生儿如何进行擦洗

对于早产儿、脐带未脱落之前的新生儿、身体状况较弱或患病的新生儿，家长可能不敢再为其进行洗澡，但新生儿期需要保持洁净卫生，这时可以用洁净细软的棉巾或清洁的海绵给新生儿进行擦洗。首先，应把室温调节到大约30℃左右，并准备好热水，水温应调整到40℃左右。其次，将新生儿衣服脱去，用大浴巾将新生儿全身包住，仰放在安全宽敞的大床上。接着，将棉巾用清水蘸湿，挤干水分，对折后擦洗新生儿的头部和脸部，在擦洗眼睛和耳朵时要小心仔细，同时还要观察有无异常。接下来，可以将浴巾打开露出新生儿的上半身，用清洁后的棉巾擦洗新生儿手臂、前胸及腹部。之后，将新生儿反转洗其背部。然后，将新生儿上身包住，打开下身，擦洗生殖器、臀部及腿足。最后，用清洁的干棉巾擦干新生儿全身，为其穿好换洗衣服。需要特别注意，在擦洗的过程中要保持水的清洁，可以多换几次水，同时每次一定要将棉巾挤干水分。

给新生儿选择衣服要注意

新生儿的衣服对于其健康成长有着重要的意义，所以，家长为新生儿选择衣服时一定要慎重。首先，安全第一。为避免划伤新生儿娇嫩的皮肤，衣服上不应有金属钮扣，更不能有别针，最好用布扣或带子。同时，不宜购买带有花边的衣服，防止新生儿把手指或脚趾插入其中的孔内；其次，舒适。由于新生儿的四肢大多还处于屈曲状态，并且生长发育非常快，为了不影响发育，衣服宜比较宽大，质地应柔软、舒适，缝合处以及袖口、领口处要柔软，以免摩伤新生儿的皮肤；再次，吸汗和透气。新生儿衣料以柔软、吸水的棉织物品最为理想。相反，合成纤维或尼龙织品由于吸水、透气性能差，不宜作为新生儿的衣料，家长为新生儿选购衣服时要注意。最后要考虑方便因素：主要是要便于穿着、换尿布及清洗。为了便于换尿布，夏季新生儿可以选择为连衫裙式的长单衣，冬季可以购买宽松的连衣裤。

为新生儿清洗衣物

新生儿新陈代谢旺盛，易于出汗，同时由于吐奶、溢奶以及大小便，非常容易弄脏衣服，新生儿的皮肤又非常娇嫩，衣服必须保持清洁、柔软和干爽。

如何为新生儿选择尿布

传统的棉质尿布最大的优点是柔软舒适、透气性好，非常适合新生儿娇嫩的皮肤。棉质尿布尿湿后新生儿就会因感到不舒服而哭闹，可以提醒母亲及时更换尿布，从而有利于保持新生儿臀部的干爽，预防尿布疹。棉质尿布价格较低，并且可以重复使用，非常经济实惠。棉质尿布的缺点是更换比较频繁，需要准备很多，而且洗涤、晾晒也比较麻烦。纸尿裤的优点是干净卫生、吸收性强、渗透性快、多次吸收尿液后表面仍然可以保持干爽。纸尿裤还能促进宝宝的睡眠，减少因尿湿或者换尿布而影响新生儿的睡眠。纸尿裤不足之处是其柔软舒适度、透气性能与棉质尿布相比较差，而且是一次性产品，价格较贵。根据有关专家的建议，也不宜长期使用纸尿裤。另外还需要指出一点，在自制棉质尿布时，不要使用过于陈旧棉布，以防感染。

如何为新生儿清洗尿布

棉质尿布在准备使用前，无论新旧，都需要经过清洗；使用过的尿布在清洗之前要尽可能除去上面的粪便，清洗时可以用中性洗涤剂，但最好使用洗涤婴儿用品专用的皂液，不需要每次都进行消毒处理，可以在使用5~6次后对其进行1次消毒处理。但如果新生儿患有腹泻等消化道疾病或疱疹等皮肤病时，则对每次换下的尿布都应进行消毒。在对尿布进行消毒处理时，需准备一个消毒专用的塑料桶，将尿布放入桶内，倒入适量清水和专用的消毒液，为保证消毒彻底至少要在消毒液中浸泡6小时以上。每次清洗尿布时一定要漂洗干净，不要残留洗涤剂或消毒剂，否则不仅会降低尿布的吸水性，还会伤害新生儿娇嫩的皮肤。冲洗干净后的尿布需要在通风处晾干晒透，最好经过太阳暴晒。

所以，必须经常为新生儿换洗衣物，贴身衣物最好每天更换。为新生儿清洗衣物包括两个方面：一方面是清洁，另一方面是消毒。在清洁衣物时，最好不要使用刺激性较强的洗衣粉或洗衣液，最好选用清洁婴儿衣物的专用皂液，而且一定要漂洗干净。婴儿的贴身衣服要经常进行消毒处理，一般用煮沸消毒法。最后衣服宜在通风处晾晒，如果有条件的话可以在阳光下暴晒。

为新生儿保存衣物要注意

新生儿衣物应保存在干燥的环境里，同时切记不可使用樟脑球，以及放入有异味的衣柜里。市场上出售的樟脑球中大都含有萘及萘酚类物质。有一种遗传缺陷造成的溶血性贫血，患儿平时无任何症状，一旦接触到萘酚之类的物质后，红细胞内的氧化还原过程就会受到破坏，发生急性溶血性贫血。这种现象多见于新生儿，临床表现为贫血及黄疸持续不退或持续性加重，重者可发生核黄疸。当然，也不要放在有樟脑丸的衣箱内。在给新生儿穿着久放及旧的衣服前，一定要煮沸消毒，并进行通风晾晒；假如衣服含有萘酚类物质，其受热后很快就会变成气体挥发掉，这样新生儿可免受其害。

如何为新生儿穿衣服

给新生儿穿衣服时动作要轻柔，要顺着其肢体弯曲和活动的方向进行，不能生拉硬拽。穿衣服时应先穿上衣，再穿裤子。例如在给新生儿穿着圆领套装内衣时可以按以下方式进行。首先，把新生儿放在床上，查看尿布是否需要更换。其次，把上衣沿着领口折叠成圆圈状，两个拇指从中间伸进去把上衣沿领口撑开，然后从新生儿的头部套过，接着把右袖沿袖口折叠成圆圈形，母亲的手从中间穿过去后抓住新生儿的手腕从袖圈中轻轻拉过，顺势把衣袖套在新生儿的手臂上，然后以同样的方式穿另一条衣袖；最后，轻轻抬起新生儿的上身，把上衣拉下去。穿裤子也采取同样的方法，把裤腿折叠成圆圈形，母亲的手指从中穿过去后抓住新生儿的足腕，将脚轻轻地拉过去，并把裤子拉直。最后把裤腰提上去包住上衣，并把衣服整理平整。母亲在整个穿着过程中要时刻注意观察新生儿的表现，这样可以及时发现新生儿身体是否有异常症状。

如何为新生儿脱衣服

给新生儿脱衣服时，要先脱裤子，再脱上衣。在脱裤子时要让宝宝仰卧在床上，一只手轻抬宝宝的臀部，另一只手将裤腰脱至膝盖处；然后用一只手抓住裤口，另一只手轻握宝宝的膝盖，将腿顺势拉出来，另一条腿可采用相同的做法。在脱上衣时，可把它从腰部上卷到胸前，再握着婴儿的肘部，把袖口卷成圈形，然后轻轻地把手臂从中拉出来。最后，把领口张开，再小心地从头上取下，以免擦伤宝宝的小脸。如果宝宝穿的是连衣裤，要先把扣子解开，把袖卷成圈形，然后轻轻地把手臂从中拉出，然后按脱裤子的方法将其脱下。

预防新生儿臀红

臀红在医学上称为尿布疹，是新生儿常见的皮肤病。由于新生儿的皮肤柔软娇嫩，角质层没有发育完全，所以抵抗外界刺激的能力非常弱，如果不及时为新生儿更换尿布、擦洗臀部或者尿布不清洁等都会刺激新生儿臀部的皮肤，造成皮肤发红、出现皮疹，甚至会引起皮肤脱落或糜烂。预防新生儿臀红的最好方法是要勤换尿布以保持新生儿臀部皮肤的清洁干燥。新生儿的尿布应选用柔软、细腻和吸水性强的棉布或棉织品，尿布每次用后一定要清洗干净，特别要注意不要残留洗涤剂或消毒液，并且要在通风处经阳光暴晒晾干。新生儿每次大小便后，都要用温开水为其清洗臀部、用无菌小方巾擦干，并可用棉棒蘸些消毒植物油涂在新生儿的臀部及会阴部，以免皮肤受到尿液和污物的污染。

给新生儿使用"纸尿裤"时应注意什么

现在，许多年轻父母为了方便、省时、省心，长期给新生儿用纸尿裤，但需要注意的是长期使用纸尿裤是存在一定隐患的，对宝宝的生长发育不利。其实，不少纸尿裤并不是完全是纸质的，其内部含有具有吸附作用的海绵和纤维层，长期使用会对婴儿的肌肤造成伤害。甚至有报道称长期使用纸尿裤可能会引起不育症。因此，在为新生儿选用纸尿裤时，一定要选用优质的纸尿裤，而且使用时一定不要包得太紧和长时间使用。

为新生儿垫尿布

为新生儿垫尿布时，大多数情况下宝宝都在哭闹，此时母亲一定要沉着冷静，不要毛手毛脚，动作要轻柔、快捷。首先母亲要洗手，把尿布的右下角对左上角折叠成三角形，三角形底边在上，左手将宝宝的双脚轻轻提起，右手将尿布平塞入宝宝臀下，三角尿布的底边放在其腰间；再把尿布下角经双腿间折叠到宝宝腹部，然后轻按着这一角，再将一侧的尿布角折起，盖在腹部中间的尿布角上，再把另一侧的尿布角也以同样方式折起。最后将尿布固定，很自然形成一个"三角形"内裤，然后将衣服拉平、包好。注意，固定尿布时不可使用别针，可事先在尿布角上缀上布条以供固定使用。同时，新生儿期尿布不应盖住脐部，以免造成脐部感染。

何时为新生儿换尿布

科学的做法是新生儿每次大小便后均需为其更换尿布，并且每晚临睡前、清晨醒来后以及每次洗澡后都要为其换尿布，不论尿布是否尿湿或粘污。这样做的原因在于新生儿的皮肤非常娇嫩，若经常受潮不仅容易出现"臀红"，而且可能继发皮肤感染，甚至导致败血症、肾炎等严重疾病。另外，为新生儿更换尿布还可增加母亲接触宝宝的机会，这种接触对宝宝来说是一个良好的刺激，能使宝宝产生一种安全感。通过经常地接触，可使新生儿与母亲的交流明显增加，不仅是皮肤的接触，还包括声音、目光的交流，这将对新生儿感知觉的发育起到明显的促进作用。

新生儿每天的睡眠时间

由于新生儿脑组织尚未发育完全，所以其神经系统的兴奋持续时间较短，容易疲劳入睡。只有睡眠充足，才能够保证新生儿各个组织器官正常发育。新生儿每天平均睡眠时间为20个小时左右，即除了吃奶之外几乎全部时间都用于睡眠；2个月的婴儿每天的睡眠时间约17～18个小时；4个月的婴儿每天的睡眠时间约15～16个小时；9个月的婴儿睡眠约为14～15个小时左右；1周岁时每天的睡眠时间大约为13～14个小时。虽然新生儿的睡眠时间有一定的个体差异，但如果新生儿的睡眠时间过长或者过短，都要引起家长的注意，同时还应注意观察新生儿其他方面的状况，如是否哭闹明显，睡眠时呼吸是否均匀，清醒时精神状态是否良好等，如发现异常要及时向医生咨询或就诊。

母亲与新生儿同睡合理吗

有些母亲为了夜间喂养方便或是出于对小宝宝的疼爱，总是愿意和宝宝睡在一张床上。但是，这种做法有许多不合理和不科学的方面。首先，母亲与新生儿同睡一张床时，母亲会习惯性地紧靠在宝宝身边，这样就会限制宝宝睡眠时的空间，影响宝宝正常的生长发育；其次，由于母亲和宝宝的距离很近，母亲呼出的气体就会被宝宝吸入，这样会严重影响宝宝的健康；再次，母亲和宝宝同睡，容易使宝宝养成醒来就吃奶的坏习惯，从而妨碍了宝宝的食欲和消化功能。更为严重的是，母亲的奶头有可能堵塞宝宝的鼻孔，造成宝宝窒息而发生意外。而且，母亲和新生儿同睡，还会使宝宝产生对母亲严重的依赖心理，不利于培养其独立精神。因此，如果条件允许，最好为新生儿准备一张独立的小床。

为新生儿准备一张安全舒适的小床

我们提倡母婴同室，同时也提倡为新生儿准备一张单独的小床，这对新生儿的身心发育、形成良好的睡眠习惯以及培养独立精神都很重要。为新生儿准备小床时，首先要考虑安全，一定要选用有床围的小床，同时要选用制成时间较长、棱角光滑的木床，一定要仔细观察有无毛刺、尖角、突出的螺丝以及钉头等异物，以免碰或刺伤新生儿。其次，最好不选用新制作的婴儿床，以防含有刺激性及有害气味。再次，床垫厚薄要适度，最好选用新棉絮制作的床垫，也可以用稍厚一点的软绵席，但不宜过厚或过软，否则不利于新生儿身体的生长发育。最后，可以在床头悬挂一些有声音、会旋转、色彩鲜艳的玩具，以有利于新生儿视听感觉的发育。

新生儿是"高枕无忧"吗

宝宝出生前，许多家长都会提前为其准备个枕头，以为这样会使宝宝睡得舒服，那么这样做到底是否合理呢？其实这样做是不科学的。

新生儿应选择怎样的睡眠姿势

由于新生儿自己不会翻身，头部骨骼较软，可塑性很强，若长期采用一种姿势睡觉，不仅会造成头部畸形影响美观，而且还会限制大脑的发育。因此，必须经常为新生儿调整睡眠姿势，以使新生儿的头形长得匀称美观。宝宝仰卧睡眠最为安全，可防止新生儿猝死，但长期仰卧睡眠不仅容易造成颅骨扁平，而且容易发生呛奶，引发呼吸道窒息或中耳炎，同时，颅脑长期受压还有可能影响新生儿大脑的发育；侧卧睡眠时，新生儿的前额和枕骨不会受到挤压，成年后会显得前庭饱满，而且可以减少呕吐或吐奶对新生儿造成的危害，但长期侧睡也会使宝宝脸型过长，而且长期侧向一边容易造成脸部不对称。侧卧时要把耳廓放在后面，不要把小儿耳廓压向前方。俯卧睡眠时新生儿睡得较稳，不易将吐出的奶汁吸入气管，而且脸型也较好看，但是容易堵塞鼻孔，造成猝死。适宜的做法是经常为新生儿调整睡眠姿势，特别要注意的是，新生儿俯卧时必须有专人看护。

正常情况下，新生儿睡觉时是不需要枕头的。由于新生儿的脊柱是平直的，所以，平躺时背和后脑在同一平面上，仰卧时并不会造成肌肉的紧绷；而且新生儿的头部较大，几乎和肩部处于同一宽度，侧卧也很自然舒适。相反，如果头部被垫高了，反而容易形成头颈部弯曲，影响新生儿的呼吸和骨骼生长，甚至可能发生意外。因此，新生儿期最好不要为其垫枕头，等宝宝长到3～4个月时再考虑给其垫枕头。

为新生儿创造一个良好的生活环境

新生儿刚从恒温、安全、无忧无虑的母亲体内来到新的世界，对环境的巨大变化短期内还无法适应，因此新生儿期要尽量为宝宝创造一个良好的生活环境。室内温度应保持在25～28℃，盛夏要适当降温，而冬天则需要保暖；湿度宜控制在50%～60%，即不能过于干燥，也不能过于潮湿；卧室空气要清新，多通风，1天至少要早、晚通风两次，但不能有过堂风，冬季通风时要注意保暖以防感冒，同时严禁在新生儿房间内抽烟；室内光线不能太亮，避免强光直接照射新生儿的眼睛，同时光线也不能过暗，要让新生儿逐渐适应自然光线；室内要保持安静，声音过大既会影响新生儿睡眠，又容易使新生儿受到惊吓；尽量室内还要保持清洁，尽量避免病菌存活，影响新生儿健康。

宝宝喜欢被稳当地抱起，这会给孩子一种安全感。如果移动孩子，一定要尽量轻柔、稳当。

新生儿要注意保暖

　　新生儿的体温调节系统发育不完善，皮下脂肪薄，体表面积相对大，容易散热，而且温度过低会导致新生儿硬肿症，甚至会发生多脏器功能损害等严重后果，因此，必须要注意新生儿保暖。为新生儿恰当保暖应注意以下几个方面：①调节好室温。足月儿室温最好控制在20～25℃之间，湿度控制在50％～60％，早产儿室温应控制在25～28℃，湿度在55％～65％左右；②根据室温的变化增减衣服和被服。正常情况下，新生儿需要比成人多穿一些衣服，夜晚时可以给新生儿加盖1条毛巾被或薄被；③防止保暖过度。室温过高，衣服和被服过多，包裹新生儿过紧，会造成新生儿出汗过多，导致脱水，甚至会引发高热或抽风。

为新生儿"按摩"的好处

　　大多数父母、长辈都会亲切、自然地抚摸新生儿的面颊、后背、小手或脚丫，其实，这是一种最简单、最直接的按摩方式。为婴儿按摩不仅有利于增进父母与新生儿的接触和交流沟通，还有利于宝宝的健康成长和智力发育。按摩具有加快新生儿的新陈代谢、降低肌肉紧张度、提高免疫力、促进对食物的消化、吸收，加快体重的增长等功效。同时，按摩还能帮助宝宝减少烦躁情绪，形成良好的睡眠习惯。在西方有一种名叫"抚触"的系统的婴儿按摩方法，在美国现已成为照顾婴儿一项必不可少的程序。根据中华儿科学会组织的全国10家医院开展婴儿抚触对儿童智力发育影响的调查，结果证实，做抚触的儿童比不做抚触的儿童的智力发育指数高出7.4分。婴儿按摩需要在科学的方法指导下进行，有条件的父母可以进行专门化培训，如果不具备条件可以有意识的多抚摩自己的小宝贝。

为宝宝做按摩时要注意什么

　　给宝宝做按摩时需要注意以下事项：①给宝宝做按摩的时机应选择在哺乳1～1.5小时以后，或者在洗澡后进行，宝宝刚吃过奶和空腹时都不宜进行按摩；②按摩时母亲的手指最好可直接接触到宝宝的皮肤，同时还要做好保暖，以免使宝宝着凉而得不偿失；③按摩要循序渐进，刚开始可以只按摩身体的某些部位，等宝宝习惯后再增加按摩量和按摩时间；④宝宝生病时不要进行按摩，当宝宝哭闹时应及时停止按摩；⑤在按摩时可以加上一些轻松的背景音乐，这样既有利于宝宝放松心情，又有利于宝宝的智力发育。另外，母亲在按摩时还可以用眼神和语言与宝宝进行亲密地交流，以增进母子感情。

冬季护理新生儿注意什么

新生儿的体温调节功能差，非常怕冷。如果宝宝持续处于寒冷环境，体温会明显降低，出现食欲不振、拒乳，甚至会出现硬肿症。因此，冬季新生儿的护理主要是做好新生儿的保暖工作。如果家中有可调式取暖设备，最好室内温度保持在20~25℃，相对湿度在50%~60%；如果家中没有加湿设备，可以将湿毛巾放在暖器上进行加湿。如果采取烧煤或木炭取暖时，一定要注意防止煤气中毒。宝宝睡眠时需加盖棉被，可以将热水袋放在宝宝脚头取暖，但事先需用棉套包好，放在离宝宝至少10厘米远处，以防烫伤宝宝。

夏季新生儿护理注意什么

炎热的夏季无论对新生儿，还是对母亲来说都是一种考验。新生儿对环境温度的适应能力差，如果环境温度过高，宝宝的体温也会升高，而导致呼吸困难、发热、脱水以及惊厥等症状。因此，夏季一定要采取通风、降温措施。人工喂养的宝宝要多加喂温开水。如果家中有空调设备，室温最好保持在20~25℃左右，相对湿度为50%~60%；如果家中没有空调，可以采用电风扇降温，但应注意，电风扇不能直接对着宝宝吹，并可在地面洒水降温保湿。另外，还要经常给宝宝擦洗清洁，每天至少给宝宝洗两次澡。

夏季如何预防新生儿生痱子

夏天出生的新生儿由于天气炎热，非常容易出汗，新生儿皮肤又非常娇嫩，很容易生痱子，痱子可形成小脓

为新生儿拍照时可以用闪光灯吗

宝宝出生后，父母或家人都想拍些照片作为纪念。由于室内光线较弱，有人便借助于电子闪光灯为宝宝拍照，其实，这种做法是不可取的，对新生儿的危害极大。因为新生儿对光的刺激非常敏感，而且新生儿的视觉系统还没有发育完全，对于较强光线的刺激还不能进行保护性的调节，所以，当新生儿遇到强光直射时，如电子闪光灯的灯光等，可能会发生眼底视网膜和角膜灼伤，甚至有导致失明的危险。因此，为新生儿拍照时不应使用闪光灯，最好利用自然光源进行拍照。另外，还应注意不要让其他强光如非常亮的手电筒等直接照射宝宝的面部。

疱，如果护理不当甚至会引发败血症而危及宝宝生命。所以，要十分注意预防痱子的发生。预防宝宝生痱子需做好以下护理工作：①夏天应尽量避免新生儿大哭，以防出汗，并要采取必要的降温措施；②勤用温水给宝宝洗澡，每天最好为宝宝洗澡和擦洗身体两次以上。同时，一定要待皮肤擦干或晾干以后再穿衣物，要始终保持皮肤干燥；③如宝宝头部生痱子，可将头发剪短，以减少出汗；④如果痱子已经形成小脓疱，则须及时请医生诊治，切不可用手随意挤压，以免扩散而引起全身感染或引发败血症；⑤如果同时伴有高热、拒奶、精神萎靡、不哭等异常情况，则可能已经发生败血症，这时必须立即予以相应的检查及治疗，以防发生不良后果。

> 新生儿的房间不必绝对安静，恰当的声音刺激不仅对宝宝没有害处，而且有利于宝宝听力及智力的发育。

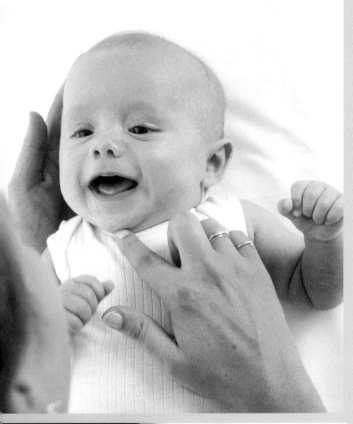

第6章
婴儿护理

出生后到满1周岁之前为婴儿期。此期小儿以乳汁为主要食品，又称乳儿期。这个时期是小儿出生后生长发育最迅速的时期，因此对热能和营养素尤其是蛋白质的需要量相对较大，但此期小儿消化吸收功能尚不完善，易发生消化紊乱和营养不良，提倡母乳喂养和合理的营养指导十分重要。另外，这一时期的小儿身体抵抗力不强，易患感染性疾病，需要有计划地接受预防接种，完成基础免疫程序，并应重视卫生习惯的培养和注意消毒隔离。

婴儿的日常护理

小生命顺利满月了！进入了婴儿期阶段。从现在开始，爸爸妈妈应继续学习一些必需的护理知识，做好婴儿的日常护理，确保宝宝健康成长，顺利度过人生第一年。

婴儿期的特点

婴儿期分广义和狭义两种，广义的婴儿期是指从出生后到满1周岁之前（包括新生儿期）时期，狭义的婴儿期是指从新生儿期（自出生后脐带结扎时起至生后28天内）结束开始，到满1周岁之前时期。婴儿期（含新生儿期）是宝宝出生后生长发育最迅速的时期，需要摄入大量的营养和热量，尤其对蛋白质的需求特别高，但宝宝在这一时期的消化吸收功能还不完善，因而极容易发生消化和营养功能紊乱，所以，此时母乳喂养与合理营养相结合尤其重要。同时婴儿期的宝宝免疫能力比较弱，也需要有计划地进行预防接种。

1～2个月婴儿的护理要点

1～2个月婴儿护理要点有：①此时婴儿的体质和新生儿相比已经大大增强，可以进行日光浴和空气浴了，但是一定要循序渐进，不可操之过急。②在穿衣方面，婴儿的活动空间和新生儿相比有较大的增加，因此可以改穿较宽松的衣服，换穿上、下衣分开的内衣，如果环境温度达到20℃左右，晚上睡觉时可以穿短袖上衣、短裤，以便给宝宝提供更大的活动空间。③在卫生方面，不要用剃刀给宝宝理发，如果头发长时，可以用剪刀剪短点。

婴儿头发稀黄正常吗

有些父母看到宝宝的头发又稀又黄，既担心宝宝在胎儿期没有发育好，又担心日后长大了头发会不好。其实，家长不必为此担忧，这种现象是非常普遍的，有些人把它叫做"童秃"，它与怀孕时妈妈的营养好坏、疾病情况、妊娠反应及情绪都没有关系。胎儿在母亲子宫内发育到5～6个月时，全身长满了浓密的胎毛，以后会逐渐脱落，要是胎毛脱落过多，出生时头发就会非常稀疏，因而出现"童秃"现象。宝宝头发稀疏是生长发育过程中一种正常的暂时现象。宝宝1岁左右时，正常的头发就会逐渐长出来，5～6岁时头发就会变得又黑又亮了。

防止宝宝睡偏头

宝宝1～2个月大时，有的宝宝在睡觉时已经不像新生儿那样可以"任人摆布"了，而喜欢侧着身专朝一个方向睡，这样就容易使头睡偏。宝宝的这种睡觉习惯可能与他在胎中的姿势有关。由于他已经习惯了在胎中朝着一个方向的姿势，因此出生后也就习惯于朝着一个方向睡。为了防止宝宝睡偏头，要尽可能哄着他，使他也能够适应朝着相反的方向睡，如可以使相反的一侧光线亮一些，或者放一些小玩具，这样时间长了宝宝就会习惯于朝着任何一个方向睡觉了，也不用担心他睡偏了头。

何时可以背宝宝

宝宝的父亲大都喜欢背一下宝宝，但在2个月左右时，宝宝的身体还比较软，头也抬不起，如果将宝宝背在身后，他的脑袋会摇摇晃晃，很容易受伤，此时背宝宝还为时尚早。人们常常会以为孩子能够抬头后，就可以背在身后了。其实，宝宝的头完全能够抬起来并长时间支持住，还需要等到4～5个月大，为了安全，想背宝宝一定要等4～5个月后。

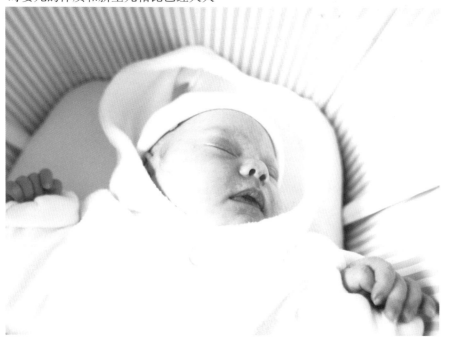

保护婴儿的听力

听力是人体感知外部环境的重要途径，对婴幼儿尤其重要。保护宝宝的听力需要注意以下事项：①洗澡、洗头时，不要让水进入耳内，以免引起炎症影响听力；②婴儿听觉器官还没有发育完善，应避免噪声污染，以免造成噪声性耳聋；③防止婴儿将细小物品塞入耳内，伤害外耳道粘膜以及鼓膜，引发感染；④麻疹、流行性脑脊髓膜炎、流行性乙型脑炎等传染性疾病都可能损伤宝宝的听觉器官，因此要按时进行预防接种。如果宝宝患上呼吸道感染，应注意保持口腔、鼻腔和咽部的清洁。婴儿患急、慢性中耳炎时，要及时彻底地治疗。⑤婴儿患病时尽可能不要使用链霉素、庆大霉素、卡那霉素等可能引发听神经损害的药物，以免导致耳聋。

婴儿的睡眠规律

宝宝在新生儿期睡眠时间很长，每天在20小时左右。随着宝宝的长大，总的睡眠时间会越来越少，白天活动和玩耍的时间会越来越长，夜间吃奶的次数逐渐减少，连续睡眠的时间逐渐延长。

带宝宝去晒太阳

婴儿正处于生长发育期，经常晒太阳即进行日光浴，对宝宝的健康成长非常有益。阳光中紫外线的直接照射能促使皮肤中维生素D的产生，促进钙、磷吸收，预防佝偻病；可以刺激骨髓制造红血球，预防贫血；可杀灭皮肤上的细菌，增强皮肤的抵抗力。但是，婴儿晒太阳也不可以过度。过强的紫外线照射对人体非常有害，可引起急性角膜炎、结膜炎、慢性白内障等眼病，并且会灼伤皮肤。晒太阳时间一般应在生后3～4周开始进行。开始时间要短，并且只晒身体的一部分，不要直接照射头及面部，可将其置于阴凉处或戴上帽子，之后再逐渐增加照晒时间和范围。夏天晒太阳宜在上午10时前及下午4时后进行，其

什么是空气浴

婴儿从2～3个月起就可以进行空气浴了。所谓空气浴，就是让婴儿柔嫩的皮肤与干净、新鲜的空气直接接触，让全身大部分皮肤沐浴在空气中，利用气温和人体之间的温差，通过空气的对流和辐射来刺激婴儿的身体，并激发其反应能力。经过空气浴的锻炼，婴儿的体温调节功能和环境适应能力会日益完善，对预防鼻炎、气管炎、支气管哮喘等都有一定的作用。另外，新鲜空气中氧气丰富、负离子浓度高，能改善婴儿的血液循环，加快新陈代谢，增强机体的抗病能力。

如何进行空气浴

空气浴锻炼要遵循"循序渐进"的原则，先室内后室外，开始时间应较短，然后逐渐延长。如果在室内进行空气浴，要先把窗户和门打开，让外面的新鲜空气自由流通，但要根据室外的天气确定打开的大小。然后，再把婴儿的衣服敞开，取走尿布，让皮肤暴露在空气中，并经常改变身体的位置，使各部位都能够接触到空气。冬季做空气浴时，室内温度最好保持在18～22℃之间，以免婴儿受冻生病。如果外面天气太冷，可以给孩子盖上毛毯，但不要穿得过多，以不出汗为宜。如果天气暖和，户外温度在20℃以上时，就可以在户外进行空气浴了。一般每天做1～2次，每次3～5分钟。到4～5个月时可延长到5～6分钟；在夏季可逐渐加到2～3小时。

婴儿睡眠规律参见表

月龄	总睡眠时间	白天睡眠次数	白天每次睡眠时间	夜间连续睡眠时间
1	18～20小时	4～5次	2小时左右	3～4小时
2	17～18小时	3～4次	1～2小时	4～5小时
3	16～18小时	3次	2～2.5小时	5～6小时
4	16～17小时	3次	2～2.5小时	夜间可以不喂奶
5	15～16小时	2～3次	2～2.5小时	夜间不必喂奶
6	15～16小时	2～3次	1～2小时	夜间不必喂奶

他季节可选在中午前后，每日1～2小时左右。另外，由于玻璃可阻断紫外线的通过，因此隔着玻璃晒太阳是起不到作用的。

3~4个月婴儿的护理要点

3~4个月婴儿的护理要点有：①婴儿满3个月后，四肢的活动就更加频繁了，因此要给宝宝穿上、下身分开的衣服。3~4个月的婴儿最容易出汗，因此盖被子不应过厚，只要和大人一样就可以，这样就可以减少宝宝睡觉时出汗。②可以带着婴儿到户外散步，进行日光浴、空气浴。在户外的时间可以适当延长，每天在户外的时间至少在1小时左右。如果宝宝体重较重，可以用婴儿车推着在户外活动。③3~4个月的宝宝很喜欢用手拿或用嘴咬玩具，因此在选购玩具时要小心。④宝宝在4~6个月时开始萌出牙齿，口水增多，因此要注意口腔的清洁卫生。⑤培养宝宝良好的排便习惯。另外，此时婴儿眼睛的分泌物可能较多，需要小心清洁护理。

3个月的宝宝眼屎多

宝宝3个月左右时，眼睛的分泌物（俗称"眼屎"）很多，产生这种现象可能有两种原因：一种是生理性原因，因为此时宝宝的鼻泪管发育不全，眼泪无法顺利排出，从而引起眼屎积累。另外，许多孩子还会是倒睫毛，眼睛受到睫毛反复刺激时，会使眼屎分泌增加。由于生理性原因引起的眼屎多呈白色黏液状。另一种是由于感染引起的，主要是细菌性结膜炎。这种结膜炎引起的眼屎，多半呈黄色黏稠状。细菌性结膜炎容易发生交互感染，所以父母接触宝宝时，一定要洗净双手。

为宝宝清洁眼屎

眼睛不仅是宝宝感知世界的窗口，而且还是一个构造复杂、精密而且娇嫩的重要器官。因此对眼睛的护理一定要小心谨慎。宝宝眼屎较多时，母亲要先将自己的手清洗干净，然后用卫生棉签蘸上一点清水，由内眼角处向外轻轻擦拭。需要注意的是在擦拭完一只眼睛后，擦拭另一只眼睛之前，一定要换用新的棉签，以免双眼交互感染。当宝宝患有严重结膜炎时，想要彻底改善眼屎，则必须用生理盐水及棉签擦拭。另外，如果眼屎太多而无法擦净或眼睛有异状时，要及时请医生诊治。

婴儿可以看电视吗

有些家长怕影响宝宝发育而不让他看电视，其实这种观点并不完全正确。对于0~3个月的宝宝，由于其视觉系统还比较稚嫩，因此有必要避免宝宝看电视。但4~6个月时婴儿视觉和感知系统已经有了一定的发展，具备了一定的感知力和专注力。如果看电视方法正确，看电视对婴儿智力的发展是有一定好处的。4个月时，婴儿对彩色图像、运动的物体、有节奏的声音非常敏感，而电视正好可以满足宝宝的这些需要，因此有时家长会发现，宝宝哭闹时一旦打开电视他就会停止哭闹。通过电视给予宝宝适当的视、听觉刺激，可以促进其智力的发展。但需要注意，通常电视与眼睛的距离应在2米以外，不要太近；看电视的时间最好选择在白天，因为白天有自然光做陪衬，可以起到保护视力的作用；电视的亮度、色彩、声音要适中，避免对宝宝过度强烈的刺激；一般来说，4~8个月的宝宝连续看电视的时间不要超过2分钟，8~12个月不要超过5分钟。

为宝宝选择婴儿车

在3~4个月时，可以为宝宝配备一个婴儿车，以便于外出活动和晒太阳。为宝宝选择婴儿车时，需要考虑以下因素：①安全性。在给宝宝选择婴儿车时，安全性应放在第1位。在众多安全因素中，收折结构是最重要的一环，而且要有安全保护装置，当正常的收折装置失灵时，它可以起到保护作用。其次要注意刹车和减速装置。因为当婴儿车在静止状态时，看护者不一定能够保证时刻都留在婴儿车旁，因此需要有煞车装置以保证车子能够停稳。另外，还要配有安全带和前护栏设计，以避免宝宝因乱动而跌落在车外。②舒适性。座垫是宝宝最贴身的地方，一般来说，座卧两用车的座垫要较宽敞和厚实，座垫载重后下压的幅度不可太深，否则宝宝会坐得不舒服。另外，为了保护宝宝头部，可以选择有柔软护头靠垫的车子。③便利性。这方面的配置主要有遮阳篷、置物篮、防震装置、餐盘、雨罩等。父母可根据自身的经济条件和使用需要来考虑是否有必要购置。

为什么婴儿爱吮吸手指或脚趾

　　爱吸吮手指或脚趾是大多数婴儿生长发育过程中常见的生理现象。原因在于婴儿天生具有一种自发的好奇心理，喜欢了解外部世界、感受新鲜的东西。婴儿期，宝宝的触觉系统发育比较成熟，特别是嘴唇、舌头、手指、脚趾等部位的触觉最为灵敏，而且婴儿手、脚运动机能发育较早、协调控制能力相对比较强，再加上此时他能够感受的东西又非常少，所以婴儿就只能通过吮吸手指或脚趾来满足自己的感受需要了。随着婴儿的成长，逐渐接触到更加广阔的外部世界，他的注意力就会转移到别的事物上，吮吸手指（或脚趾）的现象自然就会减少。因此，父母没有必要盲目地干涉宝宝这种吮吸行为，只要注意保持宝宝手指或脚趾的清洁卫生而避免引发疾病就可以了。

流口水的宝宝

　　俗话说"十个宝宝十个流"，流口水是正常的生理现象。口水是人体口腔内唾液腺分泌的一种液体，含有丰富的消化酶，是促进食物消化的重要物质。3个月以下婴儿的中枢神经系统还没有发育成熟，唾液腺不发达，分泌的唾液较少，而且此时宝宝的主要食物是奶汁，对唾液腺的刺激不大，因而很少流口水。宝宝3～4个月时，其中枢神经系统和唾液腺的发育趋于成熟，同时添加的辅食中含有淀粉等营养成分，唾液腺受到刺激后，唾液分泌也会明显增多。而且4～6个月时，宝宝一般已经开始长乳牙，牙龈组织会轻度肿胀，从而刺激牙龈神经，也会导致唾液分泌增加。但此时宝宝的吞咽功能还不完善，分泌的唾液来不及咽下就会流向嘴外，形成口水。因此，婴儿流口水是一种正常现象，只要做好清洁护理就可以了。但如果口水增多是由于口腔炎、口腔溃疡等疾病引起的，要及时到医院就诊。

婴儿口水较多时如何护理

　　虽然婴儿流口水是一种生理现象，但由于唾液是酸性物质，而且里面含有消化酶，所以当口水流到皮肤上时，容易腐蚀皮肤最外面的角质层，导致皮肤发炎，引发湿疹等皮肤病。因此对经常流口水的宝宝，应当随时为他们清洁嘴边的口水。清洁口水时，可以用干净柔软的棉毛巾或餐巾纸擦拭，但要注意不可用力，只要轻轻地将口水擦干即可。同时，还需要经常用温水清洗下巴和颈部的皮肤。为保持皮肤、衣服的清洁和干燥，对于流口水特别多的宝宝可以用围嘴儿。需要注意的是，围嘴儿的作用主要是防止口水弄脏衣服，而不应把它当作手帕用来擦口水、眼泪、鼻涕等。此外，围嘴儿和毛巾要经常洗烫和保持干燥，以防带上病菌而引发感染和疾病。

俗话说："如要孩儿安，常带三分寒。"这很有道理。现在有些父母怕孩子受冷，给孩子穿过厚过多的衣服，孩子穿多了就不便活动，只好呆坐着不动，身体反而感到寒冷。而喜欢活动的孩子穿多了，一动就出汗，更容易感冒，影响身体健康。

5～6个月婴儿的护理要点

5～6个月婴儿的护理要点有：① 5～6个月婴儿的运动更为活跃，非常容易出汗，因此需要经常更换内、外衣。如果环境温度达到25℃左右，婴儿白天只要穿短衣、短裤就可以了，晚上睡觉时只要盖薄毯就行。②婴儿在6个月左右开始出牙，出牙时宝宝可能会有哭闹、口水大增、喜欢咬手指和硬的东西、睡眠不好、食欲减退等现象，此时家长需要耐心地照顾好小宝宝。③6个月左右，婴儿从母体内获得的免疫物质已经基本消失，因此非常容易生病，此时可以通过日光浴、按摩等方法增强宝宝自身的抵抗力，预防生病。

认生的宝宝

婴儿从6个月开始认生，8～12个月时认生现象尤为明显。认生是婴儿生长发育过程中一种常见的现象。婴儿在母亲和家人的精心照顾下，从7个月开始就会产生一种依恋情绪，只有在母亲或家人身旁才会觉得安全，遇到陌生人时，就会出现焦虑，甚至恐惧心理。婴儿认生的严重程度同先天素质有关。性格内向、胆子较小的婴儿，认生表现得较严重；而性格外向、乐于交往的婴儿，认生现象表现就较轻。对婴儿的认生表现，家长不应进行斥责，否则只能加重其紧张和恐惧的心理；而应鼓励宝宝与生人多接触，多参与户外社交活动，如与小朋友玩耍、做游戏等，以慢慢地消除宝宝的焦虑或恐惧。随着宝宝年龄的增长，其社会交往的能力会不断提高，认生现象就会逐渐减弱了。

宝宝会长多少颗牙

每个人的一生中有两副牙齿，第1副为乳牙，俗称"奶牙"，第2副为恒牙。宝宝的乳牙共有20颗，一般6个月左右开始萌出，最晚2.5岁时出齐。乳牙的出牙时间差异比较大，通常在2岁以内，乳牙的数目等于月龄数减4～6，例如12个月的婴儿约出牙6～8颗。6岁左右，宝宝开始长出第1颗恒牙，叫做第1磨牙。7～8岁时，乳牙开始按长出的顺序逐个脱落。18岁以后长出最后一颗恒牙，叫做智牙，但是有的人一辈子都长不出智牙，因此恒牙共有28～32颗。

要加倍保护宝宝的乳牙

乳牙虽然是临时牙齿，但是对宝宝的生长发育有着很大的影响。从第1颗乳牙萌出时到第2颗恒牙长出前

很多父母都有一个错误的观念，以为婴儿还未出牙，便不需要为宝宝清洁口腔，其实，为宝宝清洁口腔的最大意义，除了清洁之外，还在于培养他们清洁的习惯。假如宝宝一向没有清洁口腔的习惯，到出牙后才培养便会十分困难。为婴儿清洁口腔，父母可以洗手后用柔软纱布缠着食指，沾水后便可为婴儿清洁口腔，但切记要轻力抹拭，以免伤害宝宝的牙床和牙肉。

的这段时期，称为乳牙期，一般包括出生后6个月至6岁的婴幼儿期。乳牙期龋齿的发病率较高，危害比较大，不及时治疗会引起疼痛、不良的饮食习惯、语言发展障碍、牙齿弯曲、咬合不正，同时还会影响到以后恒牙的生长。乳牙萌出后不久就可以患龋齿，而且发展速度很快。由于乳牙龋齿症状不如恒牙明显，症状轻微时宝宝一般不会诉说，因此容易被家长忽视。往往在宝宝疼痛难忍，发展成牙髓病或根尖病，影响进食、睡眠时才会引起家长的注意，但这时已错过了保护和治疗的最佳时期。因此，对宝宝的乳牙，父母应在其一出生时就加倍呵护。

如何保护宝宝的乳牙

保护宝宝的乳牙要注意以下事项：①选择正确的喂养方式。如不要让宝宝含着奶头（包括奶嘴）入睡，因为这样会使牙齿长期浸泡在奶液中受到腐蚀而发生龋齿；②培养正确的睡眠方式。要经常变换宝宝的睡眠姿势，不要习惯性地总朝向一侧，否则会影响下颌骨的正常发育，进而影响牙齿的正常发育。③合理营养，不要偏食。注意补足蛋白质、钙及各种微量元素，做到均衡营养，以满足牙齿正常发育的需要。④做好清洁工作。在宝宝开始学会刷牙前，每次给宝宝喂完奶后和每天睡觉前，都要加喂一些白开水，以清除口内残留的奶液和饭渣。⑤宝宝3岁时，就应该学会刷牙。在宝宝出牙期间，可以喂食一些饼干、馒头片等硬度适中的固体食物，从而通过咀嚼有效地促进乳牙萌出，促进牙弓和颌骨的发育。⑥要定期（至少半年）到医院为宝宝检查牙齿。

定期给宝宝做牙齿检查

给宝宝定期做牙齿检查可以及早发现宝宝的牙齿疾病，并加以治疗，避免龋齿以及其他牙病的发生。父母切不可认为乳牙坏了不要紧，因为牙齿一旦被损坏，就再也不能复原了。牙菌斑是牢固黏附在牙齿表面的细菌性薄膜，是导致龋齿和牙周病的重要原因。宝宝如果出现小乳牙缺失，应及时做牙齿间隙保持术，不然会影响恒牙的发育和萌出。如果出现反颌、牙列拥挤、错位等情况，也应及早去口腔科治疗，尽快矫正过来。通过定期检查，可以帮助父母发现宝宝是否存在类似的牙病，并及时采取预防或治疗措施。一般来讲，0～2岁的宝宝应每隔2～3个月做1次检查；2～7岁应每隔半年做1次检查。

干布摩擦

5个月以后的婴儿就可以做干布摩擦了。干布摩擦是指宝宝做完日光浴、空气浴或洗完澡后，用清洁、柔软、细腻、干燥的毛巾按摩他的皮肤，以达到锻炼宝宝皮肤、增强抵抗力的效果。干布摩擦可以使宝宝皮肤的毛细血管扩张，加速血液循环，促进新陈代谢，加快体内废物的排泄，提高宝宝的免疫力。同时，干布摩擦时宝宝的皮肤会直接裸露在空气中，这样可以培养宝宝对环境变化的适应能力，增加其对感冒的抵抗力。

怎样给宝宝做干布摩擦

干布摩擦与按摩运动不同，它既可以照顾到全身所有的皮肤，又不需要寻找穴位等专业知识，非常简便易行。进行干布摩擦时，可以让宝宝躺在床上，脱去衣物，用事先准备好的清洁、柔软的干毛巾给宝宝做全身摩擦。在摩擦四肢时，可以从脚尖和手指向躯体方向揉擦；按摩背部时，可以由下往上揉擦；摩擦腹部时，可以按顺时针方向进行，但要注意不可用力，否则宝宝会不乐意。总之，要用干毛巾由身体末梢往中心部揉擦，到皮肤泛红为止。

干布摩擦时需注意些什么

在给婴儿做干布摩擦时需注意以下问题：①一般只有在宝宝长到5~6个月时，才能够进行干布摩擦。因为新生儿和小宝宝的皮肤还比较娇嫩，无法承受干布摩擦的强度。②做摩擦时，室温既不能太高，也不能太低，因为太高时宝宝容易出汗，太低时容易感冒，温度控制在20℃左右为宜。③使用的毛巾要清洁、柔软，否则会损害宝宝的皮肤，还可能引起感染。④做干布摩擦时，动作要迅捷，力度要适中，以防损害宝宝的皮肤。刚开始做干布摩擦时，时间最好不要超过2分钟，等宝宝逐渐习惯以后，可以延长到5分钟左右。⑤在做干布摩擦的同时还要放些轻柔的音乐，或对宝宝进行轻声的安慰，这样不仅有利于放松宝宝的情绪，而且有利于加强母子间的沟通。

为什么6个月以后的婴儿容易生病

婴儿6个月以内很少生病，可是到6个月以后却明显爱生病了。主要原因是：在胎儿期，母亲通过胎盘已经向宝宝体内输送了一些具有免疫力的免疫球

毛绒玩具中会潜藏很多细菌，要经常清洗宝宝喜爱的毛绒玩具。

婴儿为什么会夜哭

许多婴儿到6～7个月时就开始经常在夜间哭起来,特别是在冬季,这种现象会更多,正如老人常说"我家有个夜哭郎"。此时,父母首先要查明原因。宝宝的啼哭可分为生理性啼哭和病理性啼哭两种。如果是宝宝生病了,就要及时看病。除了生病以外,此时的啼哭大多是生理性啼哭,如饥饿、口渴、尿布潮湿、寒冷、炎热、噪声等。冬季时,宝宝白天活动比较少,夜里时间比较长,也是造成夜哭的一个因素。另外,此时的宝宝大都开始添加辅食,辅食添加不当时,也会使宝宝夜哭。

如何减少宝宝夜哭

对于生理性原因造成的夜哭,是由多种原因造成的,因此需要母亲进行耐心、周密的护理。主要的护理措施有:①白天时不要让孩子的睡眠次数过多、时间过长,孩子醒时要多带他到外面玩耍,晒太阳。②晚上要避免强烈刺激,以免宝宝过度兴奋而不能入睡或产生夜惊。③穿着、铺盖要适度,卧室环境要保持安静。④添加辅食要科学,晚上不要添加较硬的辅食,不要加喂过多的水。

临睡前给宝宝洗个澡或轻轻做按摩都有助于其晚上安然入睡,减少夜哭现象。

蛋白,而且母乳(特别是初乳中)含有大量的免疫物质,它们共同构筑起来的防线可以帮助6个月以内的宝宝度过一生中最脆弱的阶段。但是6个月之后,这些免疫物质已经被消耗得差不多了,而宝宝自身的免疫系统还没有发育成熟,因此宝宝就开始变得比以前脆弱,容易患各种传染病和呼吸道、消化道等方面的疾病,最为常见的是感冒、发烧和腹泻等。因此,预防传染病和各种感染性疾病是6个月以后宝宝护理的重要内容。

引起宝宝夜哭的病理性因素

引起婴儿夜哭的病理性因素主要有:①感冒。这是引起婴儿夜啼最常见的原因,感冒时会引起鼻腔阻塞,夜间睡觉时宝宝感到呼吸困难而出现啼哭。②佝偻病。由于维生素D缺乏而引发的佝偻病,一般在宝宝出生3个月左右开始发病,该病早期的表现有烦躁不安、睡眠不稳、易受惊吓、经常夜哭等。③肠痉挛。由于喂哺过量或淀粉类食物摄入过多,会导致肠胀气、肠痉挛和肠蠕动亢进,这时婴儿会在夜间睡眠中突然啼哭,并伴有翻滚、双腿蜷缩、面色苍白等症状,如果用手按摩腹部,啼哭会暂时停止,排便、排气后疼痛会缓解,啼哭随即停止。④蛲虫病。蛲虫寄生在婴儿肠内,夜间入睡后,常常爬出肛门,在肛门周围产卵,引起宝宝不适。因此婴儿常在夜间入睡后1～2小时开始哭闹不安,并且会用手抓搔肛门。当然,其他许多原因都可能引发宝宝出现夜哭,宝宝夜哭时如果声音尖利,并伴有发热、呕吐、大汗淋漓、拒乳等症状时,大都是由于生病引起,就需要到医院检查治疗了。

8到9个月以后的宝宝进行户外活动的时间可适当延长,但是要注意病从口入,确保宝宝不误食脏东西。

7~8 个月婴儿的护理要点

7~8 个月婴儿的护理要点有：①7~8 个月的宝宝四肢已经很有力量，已经会翻身，夜间睡觉时经常会由于出汗把被子踢开，人们常说"婴儿保持三分寒"，因此父母不要给宝宝盖得太多、太厚，但是要留意把被子盖严实，不要让宝宝着凉。②7~8 个月时，宝宝已经可以完全坐在婴儿车上出去散步和晒太阳了，多让宝宝看看外面的绿树、红花以及各种活动的东西，对宝宝的成长非常有益。③此时宝宝已经开始学爬行了，因此可以让宝宝在床上、地板上自由地爬行，但是一定要有大人看护，以防碰伤宝宝。

夏季如何防蚊咬

在夏季，一只小小的蚊子会给人们带来很大的烦恼。婴儿期宝宝的皮肤特别娇嫩，一旦被蚊子叮咬，宝宝就会哭闹不停、睡觉不安，甚至还会引起皮肤感染、传染上疟疾、乙型脑炎等疾病。所以防蚊是保证宝宝夏季健康的一大任务。现在市场上有许多灭蚊用品，如蚊帐、蚊香、驱蚊水、气雾剂等。在这众多的产品中，还是要首先选择蚊帐，因为它对宝宝来说是最安全的，而其他产品或多或少地都会对宝宝的健康造成威胁。气雾剂、蚊香包括电蚊香在内，喷洒或点燃后会有烟雾或刺激性气味，对宝宝的眼睛和呼吸道会产生刺激作用；驱蚊水或多或少也会刺激宝宝的皮肤。在使用蚊帐的同时，还要注意将蚊帐开口处封闭好，以防有漏网之"蚊"。

父母挑选塑料玩具时，如果塑料玩具说明书上没有写清楚所用的材料，那么最好不要买这样的玩具，因为它不安全。它的材料可能是有毒的聚氯乙烯。

宝宝被蚊子叮咬后怎么办

被蚊子叮咬后会非常痒，如果不进行处理，宝宝就会挠抓不止，使皮肤出现红肿，甚至会引发感染。因此父母平时一定要注意给宝宝勤洗澡、剪短指甲以减少因抓伤皮肤而引发感染的机会。宝宝被蚊子叮咬后，一定要避免其过分挠抓，可以在患处涂上止痒清凉油、复方炉甘石洗剂等进行止痒。花露水类的止痒液大多为酒精制剂，适合局部涂抹，如大面积涂用，宝宝可能会感觉不适，所以不要给宝宝全身或大面积涂洒。如果红肿症状比较严重或出现感染、过敏时，要及时带宝宝去医院检查。

宝宝爱往嘴里放东西怎么办

从第 7 个月开始，宝宝的各种动作已经开始具有较强的意识性和目的性，而且此时宝宝的双手已经能够自由活动，有的宝宝已经开始学习爬行，因此这个时期正是他探索事物的萌芽期。当他抓住东西时，除了好奇地看来看去、敲敲打打，还会总往嘴里放，通过吮吸、舔、咬等方式来尝试认识事物、感知世界。如果发现了这种现象，父母不应强行阻止，而应经常对玩具进行清洗消毒，以免由于不卫生引发消化道疾病。另外，此时父母还要时刻留意宝宝的玩耍行为，不要给宝宝准备尖锐、危险的玩具，如带油漆、零件易松动等的玩具，以免威胁宝宝的健康。

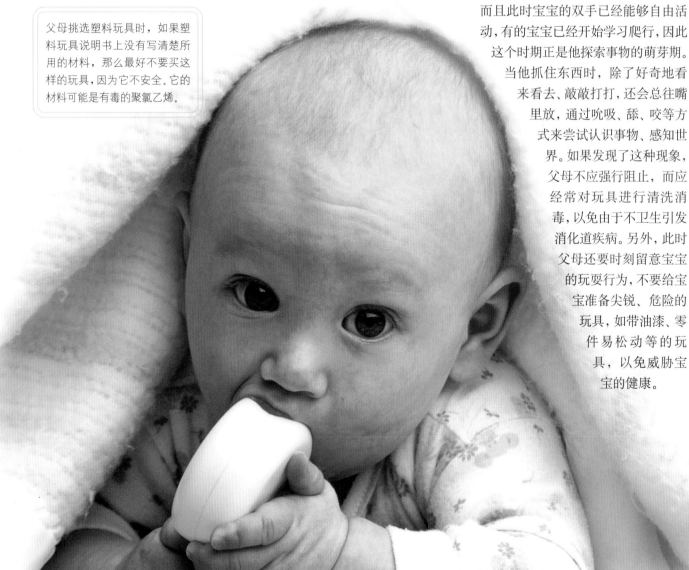

什么时候教宝宝自己进餐

10~12个月的宝宝背部和颈部的肌肉已经明显成熟，可以稳稳地坐在婴儿高背椅上，手和嘴的配合和协调性也逐渐增强，已经具备了自己进食的能力，父母可以开始教宝宝自己用简单的餐具进餐了。学习进餐是一个逐步熟练的过程，父母一定要有耐心，而且要给宝宝准备一套专用的、边缘光滑、不易破碎的餐具，并且要注意消毒。如果宝宝成功地完成进餐过程，不仅可以增强其自信心，而且还可以使其在进餐时加入到家庭的其他成员之中，进而促进宝宝的社交能力。

11~12个月婴儿的护理要点

11~12个月婴儿的护理要点有：①此时宝宝已经可以独自站立，并能够摇摇晃晃地走几步，喜欢到户外活动，因此要多带宝宝到户外，锻炼向前走、向后退的行走能力和平衡感。②宝宝此时正处于学说话的时候，要注意预防说话时口吃。③宝宝学会走以后，活动范围空前扩大，对一切事物都感到新鲜、好奇，都想亲自感受一下，因此家长必须要多加留意，防止发生意外事故。④此时还是宝宝开始形成自己个性的时期，家长不要迁就宝宝的不合理要求，要引导孩子的个性向着良好、健康的方向发展，对于孩子不合理的行为要明确表示禁止。

培养宝宝清洁卫生的习惯

培养清洁卫生的习惯对宝宝的健康非常有益。首先，婴儿期宝宝的皮肤很柔嫩，如果不注意卫生，很容易引起发炎和皮疹；其次，如果宝宝养成了清洁卫生的习惯，在懂事后就很容易形成勤洗手、不吃脏东西的好习惯；最后，培养宝宝形成爱清洁的习惯，可以使其从生活中的点滴小事做起，有助于他形成爱劳动和独立做事的好习惯。培养宝宝清洁卫生的习惯要从小事做起。首先，要保持宝宝全身和衣服的清洁，做到勤换尿布、勤洗手脸、勤换衣服，并定期给宝宝洗

很多宝宝都爱洗澡，当然大多是因为爱玩水，父母要注意不要让宝宝长时间呆在澡盆里，以防宝宝受凉感冒。

头、洗澡、剪指甲；其次，婴儿期清洁卫生习惯的培养要以训练和教育为主，此时宝宝还不懂事，经常有害怕和胆怯的情绪，此时一定不要强迫，而要多鼓励、反复教育；最后父母一定要以身作则，处处起示范作用。

婴儿成长及行为发展过程

第1个月	能看见影子以及轮廓，能把视线固定在某一物件上，能对声音有所反应。大部分时间是在睡眠。
第2个月	会转向吵闹的声音，也会用不同的哭声来表示饥饿、不舒服或兴奋。可能会开始去抓东西；而且，清醒的时间较长，同时，可能开始整晚睡觉。
第3个月	能微笑和喃喃自语。比较少哭，晚上也睡得比较好。俯卧时通常能把头抬起来。
第4个月	比以前更灵活、更好玩。也许会利用喂奶的时间游戏或试做一些事。视觉更敏锐，喜欢较明亮的色彩。
第5个月	体重是出生时的2倍，明显地比以前活跃。由于对背部及躯干的肌肉控制的进步使平衡性更佳，能够靠着东西坐较长时间，且开始能配合眼睛与手的动作去拿东西。
第6个月	能容易地坐起来并开始作一些要爬行的动作。也许开始能将几个单音模糊地串连起来。
第7个月	能够匍匐式爬行，能用双手拿东西，并能将它从一手交给另一手。通常他已能够开始自己进食。这时候也可能开始长牙，下门牙之一会萌出。也可能开始讲一些简单的字，例如"妈妈"或"爸爸"。
第8个月	能够手膝式活跃地到处爬行，所以，家长要小心不要把有危险的物品放在婴儿可以拿到的地方，以免婴儿拿到后放入嘴里。
第9个月	大部分婴儿都已经是爬行专家了。甚至能够用一只手抓着支持物自己站起来，亦能发出带有情绪的声音和开始了解简单的字与命令。
第10个月	开始学习自己站立，并扶着东西学习迈步走路。开始能将语言与姿势联系起来，并会常常重复一个单字和声音。
第11个月	能够从坐的姿势站起来并能向左转或向右转。能蹲下来拾东西，并且开始能控制手部动作把匙羹送到口中。呀呀学语中已有几个字能让人听得懂。
第12个月	通常已经开始学走路。有些婴儿甚至能将走路和其他动作连在一起，例如挥手或拿东西。他也许能爬出婴儿床或婴儿围栏。

（以上是婴儿成长过程中的一般表现。）

婴儿的营养护理

婴儿期营养护理的重中之重是让宝宝合理地获取营养。合理喂养是指保持营养素的平衡，满足婴儿机体生长发育的需要。营养的合理与否关系到孩子现在以至将来体格、智力、心理发育的具体程度。

1个月婴儿的喂养特点

1个月的宝宝已经脱离了新生儿期，对奶的需要量明显增加。一般情况下，宝宝全天的奶量在500~750毫升，每天需要喂奶6~7次，每次喂奶大约在80~125毫升。婴儿不可喂全牛奶，如妈妈因特殊原因不能母乳喂养，应选择婴儿配方奶粉。当然，因宝宝体格、消化吸收功能以及活动量的不同，需奶量也会有较大的差异。对于1个月的婴儿，每次哺乳大约需要10分钟左右，如果宝宝每次吃奶后总是吸吮着乳头不放，同时其体重增长较慢，就表示母亲的奶量已经不能满足宝宝的需要，应进行混合喂养。混合喂养时，应坚持"母乳为主，其他奶品为辅"的原则。

如何为1个月的婴儿加喂鱼肝油

鱼肝油是一种维生素类药物，主要含有维生素A和维生素D。由于母乳和牛乳中维生素D的含量较低，所以无论是母乳哺养还是人工喂养，一般情况下，正常新生儿从满月时起，早产儿从生后第15天起就应该补充鱼肝油，以促进钙磷的代谢吸收。鱼肝油滴剂有不同的剂型，所含维生素A、维生素D的剂量也不相同。以浓缩鱼肝油为例，每毫升鱼肝油中含维生素D5000国际单位，每毫升大约是20滴，这样每滴中大约含维生素D250国际单位，按宝宝每天服用的维生素D应该达到400国际单位计算，宝宝每天服用2滴浓缩鱼肝油即可满足需要。一般情况下，给宝宝补充鱼肝油应坚持到1~2岁。另外需要指出的是，由于过量服用鱼肝油会带来严重的危害，所以要在医生的指导下科学服用。

2个月婴儿的喂养特点

对于2个月的婴儿仍应继续坚持母乳喂养，可以适当延长喂奶间隔，一般每4个小时左右喂1次，每天需要喂奶5~6次，每次哺乳的时间应控制在10~15分钟，不要因为宝宝的活动能力增加而使其养成吃吃停停的坏习惯。如果母乳不足而采取混合喂养时，最好每天早上、中午、晚上睡觉前以及夜里都要让宝宝吃到母乳。对于选用婴儿配方奶粉进行人工喂养的婴儿，此时所需的奶量可能会比新生儿期有大幅度的增加，但每次的喂奶量应控制在200毫升以内；2个月的婴儿应继续加喂果汁和菜汁，每次20~30毫升，大约4~6匙，每天1~2次，同时浓度可以适当增加。同时，还应继续加喂鱼肝油，每天可给浓缩鱼肝油2滴，分早晚进行，每次1滴。

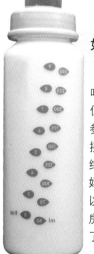

如何让宝宝习惯用奶瓶吃奶

对于有工作的母亲来说，在产假结束之前必须要让宝宝学会用奶瓶吃奶。因此在母亲上班前半个月左右就应该开始让宝宝练习用奶瓶吃奶。但对于纯母乳喂养的宝宝学会用奶瓶吃奶并不是一件容易的事情，可以参照以下方法进行：①可以先把母乳挤到奶瓶里，当宝宝要吃奶时就直接用奶瓶喂奶。宝宝当然会感觉到奶瓶和妈妈的乳房不一样，可能会拒绝吸吮，但一定要坚持。②喂奶时可以让妈妈暂时离开，由其他人代劳，妈妈不在身旁可能会使麻烦减少许多。③改变一下喂奶的姿势，例如可以采用将宝宝扶放在大腿上，面朝外的喂奶姿势，这样可以减少妈妈乳房对宝宝的刺激。④选择在宝宝饥饿时进行练习，这时宝宝也许就顾不了那么多了。

3 个月婴儿的喂养特点

　　纯母乳喂养的宝宝如果体重增长顺利,而母亲的乳房仍然有胀满感,说明母乳充足,应继续母乳喂养,不必追加其他食品。人工喂养的宝宝随着体重增长速度的减慢,吃奶量可能会出现稍微地下降,有时甚至出现短暂的厌奶现象,此时不应强行喂养,仍要本着"按时喂养"的原则,大约4个小时喂1次奶,中间可以加喂白开水,但一定不要让宝宝吃吃停停,这对宝宝的身体和习惯培养都不利。如果此时宝宝已经习惯了饮用果汁和菜汁,可以把量加大一些,每次40~50毫升,每天2~3次,同时还应继续给宝宝加喂鱼肝油。

4 个月婴儿的喂养特点

　　4个月的婴儿开始进入断奶期,需要添加辅食,这标志着宝宝的成长已经进入了一个新的阶段。在这一时期仍应尽可能以母乳喂养为主,但喂乳的时间可以减少至每天5次,上、下午各2次,晚上睡觉前1次,夜间可以不再喂乳。但在这一时期除了给宝宝喂奶以外,还应加喂半流质的辅助食物,为宝宝以后吃较硬的固体食物做好准备。除了继续给宝宝加喂果汁和菜汁以外,此时还可以添加辅食如水果泥、菜泥及肝泥等,以补充宝宝生长发育所需要的营养成分。另外,还应继续加喂鱼肝油,每次2滴,每天2次。

宝宝突然厌食牛奶怎么办

　　宝宝出现厌食牛奶时,母亲不应着急,可以试着更换奶粉的品种以改变宝宝的口味,看效果如何;还可以把牛奶调配得稀点儿,这样既可以为宝宝补充必要的营养,还可以补充足够的水分。如果仍不成功可以在晚上临睡前将奶嘴放入宝宝嘴中,趁他似睡非睡时进行喂养。只要宝宝表现正常,每天能够吃到100~200毫升牛奶就没有必要担心,可以给宝宝多喂一些白开水、果汁和菜汁。大约经过十几天的调整后,宝宝一般都会逐渐恢复对牛奶的喜爱。

职业妈妈如何保证母乳喂养

有工作的母亲产假可能只有 3～4 个月，但母乳是婴儿最佳的天然食品，应尽可能喂养到 6 个月，有可能的话还要延续到 1 年左右，那么应该怎么办呢？其实，哺乳的妈妈没有必要担心这一问题，因为只要方法得当同样可以将母乳喂养坚持到宝宝 1 岁，甚至到更长的时间。这个方法就是将母乳挤出，并用正确的方法加以储存。如果妈妈上班的地点离家比较近，可以在早上离开时、中午就餐时及晚上下班后分别给宝宝哺乳 1 次，同时晚上休息以及夜里还要进行哺乳，这样基本上就可以满足宝宝对母乳的需要了，其他时间可以用配方奶代替。如果妈妈的工作地点离家比较远就需要采用挤奶和储存母乳的方法了。

职业妈妈如何储存母乳

母乳的储存可以按以下方法进行：①洗净双手，将乳汁挤出，存放在事先准备好的消毒奶瓶。挤奶的时间可以根据自身条件自由确定，可以在前 1 天预先将奶挤出，也可以在上班前将乳汁挤出，还可以选择在上班间隙将奶挤出。但通常两次挤奶的时间间隔不要超过 3 个小时，以免造成回奶。②将挤出的乳汁存放在冰箱里。如果是 3～5 天内要用的母乳可以直接存放在保鲜室，需要长期保存时要放入冷冻室。冷冻室的温度在零下 18℃ 以下，乳汁可以存放 4 个月。但要注意乳汁一定要先冷却至常温后，再放入冰箱冷冻。妈妈不必担心上班时挤出的乳汁会变质，因为刚挤出来的乳汁可以在室温条件下保存 6～10 小时，但要注意乳汁不应挤得太满，并且要及时拧紧瓶塞。③需要时取出乳汁，经加温后喂给宝宝。冷冻过的乳汁要先在冷水里解冻，再逐渐在冷水中加入热水将乳汁温热，并轻轻地将乳汁摇匀后喂养宝宝。给乳汁加热时，千万不要直接放在火上或在微波炉内加热，以免破坏母乳的营养成分。而且已经解冻过的母乳，如果宝宝没有 1 次喝完就应倒掉，而不可再加以冰冻。

为 4 个月的婴儿添加辅食

除乳汁外，还需要给宝宝添加半固体（也称半流质）或固体食物以满足其生长发育的需要，这类食品称为辅助食品，简称辅食。无论是母乳喂养还是人工喂养，都应在生后 1 个月开始给宝宝添加无机盐和维生素。随着宝宝的成长，

胃内分泌的消化酶开始增加，消化能力也逐步提高，到宝宝 4～6 个月时已经能够消化一些淀粉类的半流质食物，此时就可以为宝宝添加辅食了。而且此时母乳中的营养成分如维生素和微量元素等已经不能够满足宝宝生长发育的需要，特别是微量元素铁的缺乏尤其突出，如纯母乳喂养的足月儿从母体中所获得的铁元素仅仅可以满足宝宝出生后 4 个月生长发育的需要，此时如果不及时加以补充，宝宝就会很容易出现贫血。因此，4 个月的宝宝就需要添加辅食，以满足其健康茁壮成长的需要。同时需要指出的是，给宝宝添加辅食的时间也不应过早，否则也会产生许多不良后果。

为婴儿添加辅食的原则

为婴儿添加辅食的一般原则有：①在品种上，要从一样到多样。开始时宝宝对食物的适应能力还比较差，不可以将多种食物一起添加，应一样一样添加，等宝宝适应一种后再添加另一种，如果宝宝拒食或出现消化不良就要及时更换，千万不要勉强，以免宝宝产生逆反心理。②在数量上，要由少到多。添加辅食时应从少量开始，逐渐增加。一旦出现大便性状异常、腹泻等症状要减少辅食数量或停止喂食，等宝宝恢复正常后再从小量试喂。③在质量上，要由稀到稠和由软到硬。开始添加时辅食要稀、要软，基本上可以按照汁、泥、汤、末的顺序逐步变稠、变硬。④在喂食方式上，应以匙为主。这样可以使宝宝逐步适应日常餐具的使用，减少对乳头的依赖，从而为断奶打好基础。⑤在口味上，要

以清淡为主。在半岁以前，宝宝的消化和排泄功能还比较娇嫩，辅食中最好不要添加盐，以免增加肝、肾的负担。另外，宝宝生病期间，应减少或停止添加辅食以减轻胃肠道的负担。

给早产儿添加辅食注意什么

一般情况下，早产儿出生时的体重都较轻。对于那些体重不到2.5千克的早产儿，出生时从母体中获得的"资源"就比较少，特别是铁的储备量更少。在出生后4个月里，由于婴儿对铁的吸收能力差，因此即使在医生的指导下服用了铁剂，身体内铁的含量仍无法满足生长的需要，所以在添加辅食时，更要注意对铁的补充，还要在医生的指导下坚持服用铁剂。由于早产儿的消化功能相对较弱，还要注意少食多餐，即使婴儿的食欲很旺，也不要让宝宝一次吃许多，以免增加消化系统的负担而造成消化不良。过了6个月以后，婴儿对铁的吸收能力增强，这时应选择含铁丰富的食物，如虾米、干紫菜等，可以将它们放在粥里煮烂后喂宝宝。这些食物可以让婴儿吃到1周岁左右。

5个月婴儿的喂养特点

5个月婴儿的食物仍应以母乳或其他代乳品为主，喂养方式和时间可以按上月方法进行。在辅食添加方面，如果宝宝的消化吸收情况良好、大便正常，可以增加果泥、菜泥的喂食量。同时，由于宝宝体重和活动的增加，除了以上食品外，还需要补充淀粉类食物（如米粉糊、米粥、软面条等）和植物油，因为此时婴儿消化道内淀粉酶的分泌明显增加。及时添加淀粉类食物不仅能够补充乳品能量的不足，还可以培养宝宝用匙和咀嚼的习惯。另外，还可以添加一些平鱼、黄鱼等鱼类制作的鱼泥，因为鱼肉中含有较丰富的磷脂、蛋白质，而且肉质细嫩易于消化，非常适合于婴幼儿食用。同时，仍需继续加喂鱼肝油，每次2滴，每天2次。

在给4个月的婴儿安排饮食时，可以参照以下食谱

时间	
6:00	母乳
10:00	先加米粥2汤匙，后渐加至4汤匙，接着喂母乳
12:00	母乳
15:00	适量蛋黄泥、菜泥或猪肝泥
17:00	母乳
21:00	母乳

每次喂奶间隔可加喂适量温开水、凉开水、各种水果汁、菜汁、菜汤等。

为4个月的婴儿制作辅食

名　称	做　法
蛋黄泥	将鸡蛋洗净后放入冷水中微火煮熟，取出蛋黄放入汤勺中捣成泥状即可。也可以将蛋黄泥加入牛奶、米汤或菜水中一起喂给宝宝。开始时每天喂半个鸡蛋，之后根据宝宝的消化吸收情况，可以逐渐增加到每天喂1个鸡蛋。
菜泥	取适量的新鲜蔬菜如小白菜、菠菜、萝卜等，将它们洗净、切碎后，蒸或煮熟后，碾成泥状即可，可以单独或与菜汁一起用小勺喂给宝宝。
猪肝泥	取新鲜猪肝50～80克，洗净剖开，去筋后切成碎末，加入少许酱油浸泡10分钟左右，然后放入沸水中煮5分钟即可。

在给5个月的婴儿安排饮食时，可以参照以下食谱

时间	
6:00	母乳
10:00	先加米粥或青菜米粥4汤匙，接着喂母乳
12:00	母乳
15:00	蛋黄泥、鱼泥或碎面
17:00	母乳
21:00	母乳

每次喂奶间隔可适当加喂温开水、凉开水、各种水果汁等。

为5个月的婴儿制作辅食

名　称	做　法
青菜米粥	取青菜心（如菠菜、小白菜等）少量，洗净切成末。取小米（或大米）两小匙，洗干净后用凉水浸泡1～2小时。然后，在锅内加入150毫升左右的水，待水开后把米加入，再用微火煮40～50分钟后，加入准备好的青菜心，再煮10分钟左右，之后加入少许熟植物油即可。
鱼泥	将鱼去鳞、除去内脏并清洗干净，加入清水后用温火煮熟，剔除鱼骨将鱼肉捣碎即可，也可以加入米粥中一起喂给宝宝，可以间隔3～5天喂1次。
番茄碎面	番茄碎面。把细挂面切成碎末备用，在锅内放入适量水（或肉汤），将水烧开后把挂面末放入，然后加入番茄酱1大匙，煮至面条变软即可。

6个月婴儿的喂养特点

为了宝宝的健康成长，母亲应尽量将母乳喂养坚持到宝宝出生后6个月。6个月的婴儿身体已经比较结实，活动能力也比以前大大增加，因而对能量和营养成分的要求也更高。对于人工喂养的宝宝，之前是以配方奶为主，现在可以开始饮用鲜牛奶了。如果此时宝宝还只是吃母乳，现在必须要考虑添加辅食了。如果宝宝不乐意食用辅食，可以每次在宝宝饥饿时，先喂辅食再喂奶。同时，随着宝宝的长大要逐渐延长喂奶间隔，减少每次喂奶的时间，逐渐增加辅食的数量。一般情况下，此时宝宝应该每天吃2次粥，每次要有半小碗，还可以吃少量碎面片，鸡蛋黄要保证每天1个。6个月正是宝宝出牙的时候，所以应在粥类食物中加入蛋黄、鱼末、动物血等多种辅食，并给宝宝吃一些较硬的固体食物如碎饼干、烤面包等，一方面可以促进牙齿的萌出，一方面也让宝宝练习咀嚼。

在给6个月的婴儿安排饮食时，可以参照以下食谱：

时 间	
6:00	母乳
10:00	先加米粥、蛋黄粥以及水果泥，接着喂母乳。
12:00	母乳
15:00	蛋黄粥、鱼肉末或碎面片
17:00	母乳
21:00	母乳

喂奶间隔时还要让宝宝咀嚼少量馒头片、饼干等。

为6个月的婴儿制作辅食

名 称	做 法
蛋黄粥	取大米（或小米）2小匙洗净，加水约120毫升泡1~2个小时，然后用微火煮40~50分钟，再把煮熟的蛋黄碾碎后加入粥内，再煮10分钟左右即可。
奶油蛋	取生蛋黄半个，淀粉半匙，放入锅内加水混合均匀后用火煮，边煮边搅拌，煮至黏稠状时停火，放凉后再加少许白糖即可。
炸馒头片	将馒头切成0.5厘米厚的薄片备用，将鸡蛋打入碗中搅拌均匀，并加入少量淀粉、精盐调成糊状。将植物油倒入锅内加热，馒头片在鸡蛋糊中将两面涂抹均匀，入锅炸成金黄色取出，放凉后即可食用。

在给7个月的婴儿安排饮食时，可以参照以下食谱

时 间	
6:00	母乳
10:00	牛奶或豆浆
12:00	母乳
15:00	蛋黄粥或肉末粥
17:00	母乳
21:00	母乳

喂奶间隔还要接着让宝宝咀嚼炸馒头片、饼干等，帮助牙齿的生长。

为7个月的婴儿制作辅食

名 称	做 法
蔬菜猪肝粥	将胡萝卜煮软切碎、菠菜用水煮熟后切碎，然后将两者连同切碎的熟猪肝末一起放入锅中，加入适量肉汤，用微火煮沸10分钟左右，停火后加少许精盐和熟植物油即可。
香蕉牛奶粥	取香蕉1/6根，去皮后碾成泥状，放入锅内并加入牛奶2匙后混合均匀，慢火煮沸大约5分钟，边煮边搅拌，停火后加入少许白糖即可。
鸡肉粥	取鸡胸肉2小块切成碎末，瘦猪肉末2小匙，切碎的葱头1小匙，同时放入锅内，加入米汤或肉汤后煮熟，再加入少许盐和熟植物油即可。

7个月婴儿的喂养特点

无论是母乳喂养还是人工喂养的孩子，7个月大时每天进食的奶量不变，分3~4次进食。宝宝7个月大时，母乳已经不能够满足其成长的需要，所以应进一步给宝宝添加辅食。添加的辅食品种要丰富多样，做到荤素搭配，还可以在辅食中添加少许食盐，以增加食物的口味，要注意一定不要养成宝宝偏食的习惯。这个时期婴儿的牙齿开始萌出，咀嚼食物的能力逐渐增强，消化功能也逐渐增强，因此可以在粥内加入少许碎菜叶、肉末等。但要注意给宝宝添加碎菜、肉末等时，量要逐渐增加。在出牙时期，还要继续给宝宝吃小饼干、烤馒头片等以让他练习咀嚼。

婴儿何时吃盐好

婴儿不宜过早、过多地吃盐，原因在于盐是由钠和氯两种元素构成的，婴儿肾脏的发育还不成熟，肾小球内细胞多、血管少，因而滤尿面积小、浓缩尿液的能力差，所以肾脏不能够排泄过多钠、氯等无机盐，如果宝宝吃盐过早或过多，很容易使肾脏受到伤害。因此8~10个月以内的婴儿，应尽量避免吃盐。而且8~10个月前，婴儿的食物以乳类为主，同时添加了辅食，这些食物中或多或少都含有一定量的钠、

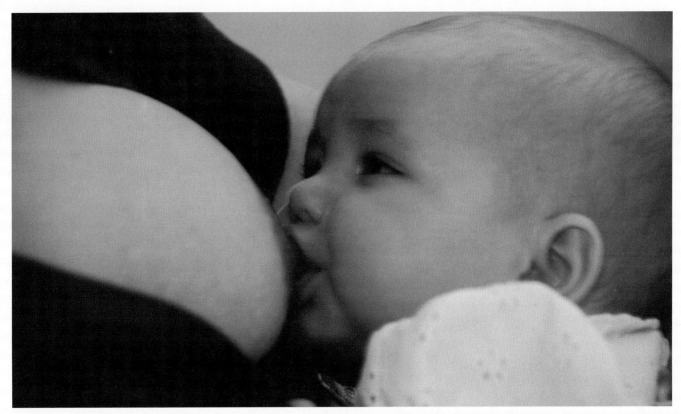

氯成分，可以满足宝宝对钠、氯的生理需要，所以不必担心不吃盐会对宝宝有什么不利影响。宝宝8～10个月后可以将盐量限制在每天1克以下，1岁以后再逐渐增多。夏季宝宝出汗较多或出现腹泻、呕吐时，食盐量可略增加。

婴儿何时开始吃鲜牛奶

一般来讲，在一岁断母乳之后可以开始喝鲜牛奶，但有条件的话最好让孩子喝配方奶到3岁。因为配方奶是根据孩子生长发育的需求进行配方的，营养比鲜牛奶更全面，添加了各种维生素、矿物质和微量元素等，钙磷比例适宜，尤其是消化功能较差的孩子，最好较晚吃鲜牛奶，否则大便容易干燥，影响消化吸收。来说是一种很好的天然食品。

8个月婴儿的喂养特点

宝宝8个月时，母亲乳汁的分泌开始减少，即使母乳的分泌不减少，乳汁的质量也开始下降，这时需做好断奶的准备。从这个月开始，每天给宝宝添加辅食的次数可以增加到3次，喂食的时间可以安排在上午10时、下午2时和6时。相应地，母乳喂养的次数

要减少到2～3次，喂养的时间可以安排在早起时、中午和晚上临睡时。此时宝宝正处于长身体的时期，需要大量的钙，而牛奶是补钙佳品。人工喂养的宝宝，此时不应再把牛奶作为宝宝的主食，要增加辅食，但是每天牛奶的量仍要保持在500～600毫升之间。此时，婴儿消化道内的消化酶已经可以充分消化蛋白质，因此可以给宝宝多喂一些含蛋白质丰富的奶制品、豆制品以及鱼肉等。

在给8个月的婴儿安排饮食时，可以参照以下食谱：

时　间	
6:00	母乳
10:00	牛奶、豆浆以及碎水果
12:00	母乳
14:00	蛋黄粥或肉末粥
18:00	面包、玉米粥或牛奶
21:00	母乳

在喂奶间隔还要接着让宝宝咀嚼馒头片、饼干等，以帮助牙齿的生长。

为8个月的婴儿制作辅食

名　称	做　法
什锦豆腐粥	取嫩豆腐1/4块，放入开水中焯一下，去掉水分后切成碎块。取肉末一匙放入锅内，加入肉汤、酱油、碎豆腐和一大匙绿色菜末，用慢火煮熟。然后取一大匙调匀的鸡蛋倒入锅内，并不断搅拌成糊状即可。
花豆腐	取豆腐50克煮一下后放入碗内研碎；取青菜叶10克洗净，用开水焯一下后切碎，也放在碗内，加入淀粉、精盐、葱姜水搅拌均匀；将豆腐泥做成方形，再把熟蛋黄研碎后撒一层在豆腐泥表面，放入蒸锅内用火蒸10分钟即可。
奶油鱼	把清洗干净的鱼放入热水中煮熟，取出后去掉鱼刺并切碎。在锅内加入肉汤和少许酱油，再把碎鱼肉加入后煮，边煮边搅拌，煮熟后加入少许奶油即可。

在给9个月的婴儿安排饮食时，可以参照以下食谱：

时间	
6:00	母乳
10:00	面包、牛奶或豆浆
12:00	面条或蔬菜粥以及水果
15:00	饼干、馒头片以及水果
18:00	面包、玉米粥或牛奶
21:00	母乳

为9个月的婴儿制作辅食

名称	做法
胡萝卜肉末	将胡萝卜洗净切成丝，在锅内放入植物油烧热后将胡萝卜丝炒熟，盛出后用刀剁成泥状。将牛肉洗净剁成肉末，盛入碗内并加入少许植物油、葱姜水、细盐及鸡蛋，然后加入胡萝卜泥和淀粉浆搅拌均匀，用蒸笼蒸熟后即可。
肝末蛋羹	将猪肝洗净切成片，在开水中焯一下，捞出后去筋、去包膜后剁成泥，放入碗中。将鸡蛋磕入肝泥碗中，加入少量水调匀，放一点细盐，用蒸锅蒸熟，再加几滴香油即可。
肉末卷心菜	将卷心菜洗净后用开水焯一下，盛出后切碎。将猪肉洗净后切成肉末，炒锅加热后加入植物油，再加入肉末后翻炒，然后加入切碎的葱头，加水，微火煮沸10分钟左右，再加入卷心菜末稍煮片刻，最后加入精盐即可。

在给10个月的婴儿安排食谱时，可参照以下食谱：

时间	
6:00	母乳
8:00	面包、牛奶或豆浆
12:00	米饭、鱼肉、肉丝面或牛肉粥
15:00	饼干、馒头片和水果
18:00	蔬菜粥、米饭和鱼肉
21:00	母乳

为10个月的婴儿制作辅食

名称	做法
肉丝面	在锅内加入清水，煮沸后放入一小把龙须面，加少许盐面，待面条煮熟后捞出过凉水，并沥干水分待用。取猪肉30克洗净切成末，虾仁20克切碎。炒锅内加入植物油，油热后放入葱花、肉末翻炒，然后滴入少许酱油继续炒片刻入味。之后往锅内加入适量清水将肉末煮熟，再加入面条、青菜末和碎虾仁，待煮沸后加入少许精盐即可。
牛肉粥	取糙米30克洗净，在锅内加入适量清水，水开后将米放入用小火煮成烂粥。取牛肉30克洗净后剁成末加入黄油及精盐腌渍5分钟，取胡萝卜20克蒸熟后碾碎成泥。将牛肉末、胡萝卜同时放入粥内，加适量精盐后再用小火煮15分钟，最后加入几滴香油即可。
动物血	将猪、鸡等动物的血块放入锅中煮熟，碾成细小的颗粒加入粥中，再煮10分钟左右即可给宝宝食用。动物血不仅能提供优质蛋白质，而且还含有利用率较高的血红素铁质，有助于宝宝的生长发育。

9个月婴儿的喂养特点

从9个月开始，婴儿开始和大人一样，每天要吃早、中、晚3餐辅食。此时，宝宝可能已经长出3～4颗小牙，有一定的咀嚼能力，可以适当添加一些较硬的食物如碎菜叶、面条、肉末等。但是宝宝的消化能力毕竟还不很完善，因此要把较粗的根、茎去掉，喂食鱼肉末时一定要把鱼刺剔除干净，不要伤着宝宝。在添加辅食的过程中要注意蛋白质、淀粉、维生素、油脂等营养物质间的平衡，给宝宝做的蔬菜品种应该多样，对经常便秘的宝宝可以选择菠菜、卷心菜、萝卜、葱头等含纤维较多的食物。与此同时，母乳的喂养次数应逐渐从3次减到2次，可以在早上或晚上进行。此时，宝宝已经可以自己将整个水果拿在手里吃了，但一定要将宝宝手洗干净，将水果洗净、削皮、去核后再给宝宝吃。另外，过了9个月后宝宝在吃鸡蛋时不再局限于吃蛋黄，可以吃整个鸡蛋了。

10个月婴儿的喂养特点

10个月的宝宝很快就要断奶了，应在上午、中午、晚上吃三顿辅食。辅食仍以稀饭、软面条为主，但可以在稀饭或面条中加入肉末、鱼肉块、碎菜、土豆、胡萝卜等，数量要比上个月龄增加。此时正是宝宝学习和模仿大人动作的时候，可以让宝宝和大人坐在一起吃饭，较软、较清淡的饭菜也可以适当地夹给宝宝吃，这样可以使宝宝养成良好的进食习惯，为下一步的断奶打好基础。10个月婴儿母乳喂养的次数要减少到早、晚各1次，千万不要因为孩子的哭闹而增加母乳喂养的次数，否则容易使婴儿对母乳形成一定的依赖心理，这样既不利于辅食的添加，也不利于宝宝营养素的补充和身体的成长。

婴儿过胖怎么办

一岁以内是宝宝脂肪组织增长最活跃的阶段。在这个时期若营养过度，就会引起脂肪细胞数量增多，造成终身肥胖。过胖常见于人工喂养和过早给予固体食物的婴儿，当妈妈认为宝宝吃得多有益健康时，就会导致过度喂养。应让妈妈了解正确喂养的重要性，一旦发现婴儿过胖，尽量母乳喂养，或学会正确调制配方奶、控制奶量和避免过早添加固体食物。婴儿期是饮食习惯形成的关键时期，应避免用奶瓶喂养时期过长和用食物安慰、鼓励婴儿等不良习惯。另外运动是防治宝宝肥胖的有效方式，一方面可以消耗体内过多的热量，有效预防肥胖；一方面促进身体发育和增强体质，还有利于宝宝心智的发展，所以根据婴儿的发育特点，选择合适他的运动，以其一举数得的"功力"成为预防宝宝肥胖的主要方式之一。

11个月婴儿的喂养特点

宝宝马上就要满1周岁了，此时正是断奶期要结束的阶段。此时的辅食可以不必再做得像以前那么细、软、烂，但也不能过硬。有些宝宝可能由于某种原因此时还没有完全断奶，这时父母也不要太过于着急，因为让宝宝完全断奶的确不是一件容易的事。宝宝断奶后，谷类食品成为宝宝的主要食品，热量主要来源于这些谷类食品。但是宝宝的膳食在以米、面为主的同时，还要搭配动物食品及蔬菜、豆制品等。为了提高宝宝进食的兴趣，在食物的制作上可以变化花样，如做些包子、饺子、馄饨、馒头、花卷等。另外，断奶并不是不让婴儿吃任何乳品，只是让乳品特别是母乳不再成为宝宝的主要食品。牛奶作为补充钙质和其他营养成分的优选食品，还是要每天给宝宝饮用适量牛奶。一般来说，宝宝每天补充牛奶的量不应该低于250毫升。

鱼松

材料：鲜鱼1条(750克左右)。

调料：植物油、酱油、盐、白糖、料酒各适量。

做法

1.鱼去鳞，去内脏，洗净，放在锅内蒸熟，去骨、去皮待用。

2.将处理好的鱼肉用刀压碎。

3.锅放在小火上，加入油，把鱼肉放入锅内，边烘边炒，至鱼肉香酥时，加盐、料酒、酱油、白糖，再翻炒几下即可。

这道菜松香可口，适宜10个月以上的宝宝食用。10个多月的宝宝已能尝出味道，可以适当放些盐、酱油，但不宜过多。有些食品大人觉得口味较淡，但对宝宝却是可口的。

在给 11 个月的婴儿安排饮食时，可以参照以下食谱

时　间	
6:00	母乳
8:00	面包、牛奶或豆浆
12:00	米饭、鸡蛋、肉类、蔬菜
15:00	饼干、馒头片以及水果
18:00	米饭、肉类、蔬菜以及汤
21:00	母乳

食物制作可以变化花样，如做些包子、饺子、馄饨、馒头、花卷等。

给 11 个月的婴儿制作辅食

名　称	做　法
蔬菜蛋卷	取 1 个鸡蛋打碎放入碗中，加入少许精盐，调匀后放入平锅内煎成薄片；切碎的胡萝卜和葱头各 1 小匙用油炒软，再加入软米饭 1 小碗，将混合后的米饭平摊在鸡蛋皮上，然后卷成卷，切成小卷子供宝宝食用。
麻酱卷	取面粉 50 克、黄豆粉 5 克混合均匀，加入酵面及适量水和面团发酵；取芝麻酱 5 克，加入少许细盐搅拌均匀；将发酵面团兑碱水揉匀，擀成约 0.5 厘米厚的薄片，将芝麻酱均匀地涂在上面，然后卷成卷，用刀切成 2 厘米左右的小段，用蒸笼蒸熟即可。
香酥鱼片	取鱼肉 50 克切成片状，加入少许料酒、葱姜、细盐、白糖腌 5 分钟左右；将芝麻洗净用小火炒熟后碾碎制成芝麻末；将鸡蛋打入碗中调匀，并加少许淀粉、精盐调成糊状；将鱼片放入鸡蛋糊中将两面涂抹均匀，并蘸匀芝麻末后用手拍牢，之后用热油炸成金黄色即可。

在给 12 个月的婴儿安排饮食时，可以参照以下食谱：

时　间	
8:00	面包、蛋糕、牛奶或豆浆
12:00	米饭、鸡蛋、肉类、蔬菜
15:00	饼干、馒头片以及水果
18:00	米饭、肉松、蔬菜以及汤
21:00	母乳

各种蔬菜、豆腐等，可逐步加大用量；可让宝宝饮用适量的白开水，以锻炼婴儿用勺和杯子喝水的习惯。

为 12 个月的婴儿制作辅食

名称	做法
浇汁蛋羹	取鸡蛋 1 个磕入碗中加入少许水和食盐调成蛋汁，上火蒸熟。取 2~3 个新鲜虾仁洗净切碎成末，在锅内放入适量清水，水开后加入虾仁末、青菜末和少许食盐，煮熟后加入淀粉勾芡成汁；将做好的菜汁浇在蒸好的蛋羹上，滴几滴香油即可。
豆奶蛋糕	取面粉 8 克、玉米面 6 克、黄豆粉 2 克、全脂蛋粉 5 克加在一起搅拌均匀制成混合粉；将鸡蛋 1 个磕入容器中并加入少许白糖，然后搅拌均匀，把混合物慢慢倒入鸡蛋汁中，同时将二者搅拌均匀，然后倒入铺好屉布的木框内，并在上面均匀地撒上芝麻末，用蒸笼蒸 15~20 分钟即可。
鱼肉松	取鱼肉 50 克洗净，放入碗中，加入少许花椒面、葱姜末、食盐、白糖和料酒，用蒸笼蒸熟，然后将鱼肉捣碎。在炒锅内放入植物油烧热，将碎鱼肉放入锅中并不断翻炒，炒至鱼肉成金黄色，并呈酥松状即可。

菠菜虽然营养丰富，但是菠菜中含有大量的草酸，草酸会影响宝宝对钙的吸收。所以菠菜加工的第一步最好用开水焯一下，去除大部分的草酸。

合理添加辅食是宝宝健康成长的关键一步。

12 个月婴儿的喂养特点

经过大半年的辅食喂养过程，1 周岁的婴儿大多数都可以完全断奶，并逐渐养成了一日三餐为主，早、晚牛奶为辅的进餐习惯。少数宝宝可能由于某种原因还不能完全断乳，家长也不要太过着急，可以再延长一段母乳喂养的时间，不过最晚不要超过 1.5 岁。父母要明白让宝宝养成独立吃饭的习惯需要等到 2 岁左右，而让宝宝能够充分消化吸收大人吃的食物则需要耐心等到 5~6 岁以后。因此，在宝宝饮食方面父母还需要多加照顾，要做得细、软、清淡一些。此时宝宝仍处于长身体的时期，必须要保证蛋白质和热量的供应，要注意营养均衡、蔬菜和水果的搭配，不要让孩子养成偏食的坏习惯。

牛奶蛋

材料：鸡蛋1个、牛奶1杯。

调料：白糖适量。

做法

1.鸡蛋磕入碗中，把鸡蛋的蛋黄、蛋清分开，蛋清打至起泡待用。

2.锅内加入牛奶、蛋黄和白糖，混合均匀，用微火煮一会儿，再用勺子一勺一勺地把调好的蛋清放入牛奶蛋黄锅内稍煮即可。

与母乳相比，每100毫升牛奶所含的脂肪、热量与母乳相近，蛋白质含量却高出近2倍，含人体全部必需氨基酸。鸡蛋含有铁、钾、钠、镁、磷等微量元素，但钙相对不足。奶类与鸡蛋搭配可实现营养互补，促进大脑、骨骼的发育，适宜10个月以上的宝宝食用。

婴儿何时需要补充水分

对于纯母乳喂养的婴儿，根据按需喂养的原则，在宝宝出生后4个月以内，一般不需要另外加喂水分，必要时也可以在两次哺乳之间少喂一些温开水；4个月以后随着辅食如果汁、菜汁等的添加，相应地补充了水分，因此没有必要再过多地补充水分。但对于人工喂养的婴儿，则必须经常喂水。这是由于牛奶中的蛋白质和矿物质含量较高，多余的矿物质和营养成分不能被宝宝吸收，需要通过肾脏排出体外。但是婴儿的肾脏功能还没有发育完全，如果没有给以足够的水分，则体内多余的物质就无法顺利地排出体外。因此，对于人工喂养的宝宝，需要除奶液外加喂充足的水分。如果环境温度较高、婴儿体温上升或患其他疾病时，也需要及时补充足量的水分。

婴儿喂水过量的危害

给婴儿补充适量的水分非常有益于宝宝的健康，但是正如人们常说的"物极必反"，过多地给婴儿喂水不仅不利于宝宝的健康，而且还会对宝宝的健康造成危害，主要表现在以下几个方面：①加重肾脏负担。婴儿体内多余的水分大都需要通过肾脏以尿液的形式排出体外，如果补充水分过多，势必会加重宝宝肾脏的负担。②导致胃功能紊乱。由于喂水过多会稀释婴儿胃内消化液的浓度，加重胃的负担，

时间长后就会对胃黏膜造成伤害，甚至引发胃炎。③引起尿频或遗尿症。婴幼儿的神经系统还没有发育完全，排尿功能还不完善，喂水过多会引起尿频或遗尿。④造成水中毒。如果1次或连续多次过多补充水分，肾脏无法及时把它们排出体外，大量的水分就会积存在体内而有可能引发水中毒，轻者表现为疲乏无力，严重时会出现神志恍惚、思维障碍等，不过这种情况比较少见。因此，给婴儿补水并不是越多越好，要适量而止。

人体的"三大营养素"是什么

人体每天都要从食物中获取所需要的、能够为活动提供足够能量的营养素以维持自身的生理活动。人体所需要的营养素有蛋白质、脂肪、碳水化合物、无机盐、维生素、水、膳食纤维等7种，其中蛋白质、脂肪、碳水化合物为人体提供了最主要的能量，因此又称为"三大营养素"。蛋白质是构成组织、器官的主要物质，是保证生命活性的主要成分，除去水分后，占人体重量的一半左右。脂肪可以分成动物性脂肪和植物性脂肪两种，是为人体提供能量的三大营养素之一。碳水化合物又称为糖类，消化最快，而

> 鸡蛋营养价值较高，是价廉易得的营养源。

且最容易被人体吸收，是人体活动所需能量的主要来源。而且糖类进入人体后能够被充分"燃烧"，产生二氧化碳和水，是人体所需的三大营养素中最重要最经济的营养素。

"三大营养素"的生理作用

人体所需"三大营养素"的生理作用分别是：①蛋白质：它是构成人体细胞、组织不可缺少的物质，是酶、抗体及某些激素的主要成分，能够促进生长发育、维持体内水分分布、参与重要物质的转运以及供给热能等。②脂肪：它是构成细胞膜的主要成分，人体内所有细胞的界面膜的构成都有脂肪的参与。可以提高人体的免疫功能；还具有供量、隔热、保温、支持保护体内脏器及关节等作用。③碳水化合物：它是机体组织的重要成分，人体热能的主要来源。是肝糖原、肌糖原的来源；维持脑、肝、心等重要器官的功能，增加大便体积和促进肠蠕动等。

如何调配婴儿成长所需"三大营养素"的比例

婴儿正处于生长发育的高峰期，不仅需要获得更多的营养素以满足其快速生长的需要，而且还需要科学合理地调配三者之间的比例关系。具体的调配比例如下：①碳水化合物应占

总能量来源的50%～60%。碳水化合物主要来自于米、面、精制的谷类等。②脂肪应占总能量来源的30%～35%。婴儿成长需要脂肪和胆固醇，它们既是能量的最大来源，又是婴儿神经系统发育所必需的，还能够促进脂溶性维生素（维生素A、D、E、K）的吸收。来自瘦肉、鱼、蛋、植物油的脂肪比较好。③蛋白质应占总能量来源的12%～15%。蛋白质能够促进组织的生长和修复，主要来自于瘦肉、鱼、虾、蛋、乳制品、豆类、果仁等。值得一提

的是为了获得均衡的蛋白质，应相互搭配着喂养婴儿，如豆类和谷类或乳制品和谷类一起食用。

为宝宝补充蛋白质

蛋白质分为植物性和动物性蛋白质两类。含植物性蛋白质丰富的食物有豆类、花生等；含动物性蛋白质丰富的食物有肉类、乳类、蛋类、鱼虾等。人体对蛋白质的需要不仅取决于食物中蛋白质的含量，而且还取决于蛋白质中所含的必需氨基酸的种类和

像其他任何好习惯一样，良好的饮食行为要从小培养，如果等宝宝长大以后才去纠正他们身上的不良行为，就变得困难多了，而且很多坏习惯会影响他们成年后的生活质量。

比例。动物性蛋白质所含氨基酸的种类和比例较符合人体的需要，所以动物性蛋白质比植物性蛋白质的营养价值高。在植物性食物如米、面粉中，所含的蛋白质缺少赖氨酸，而豆类蛋白质中则缺少蛋氨酸和胱氨酸，因此如果两者混合喂养，则可以取长补短，大大提高混合蛋白质的利用率，如果再适量补充动物性蛋白质，那么将大大提高膳食中蛋白质的营养价值。虽然母乳、牛奶、鸡蛋中蛋白质的含量较低，但它们所含的必需氨基酸量基本上与人体相同，所以营养价值较高，是婴儿膳食中最好的食品。

日常食物中蛋白质含量表 （单位：克/100克）

名称	含量	名称	含量	名称	含量
黄豆	36	鲤鱼	17	大米	7
花生	27	鸡蛋	15	牛乳	3.5
绿豆	24	猪肉	9.5	茄子	2.3
对虾	21	面粉	9	白菜	2
牛肉	20	豆腐	7.4	人乳	1.3

为什么要给婴儿补充维生素A

维生素A参与视网膜内视紫质的形成，而视紫质是视网膜感受弱光线时不可缺少的物质，因此缺乏维生素A时容易产生夜盲症。同时，维生素A可以维护上皮细胞的完整性，如果缺乏维生素A会导致皮肤、黏膜上皮细胞的抵抗力下降而容易发生感染。此外，维生素A还可以增强人体的免疫能力。维生素A缺乏时，容易引发干眼病、角膜炎、夜盲症以及呼吸道感染等。维生素A主要存在于动物性食品中，特别是动物肝脏中维生素A的含量非常高。对于婴儿期的小宝宝来说，可以通过给予鱼肝油补充维生素A。

为什么要为婴儿补充维生素D

维生素D是人体可以自身合成的一种维生素。经阳光紫外线照射后，皮肤中的7-脱氢胆固醇可以转化成维生素D。维生素D可以促进钙质的吸收及贮存，是婴幼儿生长发育不可缺少的重要物质，它与甲状旁腺激素共同作用以维持人体内血钙水平的稳定，正常的血钙水平是骨骼钙化、神经传导以及肌肉收缩不可缺少的条件。经常进行日光浴有助于身体内活性维生素D的合成，并且可以多吃含维生素D丰富的食物，如蛋黄、动物肝脏等。缺乏维生素D是婴幼儿患佝偻病的主要原因，因此处于生长发育高峰期的宝宝应加喂适量鱼肝油，以补充维生素D。

维生素B₁缺乏时的症状

当婴儿食物中维生素B_1含量不足或消耗过多、吸收障碍时，都会使婴儿出现维生素B_1缺乏症。宝宝患有此病时的主要表现有：食欲不振、呕吐、腹泻、便秘、粪便呈绿黄色、性情烦躁、爱哭闹、小便减少、手足面部微肿等；严重者会出现手足冰冷，甚至可出现紫绀、昏迷、惊厥以及心力衰竭等。

维生素B₁是"健脑维生素"

人体清醒时大脑代谢的耗氧量几乎占全身耗氧量的1/5～1/4，给大脑供氧的任务主要是通过血红蛋白来完成的，而维生素B_1是参与血红蛋白构成和保证它完成运氧功能的重要营养素。同时，大脑正常工作还需要消耗能量，在三大营养素中只有碳水化合物可以作为大脑能量的来源，而碳水化合物在体内的代谢必须要有维生素B_1的参与，所以人们把维生素B_1称做"健脑维生素"。

如何为婴儿补充维生素B₁

为宝宝补充维生素B_1首先要从母亲入手。哺乳的母亲应多吃些含维生素B_1丰富的食物如米糠、麦麸、豆类等。提倡粗细粮搭配，因为粮食越精细，所含的维生素B_1就越少；并注意烹饪方法，改捞饭为蒸饭或焖饭，因为维生素B_1是水溶性的，做捞饭时它会都跑到汤中去，米饭中所剩无几；少

补钙的药物很多，宝宝缺钙要遵医嘱科学补钙，父母不要自行购买钙剂盲目补钙。过量补钙会影响宝宝对其他微量元素的吸收。

吃油炸食物，因为食物被油炸后，维生素B_1就全部被破坏了。在添加辅食后，可以给宝宝做些粗粮食物如米粥、面条或蛋黄等。如果宝宝患上了维生素B_1缺乏症，可以在医生的指导下吃一些维生素B_1片剂。

什么是无机盐

人体所需的营养素中包括无机盐。人体所必需的无机盐有20多种，约占人体体重的4%～5%。虽然人体每天对它们的需要量并不多，只有几毫克甚至几微克，但这些无机盐在人体体液中解离出的各种离子都有着各自的特殊功能，是维持人体正常生理机能不可缺少的物质。人体内的无机盐分为常量元素和微量元素两大类，常量元素有钙、磷、钾、钠、氯、镁等6种；微量元素有铁、锌、铜、碘等。每种元素在调节生理机能方面有着极其重要的作用，缺乏或者太多都会造成人体功能的失调，甚至会危及生命。其中与婴幼儿关系最大的元素有钙、铁、钾、碘、锌、钠等。无机盐是生命的必需品，是人体健康不能缺少的物质，因

日常食物中钙含量表 （单位：毫克/100克）

名称	含量	名称	含量	名称	含量
芝麻酱	1170	豆腐干	308	燕麦片	186
配方奶粉	998	黄花菜	301	木耳菜	166
虾皮	991	荠菜	294	豆腐	164
炒榛子	815	炒花生仁	284	钙面粉	160
奶酪	799	河蚌	248	毛豆	135
黑芝麻	780	浸海带	241	芥兰	128
全脂牛乳粉	676	黑大豆	224	牛乳	104
婴儿营养粉	668	豆腐丝	204	大米	1113
虾米	555	黄豆	191	面粉	27～30

此在婴幼儿的膳食中，必须要注意适量补充无机盐。

为什么要为婴儿补钙

钙在人体内的含量在6种常量元素（钙、磷、镁、钾、钠、氯）中居于首位，总量约为1.2~1.3千克，主要参与骨骼和牙齿的构成，另外还有少量存在于血液等体液中，发挥维持神经、肌肉兴奋性、完成神经冲动传导、参与心脏、肌肉的收缩及舒张、参与血液凝固等重要作用。同时，钙还具有镇静、安神、激活多种酶的作用。因此钙元素被称为"人体之本"。所以从婴儿期开始，就要适当为宝宝补充钙。

婴幼儿缺钙的表现

婴幼儿正处于生长发育的高峰期，如果钙的摄入量不足会对其产生非常严重的影响。如果钙短期内摄入量不足或由于其他原因导致宝宝体内血钙水平下降，会使其神经兴奋性极度增高，引起手足搐搦。如果钙长期摄入量不足，同时维生素D又缺乏，可引起婴幼儿生长发育速度减慢，软骨结构异常，甚至会出现骨骼变形、牙齿发育不良等症状，即引发了佝偻病。对婴儿期的宝宝来说，除了从母乳或牛奶中获取大部分钙元素外，还可以通过服用一定的钙片来满足其生长发育的需要。

如何给婴儿补充钙

给婴儿补钙可以通过以下几种方式：①母乳喂养以及多食牛奶。4~6个月以内的婴儿营养主要来自母乳，如果母亲所食食物中钙营养充足，母乳质量好，就可以满足半岁宝宝生长发育所需要的钙。因此哺乳期的母亲一定要注意补充营养，需要多吃含丰富钙质的食物如奶制品、豆类、鱼、虾等。牛奶也是钙的良好来源，而且牛奶中钙的吸收率较除母乳外其他食物高，因此要注意给宝宝，特别是断奶后的宝宝加喂牛奶。②添加含钙较高的辅食。婴儿出生4~6个月以后，就

碘是"人类的智慧之源"

碘是人体所必需的微量元素，是合成甲状腺激素的重要原料，是人体各系统，特别是神经系统发育必不可少的微量元素，是人类的"智慧之源"。胎儿期和婴儿期是人脑发育最快的时期，此时期脑细胞的分裂、增殖处于最旺盛的阶段，碘缺乏必然会导致甲状腺激素合成减少，胎儿及婴儿的大脑皮质得不到完全分化和发育，严重影响婴儿大脑及智力的发育，而且此时补碘所造成的后果是难以补救的。在缺碘环境下出生的婴儿，可能会出现先天性智力或体格发育迟缓，或者在成长过程中出现学习障碍。中国营养学会在2000年提出，每日膳食中碘的推荐摄入量是婴幼儿50微克，儿童90~120微克，成年人150微克。世界上大多数国家的自然环境中缺碘，中国是世界上碘缺乏病流行较严重的国家之一。因此，在婴儿期要保证宝宝能够摄入足够量的碘。

需要通过添加辅食补充钙质了，如新鲜的蔬菜泥、鱼泥以及豆奶等。需要注意的是，在辅食制作中由于蔬菜中的草酸容易与钙结合形成草酸钙，不利宝宝对钙的吸收，因此对于含草酸的蔬菜如菠菜，应先用开水烫煮一下除去草酸。另外，在制作骨头汤时加少量醋可以增加钙的溶解。③服用补钙用品。服用补钙品要慎重，须在医生指导下进行。

什么是微量元素

目前已知，在自然界中天然存在的化学元素有92种，而在人体内已经发现81种。根据它们在人体中的含量和人体对它们需要量的不同，可以分为常量元素和微量元素两大类。其中，在人体中的含量大于5克，并且每人每天的需要量在100毫克以上的元素称为常量元素，共有钙、磷、镁、钾、钠、氯6种；在人体中的含量小于5克，而且每人每天的需要量在100毫克以下的元素称为微量元素。现在已经确定的，人体所必需的微量元素有碘、铁、铜、锌、锰、硒、氟等10多种。微量元素在体内的作用是多种多样的，它们主要通过形成结合蛋白（如血红蛋白等）、酶、激素和维生素等而起作用，尤其重要的是有许多酶需要依靠和微量元素的结合而发挥作用，因此适量的微量元素对婴幼儿的成长有着非常重要的意义。

婴儿有了充足的营养，还需要和父母及家人进行情感交流。家人可以给孩子创造一个激发他自己探索、学习的环境，一个充满爱心的生活环境，为婴儿大脑生长奠定良好的基础，为婴儿思维能力的发育创造良好的条件。

婴儿如何补充碘

给宝宝补充碘的最好办法是通过母乳喂养从母体中得到足够的碘以保证婴幼儿的生理需要。有资料表明，母乳喂养的婴幼儿尿碘含量明显高于其他方式的喂养儿。这个时期只要供给母体足够的碘，婴幼儿就不会发生碘缺乏。因此，哺乳期母亲每天至少应摄入200微克碘，才能保证母子两人碘的需要量，从而有效地预防碘缺乏对母婴的危害。母亲一般只需要吃含碘盐就可以满足需要。但是使用含碘盐也要讲科学，否则就达不到补碘的效果。碘盐应随吃随买，一旦拆封要用密闭的容器盛装以免碘从盐中挥发；炒菜、做汤时要最后放盐，即在起锅盛菜前几秒钟内放入食盐，不要用油炒碘盐，防止因过热使碘破坏。同时母亲在哺乳期间也可以进食含碘丰富的食物，如海带、紫菜、鲜带鱼、干贝、海参、海蜇、龙虾等海产品。人工喂养的婴儿最好使用合格的配方奶。如果担心宝宝缺碘时，需要到医院做专门检测和指导，切不可自行为宝宝补充碘剂。

日常食物中碘元素含量表		（单位：微克/100克）			
名称	含量	名称	含量	名称	含量
干海带	36240	草莓汁	61.9	核桃	10.4
紫菜	4323	豆腐干	46.2	开心果	10.3
虾皮	264.5	鹌鹑蛋	37.6	小白菜	10.0
桃汁	87.4	鸡蛋	27.2	豆腐	7.7
海米	82.5	鸡肉	12.4	草鱼	6.4

注：摘引自《中国食物成分表》（2002年）

为什么要给 4 个月的婴儿补充铁

铁在人体细胞能量代谢中发挥着至关重要的作用。人体中的铁元素主要参与构成红细胞中的血红蛋白，约占人体中铁元素总量的67%。其余的铁元素则参与构成肌红蛋白、细胞色素C和多种酶。血红蛋白与氧结合后，将氧输送到人体的每一个细胞，完成人体的能量代谢。同时，铁在婴幼儿中枢神经系统发育中也有着重要的作用，神经细胞的生长、发育、分化等过程都需要它的参与。婴儿体内储存的铁只能满足其生后4个月以内生长发育的需要，而在整个婴儿期中，宝宝都处于生长发育的高峰，血容量增加快、能量需求高，而铁在人体能量运送过程中发挥着非常关键的作用，因此宝宝对铁的需要量非常大。如果铁的摄入量不足，宝宝就会患铁缺乏症，常见的表现有缺铁性贫血、生长发育滞慢、智能发展缓慢和抵抗力下降等。

日常食物中碘元素含量表		（单位：微克/100克）			
名称	含量	名称	含量	名称	含量
乌鱼蛋	71.20	冻山羊肉	10.42	牛前腱肉	7.61
海蛎肉	47.05	螺丝	10.27	南瓜籽（熟）	7.12
小表胚粉	23.40	牡蛎	10.02	鸭肝	6.91
小核桃（熟）	12.59	肉腊羊肉	9.95	瘦羊肉	6.06
鲜扇贝	11.69	火鸡腿	9.26	猪肝	5.78

注：摘引自《中国食物成分表》（2002年）

如何给 4 个月的婴儿补充铁

宝宝4个月了，此时单靠母乳或牛奶已经不能够满足其对铁的需求量，因此必须通过添加含铁丰富的辅食来为宝宝补充铁。含铁较丰富的食物分为动物类食物和植物类食物两大类。动物类食物如肝脏、动物血（猪血、鸡血）、瘦肉中铁的含量较丰富，也易于被宝宝吸收；植物类食物如豆类、禽蛋类中铁的含量也较高，但吸收率较低。水果和蔬菜中含有丰富的维生素C，而维生素C是有助于铁吸收的，因此家长也应给孩子补充含铁量较高的蔬菜和水果。

婴儿为什么需要补锌

锌是人体所必需的微量元素之一，对机体的生理功能发挥着多种重要作用。锌参与体内90多种酶的合成，与200多种酶的活性有关；锌可以促进细胞的分裂、生长和再生；参与机体的免疫功能；锌还可以通过含锌蛋白对味觉和食欲发生作用，从而使食欲增强。有研究显示，给母乳喂养的婴儿加喂含锌丰富的食品，能够促进婴儿的生长发育。婴儿需要补充锌的原因是宝宝正处于生长发育的高峰期，对锌的需要量较大，但是宝宝的新陈代谢旺盛，出汗较多，大量的锌从汗液中流失。如果不及时加以补充，婴儿就可能患锌缺乏症，主要的表现有生长迟缓、食欲不振、智力发育不良、免疫功能受损、味觉迟钝甚至丧失、夜盲、皮肤创伤愈合不良、易感染等。

如何给婴儿补锌

给婴儿补充锌主要通过以下方式：①母乳和牛奶。但需要指出的是，母乳中的含锌量是20毫克/升，而且锌是和小分子蛋白结合在一起的，因而容易被吸收；而牛奶中的锌不仅含量较低，而且是与大分子蛋白结合，因而不易被吸收。所以牛乳喂养儿比母乳喂养儿更应重视补锌。②添加含锌丰富的辅食。动物性食物如肝、鱼、瘦肉等含锌较丰富而且适合婴儿食用。③补锌制剂。目前市场上主要的补锌制剂有葡萄糖酸锌、硫酸锌、醋酸锌等。在补锌的各种方式中，在提倡母乳喂养的同时，比较好的方法还是添加含锌量较高的辅食，食物中锌的含量较少，通过食物补充很少会出现副作用，比较安全。如果补锌不当会引起锌中毒，因此当选择用药物补锌时，应在医生的指导和监控下进行。另外，补锌是需要通过一定的疗程才能够达到效果的。

日常食物中碘元素含量表			（单位：微克/100克）		
名称	含量	名称	含量	名称	含量
黑木耳	97.4	黑芝麻	22.7	芹菜	6.9
松蘑	86.0	猪肝	22.6	菠菜	2.9
紫菜	54.9	扁豆	19.2	鸡蛋	2.3
鸡血	25.0	腐竹	16.5	面粉	2.7～3.5
鸭肝	23.1	黄豆	8.2	大米	0.4～2.8

注：摘引自《中国食物成分表》（2002年）

补锌过量的危害

补锌不当时会造成锌中毒，锌中毒的主要表现和危害有：①宝宝出现呕吐、头痛、腹泻、抽搐、贫血、血脂代谢紊乱及免疫功能下降等症状。②锌中毒时会使宝宝的神经系统受到伤害，如引起神经元和胶质细胞损伤。③宝宝体内的高锌状态会抑制对铁和铜的吸收，而出现缺铁、缺铜症，而宝宝体内缺铜又会加重缺铁，最终可能引起缺铁性贫血，甚至造成脑功能受损，导致宝宝智力发育缓慢或智力受损。因此如果孩子出现缺锌的表现时，应在医生的指导下补锌治疗，绝不可自行购买药品，盲目长期补锌。

婴儿为什么需要补铜

铜是人体中不可缺少的微量元素之一。铜是体内蛋白质和酶的重要成分，人体内许多关键的酶都需要铜的参与和活化，而这些酶有助于提供人体生理活动所需的能量、帮助形成血液中的血红素，保持和恢复结缔组织、维持头发、骨骼、大脑及心脏、肝脏、中枢神经系统和免疫系统的功能。缺铜时会妨碍婴幼儿和儿童的体格和智力发育。婴儿缺铜时会出现体格生长停滞、小脑发育不全、大脑血管扩张、贫血等症状。但是铜过量时也会出现中毒现象，如蓝绿粪便和唾液、急性溶血及肾功能异常等。

如何给婴儿补充铜

婴儿获取铜主要通过以下两种途径：一种是在胎儿期从母体中获得，并储存在胎儿的肝脏中，但是从母体中获得的铜只能满足婴儿出生后4～6个月的需要。一种是通过添加辅食，从食物中获得。因此，给宝宝补充铜主要在添加辅食时要适当地添加含铜丰富的食物。含铜较丰富的食物主要有：动物的肝、猪肉、牛肉、蔬菜、水果、海产品以及谷物等。

宝的消化功能和咀嚼功能已经有很大提高，通过辅食所获得的营养已经可以占到宝宝所需全部营养的60%以上，这时给宝宝断乳已经具备了条件。因此正常情况下，宝宝1周岁左右断奶较适宜。

宝宝断奶时需要考虑的因素

给宝宝断奶时，需要考虑以下因素：①适宜的断奶时期。一般在宝宝1周岁左右断奶较适宜。②辅食添加的进程。如果宝宝添加辅食的时间较晚，所需的营养还主要依赖乳液，那么就需要适当推迟断奶时间。③宝宝的身体状况。要选择在宝宝身体状况良好时断奶，否则会影响宝宝的健康。因为断奶后宝宝的消化功能需要一个适应过程，此时其抵抗力可能会下降，因此宝宝生病期间不宜断奶。④适宜的断奶季节。尽量避免在夏、冬季断奶。夏天宝宝出汗多，胃肠消化能力弱，而且食物容易腐败变质，容易引起宝宝腹泻、消化不良；冬季气候寒冷，宝宝容易着凉、感冒甚至会感染肺炎。因此断奶最好选择在春暖或秋凉时节进行。另外，由于宝宝断奶时可能还需要增加看护人员，因此还需要考虑到帮助照料宝宝人员的时间。

何时给宝宝断奶较好

断奶是指通过添加代乳品和辅助食品，使婴儿由单纯的乳汁喂养逐步过渡到以日常饮食为主要食物的过程。断奶对婴儿来说是一件非常重要的事情。随着哺乳时间的推移，母乳由初乳过渡到成熟乳（2～9个月的乳汁），进而过渡到晚乳（10个月以后的乳汁），乳汁的量和质都在逐渐下降，而与此相反婴儿成长发育所需的营养却在不断增加，单纯乳汁喂养已经不能够满足婴儿生长发育的需要。因此宝宝出生4～6个月后，就需要为其添加营养丰富且易消化的辅食，同时逐渐减少乳汁的供应量。接近1周岁时，宝

如何给宝宝断奶

断奶无论对宝宝还是对母亲都有着重要的意义。首先，断奶意味着宝宝从食物上已经基本脱离了对母体的依赖，开始独立地从自然界获取营养。其次，断奶意味着母亲开始从繁复的哺乳中解脱出来，有机会重新安排生活。因此，有人把断奶称为继分娩之后的第2次母婴分离。为了能够顺利地给宝宝断奶，要注意以下几点：首先，断奶的方法要科学，不宜采取强制办法，如把母子暂时分开，或在乳头上涂刺激性的辣椒水、黄连水等。这种强制性方式可能造成婴儿食欲锐减、消化吸收功能紊乱，甚至患病。其次，要把断奶当作一个自然过程。婴儿一天天的长大，通过一段时间的添加辅食，孩子已经慢慢适应了各种食品，吃妈妈乳汁的次数也愈来愈少，一般到1岁左右，最终的断奶时机会自然成熟。最后，在最终的断奶过程中，宝宝难免会出现哭闹，这时要给予宝宝更多的关爱，千万不能训斥和恐吓宝宝，而要转移宝宝的注意力，多和他在一起做游戏、逛公园或喂食宝宝喜欢吃的食物等。

婴儿如何吃鸡蛋

鸡蛋特别是蛋黄中，含有丰富的营养成分，非常适合婴幼儿食用。有些小婴儿（6个月以内婴儿）吃鸡蛋时

鸡蛋是婴儿的好食品

鸡蛋是一种营养非常丰富、价格相对低廉的常用食品，它包含了生命诞生、成长所必备的大多数营养物质。因此它是人类，尤其是婴幼儿最好的营养品。每100克鸡蛋（约为2个鸡蛋）含蛋白质14克、脂肪11.6克、糖1.6克，还含有一定量的铁、钙、磷等矿物质及维生素。鸡蛋中的蛋白质含有婴幼儿生长所需要的8种必需氨基酸，是一种优质蛋白质。2个鸡蛋所含的蛋白质大致相当于3两鱼肉所含的蛋白质，而且鸡蛋中的蛋白质比牛奶、猪肉、牛肉和大米中的蛋白质更容易消化。鸡蛋中所含的脂肪大多集中在蛋黄内，而且以不饱和脂肪酸居多，脂肪呈乳融状而易被人体吸收。另外鸡蛋中还含有丰富的维生素和微量元素，特别是铁、磷、维生素A、D、E和B族维生素含量丰富。所以说鸡蛋是宝宝的好食品。

可能会对蛋清蛋白过敏，因此小婴儿应避免食用蛋清。4～8个月的婴儿以食用蛋黄为宜，一般从1/4个蛋黄开始，逐渐增加到1～1.5个蛋黄。正确的煮蛋法是：洗净鸡蛋后，冷水下锅，慢火升温，沸腾后微火煮2分钟，停火后再浸泡5分钟。然后取出蛋黄，为宝宝做蛋黄泥、蛋黄粥等多种辅食。

小婴儿不宜吃蛋清

这是因为小婴儿的消化系统不完善，肠壁的通透性较高，而蛋清中蛋白的分子较小，有时这些小分子蛋白可以通过肠壁直接进入血液中，使婴儿机体对异性蛋白分子产生过敏反应，引起湿疹、荨麻疹或其它皮肤病，因此小婴儿不宜吃蛋清，而应只吃蛋黄，等宝宝长到10个月的时候就可以吃整个鸡蛋了。

造成婴儿食欲不佳的原因

造成婴儿食欲不佳的原因主要有：①生病。口腔溃疡、鹅口疮、发热、肝炎等都会影响婴儿的食欲。②吃甜食过多。婴儿吃甜食过多会使血糖升高，当血糖升高达到一定水平时，会造成饱食中枢兴奋，进而抑制大脑内丘脑的摄食中枢，使婴儿对任何食物都缺乏兴趣。③添加辅食过早或过晚。婴儿添加辅食晚于6个月或早于4个月都会影响婴儿味觉的发育，甚至会影响孩子终身的食欲。④缺锌。缺锌是造成婴儿食欲不振的常见因素之一。⑤不良的饮食习惯。如吃饭不定时、不专心以及强迫进食等。另外，心理因素也会影响宝宝的食欲。

蛋羹

材料：鸡蛋2个。

调料：盐、香油各适量。

做法

1. 鸡蛋磕入碗中，打散后加入温开水、盐调匀待用。

2. 锅内加水，放在旺火上烧开，把鸡蛋碗放在屉上，上锅蒸至呈凝固状（似豆腐脑状）即熟，出锅后滴入香油即可。

婴儿的疾病防治与护理

婴儿的免疫力较低，免不了发热或生病，应积极预防。对于一些小病小伤，家长可以在家里为宝宝进行简单的护理，但如果按照书籍上的指导进行治疗后，不见好转或好转较慢，父母还应及时到医院寻求专业医生的诊断治疗。

什么是预防接种

预防接种是指把疫苗通过注射、口服等方式接种到人体内，使机体产生特异性的免疫力，达到预防相应传染病的目的。人体在初次接触到这些疫苗时，自身的免疫系统由于受到这些疫苗的刺激而被激活，分泌出具有免疫功能的免疫活性物质，当人体再次遭受这些致病菌的侵袭时，这些免疫活性物质就会发生作用，阻止病菌对人体的伤害，从而达到不患相应传染病的目的。

为什么要进行预防接种

在胎儿期，胎儿可以通过胎盘从母体中获得一些具有抵抗传染病能力的免疫物质。因此，婴儿出生后的一段时间里（大约为6个月），这些免疫物质可以在一定程度上保护婴儿不患某些传染病。但是随着婴儿的长大，这些免疫物质就会逐渐减弱和消失，婴儿的抵抗力会逐渐下降，容易患某种传染病。因此就需要通过有计划的预防接种，达到预防某些传染病发生的目的，从而保护婴儿的身体健康。

什么是计划免疫

计划免疫就是依据中国和中国当地卫生部门的要求，针对不同月（年）龄阶段的儿童，采用人工的方法，并且按照规定的程序，有计划地到当地的预防接种点接种疫苗，以提高婴幼儿对某种传染病的免疫能力。实行计划免疫，有利于扩大预防接种的范围，提高预防接种的质量，充分发挥各种疫苗的作用，全面提高婴幼儿对传染病的免疫能力，把各种传染病控制在最小的范围内，保证广大婴幼儿的身体健康。《中华人民共和国传染病防治法》第12条明确规定：中国实行有计划的预防接种制度。

什么是疫苗

通常大家所说的疫苗是指广义上的疫苗，指的是预防接种所用的生物制品，是用微生物或微生物的毒素、人或动物的血清等制备的供预防、诊断和治疗用的制剂。这些生物制品包括疫苗、菌苗和类毒素。疫苗（狭义上的疫苗）是用病毒或立克次体制成，又可细分为死疫苗或减毒活疫苗两种。如斑疹伤寒疫苗、狂犬病毒疫苗等是死疫苗；天花疫苗、脊髓灰质炎疫苗、流行性感冒疫苗、流行性腮腺炎疫苗、麻疹疫苗是减毒活疫苗。菌苗是用细菌制成的，菌苗又可分为死菌苗和活菌苗两种。死菌苗一般是选取免疫性好的细菌，将其杀死制成，如霍乱、百日咳、钩端螺旋体菌苗等。这种制品进入人体后不能生长繁殖，需要多次重复注射，才能获得较高而持久的免疫力。活菌苗一般选用"无毒"或毒力很低，但免疫性很高的活菌体制成，如结核、鼠疫活菌苗等。这类菌苗进入人体后，可生长、繁殖，对身体刺激的时间长，因此免疫效果好，持续免疫的时间长。类毒素是用细菌所产生的外毒素经过脱毒而制成。类毒素对人体无毒，注射后可刺激身体产生抵抗毒素的免疫力，如白喉、破伤风类毒素等。

什么是加强免疫

各种疫苗接种成功后所产生的免疫预防作用并不是终生有效，都是有一定期限的。在完成基础免疫后，经过一定的时间，体内的免疫力会逐渐减弱或消失。为使机体继续维持必要的免疫力，需要根据不同疫苗的免疫特性在一定时间内进行疫苗的再次接种（复种），这就是加强免疫。

胎记需要治疗吗

新生儿腰部、背部和臀部的皮肤上的灰色、蓝色或青色的色素斑，俗称"胎记"。这些色素斑多为圆形或不规则形，边缘界限清楚，手压时不褪色。胎记的形成是因为人类皮肤的真皮层中，一般没有黑色，但是当局部真皮层里堆积了较多的色素细胞时，皮肤就会而呈现灰蓝色，形成胎记。它会随着孩子的生长逐渐消失，一般在儿童期即可消退，无需治疗。

新生儿何时接种卡介苗

新生儿在出生后24～48小时就可以做卡介苗接种。如果生后超过3个月接种，则需做结核菌素（OT）试验，试验阴性者才能接种。卡介苗是经过人工培养、毒力减弱而无致病能力的牛型结核菌制成的菌苗。通过皮下注射法把卡介苗接种到人体达到预防结核病的目的。卡介苗接种部位在左上臂三角肌外缘处。正常新生儿如没有发热、腹泻等不良症状，均可进行卡介苗接种。接种时可出现一个白色小疱，经过10～20分钟后即消退，3～4周后，接种处可出现一个不超过黄豆大小的小结节。新生儿接种卡介苗后，一般不会引起发热等不适反应。接种后2～8周接种处会出现红肿，并逐渐形成小脓疱后自行消失，有的脓疱穿破后会形成结痂，痂皮脱落后形成一个永久性的疤痕。一般于接种后8～14周需作结核菌素（OT）试验，呈现阳性者说明接种效果良好。接种后3个月左右可产生免疫力，免疫期5～10年，大约3～5年后再做1次OT试验，如果呈阴性，可再接种卡介苗1次。

卡介苗溅入眼内怎么办

如果卡介苗不小心溅入眼内，严禁用不清洁的手、手帕擦拭或挤揉眼睛。如果宝宝眼睛没有外伤或感染，可以立即用清洁的凉水（最好是生理盐水或凉开水）多次冲洗眼睛。彻底冲洗干净后，还可以用新配制的0.5%链霉素滴眼液滴眼，开始时每1～2小时滴1次，以后可酌情减少滴眼次数，连滴2～3天。

新生儿何时接种乙肝疫苗

乙型肝炎是危害人类健康的重要传染病之一，中国大多数乙肝病毒携带者来源于新生儿及儿童期的感染。因此，新生儿的预防非常重要。新生儿的免疫功能尚不健全，对乙肝病毒缺乏免疫力，一旦感染乙肝病毒，很难清除病毒而成为乙肝病毒携带者。

为新生儿接种乙肝疫苗，可大大降低被乙肝病毒感染的机会，有效地阻断病毒的传播路径。接种乙肝疫苗的部位是上臂三角肌处。整个免疫过程需要注射3针：第1针在新生儿出生后24小时注射；第2针在出生后1个月注射；第3针在出生后6个月注射。全部免疫疗程结束后，有效率达90%～95%，免疫期为3～5年，期满后可以加强注射1次。对于母亲一方为乙肝病毒表面抗原和e抗原双阳性的新生儿最好是联合应用高效价的乙肝免疫球蛋白和乙肝疫苗。具体方法是新生儿采用注射2次高效价乙肝免疫球蛋白（出生后立即及出生后1个月各注射1支，每支200国际单位）及3次乙肝疫苗（每次10微克，生后2、3、5月各注射1次）；也有采取出生后立即注射1支高效价乙肝免疫球蛋白，及3次乙肝疫苗（每次15微克，生后立即及1月、6月各注射1次），2个方案保护的成功率都在90%以上。

虽然宝宝可以从妈妈体内获得一些免疫球蛋白而在短期内预防一些传染性疾病如麻疹、水痘、流行性腮腺炎等，但是新生儿的抗抵力比较弱，对其他一些疾病仍然是高度的易感人群。因此，需要给宝宝及时做好预防接种，提高其抗病能力。新生儿期需要进行卡介苗和乙肝疫苗的预防接种。

小儿计划免疫程序及反应

疫苗	预防疾病	接种方式	时间	反应及处理	备注
卡介苗	结核病	上臂外侧皮内注射	生后24小时初种，7岁或12岁查结核菌素阴性复种	无全身发热，局部反应轻。如有腋下淋巴结化脓，请医生处理	2个月以上初种时，应先做结核菌素试验
小儿麻痹糖丸	脊髓灰质炎（小儿麻痹）	口服	生后24小时初种，7岁或12岁查结核菌素阴性复种	少数有低烧、腹泻、皮疹，2～3日后消退，不需处理	服药时及服药后1小时内禁喝热水
麻疹疫苗	麻疹	上臂三角肌皮下注射	生后8个月以上	少数出皮疹或1周后发烧、流鼻涕，2～3日恢复。体温超过38℃者可服退烧药	接种前1个月至种后2周不用γ－球蛋白
百白破疫苗（三联针）	百日咳、白喉破伤风	上臂三角肌皮下注射	生后3、4、5月各1次，1.5～2岁加强	局部反应。少数有低烧、疲倦、烦躁或恶心、呕吐、腹泻等，2天左右恢复。体温超过38.5℃，红肿超过5厘米，请医生处理。皮疹可服扑尔敏或非那更	避免空腹接种，有过敏史者不种
乙脑疫苗	流行性乙型脑炎	上臂三角肌皮下注射	生后6～12个月，隔1周，共2次。流行区1年后再注射1次	局部反应。个别低烧，可服退烧药	过敏者不宜种
流脑疫苗	流行性脑脊髓膜炎	臂三角肌皮下注射	生后6～24月，隔3～4周，共2次。流行区1年后加强	局部反应。个别有低烧，一般不需处理	

注射要求"一人一管一针头"

在有些医院或基层保健站，有时可以看到在给众多人进行预防注射时每注射完1人更换1个针头，却不更换针管。接种人员认为针头扎进皮肤（或肌肉）里，已经被污染了，再给第2个人注射时需要更换。但他们忽略了注射针管同样也被污染，同样可以传染病菌，如可以将肝炎、艾滋病等病毒传染给宝宝，那将会给婴儿、家庭以及社会造成巨大的痛苦和无法挽回的损失。因此广大医务工作者及预防接种人员要本着对婴儿、家庭及社会负责的精神，严格执行注射器具一次性使用的规定，做到"一人一管一针头"。另外，婴儿家长一旦发现这种违规操作现象一定要拒绝使用、及时制止并向有关部门反映。

皮下注射和肌肉注射

在预防接种时，有的疫苗要注射在皮下，如麻疹、百白破和乙型脑炎等疫苗；而有的疫苗却注射在肌肉里，如乙肝疫苗等。有的家长经常会对这两种不同的注射方法提出疑问。其实，皮下注射要比肌肉注射效果好，如果单纯考虑疫苗效果的话，应该尽量采用皮下注射。但由于非活性疫苗的效果较差，为了提高效力，通常会在其中添加增强免疫反应的免疫佐剂。如果把这种含有免疫佐剂的非活性疫苗注射在皮下，可能引起严重的局部肿痛反应，甚至引发无菌性脓疡，而肌肉里的血流较丰富，注射入肌肉的疫苗不容易引发局部反应，因此这类含有免疫佐剂的疫苗就改成肌肉注射的方式了。

预防接种时应注意什么

进行预防接种时，应注意并不是所有的儿童都能进行预防注射，凡宝宝具有下列情况时不宜或暂时不能进行预防接种：①如果患有严重心脏病、肝病、肾病、结核病，不宜进行预防接种；②如果患有神经系统疾病如癫痫、大脑发育不全等，不宜进行预防接种；③如果患有重度营养不良、严重佝偻病、先天性免疫缺陷，不宜进行预防接种；④过敏体质、哮喘病、荨麻疹患者以及接种疫苗后有过敏史的儿童，不宜进行预防接种；⑤儿童腹泻时或大便每天超过4次，不宜服用小儿麻痹糖丸；⑥如果体温超过37.5℃，应首先查明发烧原因，治愈后再进行预防接种；⑦接种部位有严重皮炎、牛皮癣、湿疹及化脓性皮肤病时，应在治愈后再进行预防接种。

预防接种的反应种类

预防接种所使用的疫苗，虽说都经过减毒或灭毒处理，但对机体来说，毕竟还是一种异物，接种后会引发机体产生一系列生理病理及免疫反应，在这些反应过程中所表现出来的临床症状，称为预防接种反应。预防接种反应可以分为正常反应、加重反应和异常反应，正常反应又可分为局部反应和全身反应两种。

发生预防接种反应的原因

发生预防接种反应的原因主要有：①疫苗运输问题。目前使用的各类制品一般都安全可靠，反应很轻微，而且反应持续的时间也较短。但有时，在疫苗运输过程中没有使用合理的冷藏设备，可能会造成疫苗失效；②疫苗使用问题。包括接种对象不当、没有严格控制禁忌症、接种剂量过大、接种部位不正确、消毒不严或错种等。③个体因素。接种者正处于某种疾病的潜伏期，暂时没有任何外在表现时；过敏体质；接种疫苗前没有进食，血糖较低以及接种者精神紧张等。

预防接种正常反应的特征

正常反应是由于疫苗制品本身的特性所引起的，其性质和强度随疫苗的不同而有所差异。例如接种活疫苗，实际上是一次轻的人工感染；有些死疫苗还保留着一定程度的毒性。正常反应分为局部反应和全身反应两种。局部反应是指在接种后24小时左右，接种部位会发生红肿，热、痛现象；全身反应主要表现是发热症状，体温在38.6℃以上；有时伴有头痛、恶心、呕吐、腹痛、腹泻等症状。加重反应是指反应发生的频率和强度均超过了该疫苗应有的范围，但只是一般反应的加重，并没有其他方面的异常症状发生，而且在反应性质上没有根本的改变。

怎样减少预防接种后的反应

婴儿父母需要放心，大多数疫苗接种后都不会引起严重的反应，发生过敏反应的也很少。但由于每个婴儿的体质不同，在进行预防接种后可能会出现一些轻重不等的正常反应。为了保证宝宝的安全，减少预防接种后反应，各种预防接种都必须在宝宝身体健康的时候进行。如果有病，就暂时不要进行预防接种了。例如发热时不要打白喉、百日咳、破伤风三联疫苗；腹泻时不能口服小儿麻痹症糖丸；空腹时不宜注射疫苗等。同时，打针前做好准备工作，要对宝宝进行安慰和鼓励，消除其紧张害怕的心理。接种后2~3天要注意护理，注意注射部位的清洁卫生，暂时不要洗澡，以防局部感染。

预防接种后还会得传染病吗

预防接种可以有效地预防传染病，但并不是保证不会再得传染病，主要原因有：①机体的免疫具有时效性。预防接种后，体内所产生的抗体只是在特定的时期内有效，超过免疫期限后，免疫力就会减弱或消失；②疫苗保存不当。预防接种所用的疫苗，要求的运输、保存条件非常严格。如果保存不当或者已经过期，就达不到预期的免疫效果；③接种方法不当。有的疫苗需要特殊的接种方法，如果方法不当，仍有可能得传染病。④个体差异。通过预防接种所产生免疫力的强弱还与受种者的个体因素之间存在联系，有的个体产生的免疫力较强，有的个体产生的免疫力较弱。因此，即使对宝宝进行了预防接种，父母还需要注重宝宝的卫生，增加宝宝的体质，以增强其抗病能力。

口服小儿麻痹糖丸

口服小儿麻痹糖丸可以预防小儿麻痹。小儿麻痹在医学上称为"脊髓灰质炎"，是一种传染病，可引起肢体瘫痪，造成终身残疾。小儿麻痹糖丸的正式名称叫脊髓灰质炎减毒活疫苗，需要分3次服用，每次间隔时间不得少于28天（1个月）。婴儿月龄满2个月时，第1次服用，满3个月时，第2次服用，满4个月时，第3次服用。经过3次服用以后，会在婴儿体内产生相应的抗病能力，可以有效地预防小儿麻痹症。另外，在宝宝4周岁时，需要加强服用1次。为了使宝宝健康成长，一定要按时到预防接种点服糖丸。

口服小儿麻痹糖丸时要注意什么

小儿麻痹糖丸是一种减毒活疫苗，切忌用热开水溶化或混入其他饮料中服用，以免将疫苗中的病毒杀死，而且糖丸发放后要立即服用，不要放置，以免失效。服用时，可以用清洁的小匙将糖丸研碎，然后溶于凉开水中服用。服药前、后半小时内不要喝热水或喂热的食物，同时也不要喂母乳或牛奶，以免影响免疫效果。如果婴儿患有腹泻病，要暂缓服用糖丸。如果婴儿对牛奶过敏或体质虚弱时，要事先告知医生。小儿麻痹糖丸疫苗比较安全，一般没有不良反应。

注射麻疹疫苗

麻疹疫苗是一种减毒活疫苗，注射麻疹疫苗的目的是使人体产生相应抗体，从而达到预防麻疹的作用。根据中国儿童免疫程序规定，麻疹疫苗要在宝宝出生8个月以后接种。主要原因是，8个月以内时婴儿的血液中含有从母体中获得的麻疹抗体，可保护婴儿不患麻疹。在这期间，如果接种麻疹疫苗，疫苗中的病毒就会被婴儿体内已经存在的抗体中和掉，使疫苗不能发挥效力，达不到刺激机体产生免疫的目的。8个月以后，婴儿从母体内获得的抗体基本消失，同时婴儿自身的免疫系统发育也更趋完善，这时接种麻疹疫苗就容易成功。所以，接种麻疹疫苗应在婴儿出生8个月以后进行。另外，在7周岁时还需要加强注射1次。

注射麻疹疫苗时需注意什么

接种麻疹疫苗时需注意以下几点：①婴儿患严重疾病、发热或有过敏史者（特别是有鸡蛋过敏史者）不能接种。②已经患过麻疹的小孩，由于体内已产生了抗麻疹病毒的抗体，不需要再接种麻疹疫苗。③如果注射过丙种球蛋白，至少要间隔6周以上方可接种麻疹疫苗。接种麻疹疫苗后，至少要间隔2周以上才可以注射丙种球蛋白。④麻疹疫苗和乙肝疫苗两者由于抗原之间有干扰，因此不能同时接种。⑤接种麻疹疫苗后但一般没有不良反应，极少数婴儿在接种后6~10天时可能出现发热，但一般不超过2天就可痊愈。

为什么注射过麻疹疫苗的儿童还会患麻疹

这种情况比较少见，但原因比较复杂，主要有以下原因：①麻疹疫苗质量不稳定或已经过期，以及运输、保存条件不合格而导致免疫失效。②接种方法不当。没有按照要求接种，如剂量不足等。③接种时间不当。婴儿未满8个月，血液中含有从母体中获得的抗体，使疫苗中的活病毒被中和，导致免疫失败。④个体因素。婴儿可能存在某种个体因素，从而导致免疫失效。

注射百白破三联疫苗

百白破三联疫苗又叫百白破三联针（百白破三联混合制剂），主要预防百日咳、白喉和破伤风。百白破三联疫苗是由百日咳菌苗、白喉类毒素、破伤风类毒素组成的三联疫苗。它可以提高小儿对百日咳、白喉、破伤风等传染性疾病的抵抗能力。百白破三联疫苗的基础免疫要连续注射3次才能有效，即出生后满3个月、4个月、5个月时连续注射3次。此外，这些抗体只能维持一定的时间，所以在一定时期后还要进行加强，需要在1.5~2周岁和6岁时加强注射2次。

注射百白破三联疫苗需注意什么

注射百白破三联疫苗时需要注意以下几点：①有癫痫等神经系统疾患及有抽风史者禁止注射该疫苗，急性传染病（包括恢复期）及发热者暂缓注射；②注射时必须充分摇匀，制品不能冻结，一旦出现凝块，则不能使用；注射第1针后出现高热、惊厥等异常情况时，不再注射第2针。可以注射第2针时，应更换注射部位。同时本疫苗为吸附剂，不易被吸收，因此需要进行深部肌肉注射。③部分婴儿可以出现红肿、疼痛、发痒或低热、疲倦、头痛等反应，一般不需特殊处理即可自行消退。若全身反应较重，应及时到医院进行诊治。

"五苗七病"

中国儿童预防接种的主要内容是"五苗七病",就是说按照免疫程序,对7周岁以下儿童有计划地进行卡介苗、脊髓灰质炎减毒活疫苗(小儿糖丸)、百白破三联混合制剂、麻疹疫苗和乙肝疫苗等5种疫苗的基础免疫及加强免疫,从而达到防治结核、脊髓灰质炎、百日咳、白喉、破伤风、麻疹及乙型肝炎等7种疾病的目的。

推荐注射流脑疫苗

注射流脑疫苗是为了预防流行性脑脊髓膜炎(简称流脑)。流脑是由脑膜炎双球菌引起的急性呼吸道传染病,在冬、春季发病和流行。脑膜炎双球菌最容易侵犯的是6个月~2岁的小宝宝,所以6个月以上的宝宝可以开始接种流脑疫苗。流脑疫苗属于"死疫苗",一般基础针只注射1次(但在流行地区3个月后还要复种1次),接种后1个月宝宝才能在体内形成有效的免疫力。由于抗体水平在宝宝体内仅能维持1年,所以次年的同一时间还需要再做1次流脑疫苗的加强免疫。

注射流脑疫苗需注意什么

注射流脑疫苗以后一般反应不大,接种局部可出现红晕、压痛等,多在接种后24小时逐渐消失。个别婴儿可能会出现短暂的发热,多见于接种后6~8小时。如果体温在38.5℃以下,可以让婴儿多喝水,并加喂一些清淡的饮食。一般发烧的症状可以在2天内痊愈。如果发烧持续超过38.5℃或2天后仍然没有痊愈,需要及时去医院接受检查。个别婴儿还可能出现过敏反应,如在接种后十几小时皮肤出现疱疹等,也需要及时去医院接受治疗。

推荐注射乙脑疫苗

注射乙脑疫苗是为了预防流行性乙型脑炎(乙脑)。乙脑是由蚊类媒介传播的急性病毒性传染病,夏秋季是发病的高峰季节,患病多是10岁以下

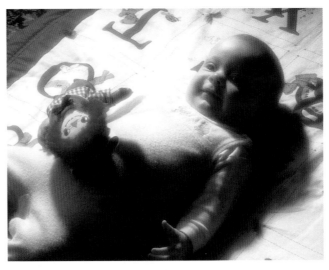

儿童。病情有轻有重,重时可以出现高热、惊厥、昏迷、痉挛,甚至死亡,治愈后往往会遗留瘫痪等后遗症。大部分成人对乙脑都具有免疫力,6个月以内的婴儿可以从母体获得抗体,保护婴儿不患乙脑。中国规定乙脑疫苗接种对象主要是流行区6个月~10岁的儿童,以及非流行区进入流行区的人群。在流行区出生后满8个月~1周岁(大多数地区选择在1周岁)婴儿接种第1针乙脑疫苗,7~10天后接种第2针,属基础免疫,免疫期为1年,以后每年要加强注射1针。

注射乙脑疫苗时需注意什么

注射乙脑疫苗时需要注意以下问题:①患发热、急性传染病、中耳炎、活动性结核及心、肝、肾等疾病,体质衰弱、有过敏史或癫痫者,先天性免疫缺陷患者,近期或正在进行免疫抑制剂治疗者和孕妇均不可注射乙型脑炎减毒活疫苗。②开启小瓶和注射时不可使消毒剂接触到疫苗;疫苗溶

解后应该在1小时内用完,如果用不完,则必须废弃。③本疫苗的不良反应较少,有少数儿童可能在注射后24小时内出现局部疼痛或红肿,1~2天内消退,偶有发热,可自行缓解。偶有皮疹出现,一般不需要特殊处理。

推荐注射风疹、腮腺炎疫苗

流行性腮腺炎,是由腮腺炎病毒经呼吸道传播的急性传染病。临床症状以腮腺肿痛为特征,故中国民间有"乍腮"之称。起病时常伴有发热、头痛、全身不适、肌痛、厌食等症状,一般病程10天左右痊愈。风疹是由风疹病毒引起、经呼吸道传播的急性传染病。多见于学龄前儿童,一般有发热、皮疹、耳后淋巴结肿大、头痛、厌食、结膜炎、咳嗽等症状,病程3~5天痊愈,偶尔会并发肺炎、心肌炎、脑炎等。婴儿满1周岁时可以通过注射风疹、腮腺炎疫苗达到预防这两种急性传统病的目的。另外,还可以通过注射麻疹、风疹、腮腺炎三联疫苗达到预防目的。无论是麻疹、风疹、腮腺炎三联疫苗还是风疹、腮腺炎疫苗,均可与百白破、脊髓灰质炎疫苗同时接种。虽然疫苗接种的副反应发生率极低,但育龄期妇女均应避免在接种后3个月内怀孕。

给婴儿定期进行体格检查

婴儿期是宝宝生长发育的高峰期,在此期间婴儿的体格、动作机能以及智能都会发生飞跃性的变化。为了及时了解宝宝的生长发育状况,需要对宝宝定期进行体格以及智能检查。定期进行体格检查不仅可以系统地了解宝宝的体格生长、智能发育状况,并且能够及时发现异常现象,使一些症状不明显的疾病得到早发现、早诊断和早治疗。另外,在定期体格检查的过程中,父母还可以从保健人士、医生等专业人士那里获得先进的育儿知识指导,促使宝宝更加健康地成长。一般来讲,6个月以内的婴儿每1~2个月进行1次体格检查;6个月到1岁,每2~3个月1次;1~3岁,每半年1次;3岁以后可以每年检查1次。这样,就可以实现有病早治,无病预防的目的了。